イギリス演劇における修道女像

イギリス演劇における修道女像

宗教改革からシェイクスピアまで

安達まみ

岩波書店

まえがき

レイコック女子大修道院《アベイ》は、イングランド南西部ウィルトシャーの可憐な村レイコックのはずれに佇む。近年では、映画『ハリー・ポッターと賢者の石』やBBCのテレビドラマ『ウルフ・ホール』のロケ地として知られ、夏場を中心に観光客や地元のひとびとでにぎわう。

外観は、緑ゆたかな田園に建つ、落ちついた佇まいの田舎の邸宅《カントリーハウス》である。敷地内のビール醸造室や厩舎などを横目に、歩みを進め、母屋の正面の二重階段ではなく横のほうの、天井の低い、簡素な入口からなかに入る。ふと気配が変わり、中庭をぐるりと囲む、小ぶりながらも明るく優美な回廊《クロイスター》が迎えてくれる。ここを、ヴェールをかぶった修道女たちが、瞑想しながら散策したのだ。回廊の片隅の階段を数段あがると、石造りの壁に小さな穴が穿たれている。女子修道院長が階下の礼拝堂で祈る修道女たちを監督する目的で、壁の向こう側のようすを窺うための穴である。レイコックは一三世紀初頭、女子修道院としてソールズベリ侯爵夫人エラによって創設された。一六世紀の修道院解体まで、この静謐に包まれた禁域のなかで、修道女たちが聖務日課に従って粛々と修道生活を送っていた。

あるいは、ヘイルズ男子大修道院《アベイ》。レイコックと同じイングランド南西部、コッツウォルズ地方のチェルトナム近郊にある。かつては、十字架にかけられたキリストが人類のために流した血というありがたい聖遺物を有し、多くの旅人が押しかけた一大巡礼地だった。いまは、毀《こぼ》たれて不揃いに残された抜け殻のごとき廃墟となり、隆盛を誇った往時の面影はない。裏手に眼をやると、ピクニックにきた家族連れが緑の草地に腰をおろし、サンドウィッチの包みを拡げている。陽光にまどろむ草地に溶けこむように崩れかけた石の柱や壁が、昔日の修道士たちの営みを思い描かせる縁《よすが》となっていた。

イギリスの田園をゆくと、ときおり、このような元修道院や修道院跡に出くわす。レイコック・アベイのように比較的保存がよく、往時をほうふつさせるものもないではないが、多くは荒れ果てて、雨ざらしのまま放置されている。一六、一七世紀イングランドの歴史記述や文学作品における信仰の女性、とくに修道女の表象という主題を探究したいと思い立った契機のひとつは、いまなおイギリスに点在するこれら修道院跡に心奪われたからだ。ヘンリー八世の宗教改革の一環として破壊され、公には文化から消えたはずの修道院の建物が、時間を経て、まわりの自然に美しく溶けこみ、想像力を喚起する。それはなぜか。

修道院をはじめとする廃墟の美は、一八世紀後半以降のイギリスの詩や散文や美術にとりあげられ、その分野で研究の対象となってきた。では、さかのぼってイギリスの宗教改革がまだ生々しい過去だった世代にとって、どのような意味を有していたのか。宗教改革以前の世界は、それ以後の世代にどのように忘れられ、どのように記憶されたのか。

ひとたび分断されたのちに過去の記憶が取り戻されるといえば、とくに女子修道院の場合は、ピエール・ノラの大著『記憶の場』で注目を集めたフランスのポール・ロワイヤル女子修道院がその一例であろう。聖俗両権による修道院の徹底的な破壊がおこなわれたのち、修道院を記念する協会が設立され、資料が収集され、修道院を理想化した文書が注文されるといったかたちをとって(かつかなり偏向的に)その記憶が構築されて継承された。しかし、初期近代イングランドの場合は、そのような意図的に女子修道院を記念する運動はなかった。イギリスの宗教改革は修道女をいわば「抹消した」のである、少なくとも当局の意向および正式見解としては。当局は国中の修道院を解体し、女子修道院長に年金を払い、ほかの修道女を強制的に還俗させた。もちろん真の意味の修道院解体は一朝一夕に成就しうる事績ではない。当局の想定を超える修道院側の抵抗もあった。また、修道院にたいする民衆の情緒的な反応は往々にして捉えがたい。いずれにせよ記憶の継承は、もっと間接的で両義的なかたちで、障碍に遭ったときにはしばしば伏流となってひそかに、したたかに進行したはずだ。ノラらの研究を踏まえつつも、従来の記憶学の枠に収まりきらない、イングランド特有の状況を研究することに意味があると思われた。

近年の歴史学における修正主義《リヴィジョニズム》によって英国宗教改革の特徴が「上からの」「長期間をかけての」改革であると確認され、エイモン・ダフィらの研究により、宗教改革前後の民間のカトリック信仰の活力に焦点があてられ、一時期のように、宗教改革で一挙にプロテスタント国家が成立したという思いこみは崩された。

さらに二一世紀になって、ふたたび盛んになったシェイクスピアの伝記研究において、とくにシェイクスピアの父親やシェイクスピア自身の信じていた宗教を問い直し、彼らの生きた文化的環境《ミリュー》を再評価する試みが起こった。シェイクスピア・カトリック説があらためて注目を集め、BBCのドキュメンタリーで追求され、ロイヤル・シェイクスピア・カンパニーのシェイクスピア劇公演で、カトリックを連想させる小道具や大道具が使われるのが一種の流行になっていた。とはいえ現在では、シェイクスピア・カトリック説には決め手がないという結論が大勢を占めている。それでも、英国の宗教改革が、少なくとも民衆レベルでみるかぎり、過去のカトリックの伝統との決定的な断絶だったとは結論できず、宗教改革者によって女性の修道生活の記憶が忘却へと葬り去られたとも断言できない、と考える素地が整ったといえよう。

ひるがえって、修道女一般についての研究はといえば、女性神学およびフェミニスト的なカトリシズムの視点からの文献が多い。興味ぶかく参照しつつも、一定の視座を有するそれらの著作とは一線を画する研究を志したいと思った。他方、イングランドに限定すると、修道女を扱った歴史研究は、主としてアングロ・サクソン時代や中世が中心であり、英国宗教改革前夜まで扱った研究はあまり多くはない。換言すれば、自分が読みたいと思う研究がみあたらず、それなら研究する価値があるかもしれない、と思われた。

かくて、プロテスタント国となった初期近代イングランドの文化のなかで、当時の年代記などの歴史記述や、多くは大衆劇場で上演された戯曲に、かつてカトリック信仰の理想を体現していた女性像である修道女や女子修道院がどのように扱われるかについての研究に着手した。その研究をまとめた英文の博士学位論文(二〇一六)にもとづき、日本の読者のために書き下ろしたのが本書である。英国文化からすでに「失われていた」修道女が、当時の文学・歴史で表象されるときに「聖人＝王女」「祈る修道女」「真の(あるいは偽りの)預言者」などのような複数の型《トロープ》に分類しうることを確認し、それらの型がどのように継承され、変容していき、修道女や女子修道院の文化的記憶をかたちづくっていったかという拙論を展開する。

本書が、初期近代イングランドの文化に関心をいだく読者に向けて、当時のテクストにおいてカトリック信仰を体現する女性像がいかに構築され変容していったかについての新しい視座を提供できるなら、著者として望外のよろこびである。

目 次

第二部 記憶《メモリー》の貯蔵庫《バンク》の応用
——初期近代イングランドの演劇にみる修道女の表象型《トロープ》

序章

シェイクスピアの歴史劇『ヘンリー六世　第一部』(一五九二)の材源のひとつ『ルーアン包囲の記』(一五九一)に、筆者サー・トマス・コニングズビー(一五五〇—一六二五)は書きとめた。長びく包囲戦のさなかにも忙中閑あり、一二月一日、かの地で女子修道院を訪れ、修道女たちと面談をしたおり、「二、三人のうら若き修道女」に目をとめ、「いずれもイングランドの良家の子女」だが、あわれにも「無為にときをすごしている」と。武骨な英国軍人は妙齢の女性たちの美が有効に消費されぬままに衰えていくことを嘆き、意図せずして修道女たる存在の意義(と意義の不在)を記念する。修道院の建物が観光名所として感嘆の対象になっただけでなく、イングランド本国から追放された修道女そのものも、ヨーロッパ大陸を訪れる英国人にとっては、好奇と憐憫の入りまじった視線の対象でもあった事情がうかがえる。

一六世紀のイングランドでは、宗教改革にともない、キリスト教信仰の一端を担ってきた修道院の制度が否定され、組織の解体が段階的に進められた。同時に、修道女は公的な認知と物理的・精神的な後ろ盾を失い、否応なく文化の周縁に追いやられた。当時の文献において修道女への言及はとりたてて多くはないが、言及されるときはたいてい揶揄と嘲笑をもって扱われた。とはいえこのコニングズビーの例のように、教義論争とはべつの次元に属する情緒的な反応もあった。

本書では、さまざまな矛盾にさらされる修道女の姿が、初期近代イングランドの歴史記述と演劇において、一方で、いかにして意識的または無意識的な記念の身ぶりによって、記憶の残滓の復活がはたされ、他方で、いかにして露骨な抹消または巧妙な言い落としによって、忘却の淵へと沈められていったかを論じたい。

第一節　初期近代イングランドの文化における修道女

1　記憶は破壊されない

近年の歴史研究が解明してきたように、アングロ・サクソン期から中世にいたるまで、イングランドでは女性の宗教的な生をめぐって活気あふれる伝統が脈々と紡がれてきた。修道院解体（一五三六―四〇）前夜、エルストウ修道院（推定資産価値二八四ポンド）をはじめ大規模な女子修道院はかなりの財産を有しており、イングランドには一五〇〇人から二〇〇〇人の修道女がいたと推定される。宗教改革者は声高にカトリックの堕落を糾弾し、一五四七年および四八年のエドワード六世（一五三七―五三）の禁止令は、カトリック教会にまつわる事象あるいは「偶像崇拝の記念碑」をすべて破壊すべしと命じた。「壁、ステンドグラス、その他すべてにその記憶が一切とどめられぬ」までに。この王令は各教区でおおむね徹底して実践されたが、記憶は事象と異なり容易には破壊されなかった。

宗教改革後のイングランドの田園に点在する修道院の廃墟は、文化的記憶のなかに女子修道院の場所を確保し、永続的な痕跡を刻みつけた。廃墟を眺める旅人は、女子修道院の発する感情への訴求力に反応するか否かで、その記憶を懐かしみつつ惜しむなり、不快からにせよ動揺からにせよ故意に抹殺するなりと、さまざまな感慨をいだいたにちがいない。

女性の宗教的な生に附与されてきた概念も、初期近代イングランドの文化的地平から完全に抹消されたわけではない。プロテスタントの教義では結婚の重要性が説かれ、世継ぎ誕生や政略結婚による国家安定への期待が寄せられたにもかかわらず、エリザベス一世(一五三三―一六〇三)はそれら内的・外的圧力を巧みにかわしつつ、自身は結婚しない生をたくみに選びとり、浄らかな女王として従来のおとめマリアや女性の聖人たちへの崇拝をわが身に引きよせた。女王が継承した病気の女性の患部に手をかざす風習なども、宗教改革後のイングランドの文化に特徴的な、出自や輪郭の曖昧な信仰や儀礼がないまぜになった混沌《カオス》の凝縮形といってよいだろう。

イングランドをプロテスタントから奪還すべく送りこまれたカトリックのミッションの一環として、メアリー・ウォード(一五八五―一六四五)ら女性の国教忌避者《レキュザント》も精力的に活動していた。最近の研究によれば、ウォード率いる女性の集団「至福のマリア教団《スコラ・ベアタエ・マリアエ》」は、一六〇九年ごろ首都ロンドンと北部のヨークシャーに拠点をおき、神の軍勢に加わる女性兵士を育てるために、ジェンダーを超えた女子教育を軌道に乗せるべく奮闘していた。福者や聖人に比すべきウォードのような傑出した女性の活動をつまびらかにする、昨今の研究の進捗ぶりは特筆に値する。

さらなる注目に値するのは、近年の歴史研究のもたらしたあらたな成果である。修道院解体の詳細な過程と、それが一般の修道女に与えた影響を知りうる資料が、各地の文書館で発見された。二〇〇二年の調査によると、ヨークシャーでは修道院を追われたあとも大方の元修道女たちは戒律を守って日々をすごし、元女子修道院長の下で少人数にせよ共同生活を維持した例もあった(Cross)。二〇〇八年開始の「修道女とはだれだったのか」と銘打たれたロンドン大学クイーン・メアリー校のプロジェクトは、一六〇〇年から一八〇〇年にかけて、イングランドを追われて海外に逃れた女子修道院のデータを集積・分析し、修道女の生は貧困と蒙昧の温床であったとする通説に異を唱えている('Who Were')。

2　修道女は文学研究で看過されてきた

宗教改革以前・以後のイングランドにおける民間のカトリック信仰の活力については、エイモン・ダフィら研究者の指摘がある。ダフィのほか、J・J・スカリスブリック、クリストファー・ヘイグ、およびアレグザンドラ・ウォルシャムなども、カトリックだった過去の記憶が宗教改革後のイングランドにあって、いかにしぶとく生きのびたかを解明した。英国国教会におとなしく追随するエリザベス朝の大多数のひとびとのあいだにも、カトリック的な思考や行動の習慣は根強く残っていた。習慣はそうかんたんには変わらない。しかし研究対象としては、偽善者や詐欺師の汚名を着せられた修道士や司祭、とりわけイエズス会士に関心が集中する一方で、宗教改革後のイングランド文化における修道女が浮上することは稀だった。とくに文学研究一般において、登場人物、比喩表象、記号、象徴としての修道女を扱った文献は数えるほどしかない。

大衆文学およびアフラ・ベーンやメアリー・アステルら主として一七世紀後期の作家、あるいは実在した修道女の聴罪司祭の記述を分析したフランシス・E・ドーランの論文は例外であろう。ポルノグラフィックな含意をたっぷり投影した脈絡のなかで、修道女が趣味の悪い嘲笑にさらされるお決まりの傾向を指摘したうえで、修道女が「女性性の構築の限界例」であると同時に、「「カトリック信徒」の構築の限界例」でもあると論じている。もっとも本書は、問題の設定と分析対象において、ドーランの関心とは一線を画する。

修道女の表象は、ある文化が自身の過去と折り合いをつける難しさを効果的に描きだす契機となりうる。じつのところ、修道女は初期近代の出版物にくり返し登場する。しかし、デイヴィッド・ウォレスの指摘を俟つまでもなく、初期近代のひとびとの想像においても現代の研究においても、修道院解体と同時に修道女が「下手な奇術《トリック》よろしく」忽然と消えうせたと安易に思いこむ傾向がある。この思いこみは是正されねばならない(502)。

このような思いこみは、文化的忘却のもたらす不可避ともいうべき帰結であり、この点こそが筆者の興味をそそる。修道女像が文化のなかで変形と拡散を経て流通するさいに帯びていく、さまざまなニュアンスを考慮するなら、記憶の不在や歪曲としての文化的・歴史的忘却の概念もまた、文化的・歴史的記憶の概念とともに、おおいに検討に値するであろう。

3　「気まぐれな修道女」は本当に定番か

「気まぐれな修道女」に分類される表象型《トロープ》は、ヨーロッパの中世文学において長らく定番中の定番とみなされてきた。修道女は大衆文学であけすけに揶揄される一方、『カンタベリ物語』の女子小修道院長《プライオレス》マダム・エグレンティーンの造形においてて穏やかではあるが巧みに戯画化されて、チョーサー（一三四〇ごろ―一四〇〇）の洗練された筆致の餌食となった。


彼女は尼僧院長であり、ほほえむさまがまことに楚々として、しとやかでした。

この人が口にする最も粗野な誓言だってせいぜい、ロイ聖人さまにかけて、というくらいなものでした。

みんなからマダム・エグレンティーン〔野ばら〕と呼ばれておりました。

ほんとうに上手に聖歌をうたいましたが、それが鼻にかかった歌いぶりでこの人にとてもふさわしいものでした。

また、ストラットフォード・アト・ボウの尼僧院流に、フランス語を実にうまく優美に話しました。

そのわけはパリのフランス語は彼女の知るところではありませんでしたから。


（枡井迪夫訳『カンタベリー物語』総序の歌）

その名からして修道女よりもロマンス物語の主人公にふさわしいマダム・エグレンティーン(野ばら)は、食物を唇から落とさず上手に口に運び、あたかも貴婦人のように(修道院では飼育が禁止されていたはずの)愛玩犬をたいそうかわいがり、身につけた装飾品には、世俗的にも聖書的にも解釈しうる曖昧な響きをもつ「愛はすべてを征服す」という銘が付いている。

チョーサーではぎりぎりのところで品位を保っていた修道女だが、宗教改革後のイングランドの文化と文学においては、修道院制度への反感をぶちまける格好の標的となり、修道士との小話に登場する滑稽な人物の型に嵌められた。また、教皇庁の認可のもとにカトリックの伝統の一端を担ってきた修道女の貞潔・従順・清貧の三誓願は、宗教改革以降の女性一般にとっては無関係なものとして切り捨てられた。

『夏の夜の夢』(一五九五頃)で女性の修道生活を死に喩《たと》え、敬いつつも却下するアテネ大公シーシュスの言そのままに。

父の選びに従わぬのなら、考えてもみよ、
修道女のお仕着せに耐えられるか、
永遠に影さす回廊に閉じ込められ、
生涯、石女《うまずめ》の修道女として生きられるか。
冷たく実を結ばぬ月へと聖歌をかそけく歌いつつ、
はやる血気の手綱を絞り、
かくのごとき乙女の巡礼を忍ぶは三倍も祝福されし者なり。
しかるに現世《うつしよ》では、粋を抜かれし薔薇のほうがよほど幸せ、

乙女のまま茨の茎で萎れゆき、
独り身の操を守って伸び、生き、死ぬる薔薇よりも。

（『夏の夜の夢』一幕一場六九―七八行）

4　修道女の言説が拡散していく

批評家の関心はさほど惹かなかったが、修道女の表象は初期近代英文学のあちこちに出没する。トマス・L・バージャー、ウィリアム・C・ブラッドフォード、およびシドニー・L・ソンダガードが報告するとおり、一五〇〇年から一六六〇年にかけて出版された戯曲では二〇回を超えて登場人物として現われる。また、一五四〇年から一六四〇年までの戯曲において、修道女が登場人物である作品に修道女への言及のある作品を加えると、少なくとも現存するだけで四〇作品を数える。

さらに範囲を拡げると、修道女への言及が初期近代の印刷文化における全ジャンルにあまねく浸透していることが確認できる。教義や論争、歴史記述なかんずく教会史や古物収集にかかわる記述、旅行記、ロマンス、戯曲からバラッドや冗談本まで、きわめて多岐にわたる領域において、修道女はおおむね端役であるにせよジャンルを選ばず登場する。

これら多種多様な言及は「気まぐれな修道女」という一定の型に収まりきらない。スティス・トンプソンの分類に従うなら、民話における修道女はいくつかのストーリー・タイプに属する。修道女は教義論争において、道徳的な重要性を帯び、白熱した議論の的となった。ジョン・ベイル（一四九五―一五六三）のような初期のプロテスタント作家にとって、修道女は「みだらさへの戒め」の媒体《メディウム》であった。修道院制度に異議申立をするプロテスタントたちの反感は、どぎつい題名からも読みとれる。『パリでフランシス修道士が、ドネット修道士がひそかに囲っているやわ肌の修道女を騙しとるために、かの修道士をローマに行かせ、云々』（一五九〇）といった類《たぐい》である。

やがて時間の経過と政情の安定とともに、イングランドの多くのひとびとにとって、修道女は実体を欠く抽象的な記憶になっていく。いわば風化の度合に呼応して、修道女を道徳的に糾弾するために、英国のカトリック修道会が海外に設立した女子修道院への潜入捜査の実録と称されるテクストが出回る。リチャード・ロビンソンの『ポルトガル、リスボンの英国女子修道院の解剖——かつて修道院の若輩の修道士だった者によりメスを入れられ明かされしその実態』(一六二二)が一例である。マイケル・スパーク、ジェイムズ・ワズワース、ジョン・ギーらによる反カトリック的なプロパガンダは、イングランドのカトリック家庭が娘たちを海外の女子修道院に送っている事実をあばきたて、愛国的な世論を煽った。

ひるがえってビンゲンのヒルデガルト(一〇九八—一一七九)のような、カトリック教会改革への熱意にあふれた実在の修道女が、原《プロト》プロテスタントというべき女預言者としてプロテスタント陣営に接収され、その言葉が権威として引用される場合もあった。一方、カトリック陣営にとっては、ローレンス・アンダートンの『英国の修道女——若く未婚のカトリック信徒のジェントルウーマンを(対話により)修道生活に招き入れる試み』(一六四二)に明らかなように、若い女性に召命を自覚させ、女子修道会への入会をうながすことが、カトリック教会全体の生き残りを賭けた急務とされた。

5　記憶の貯蔵庫を構築する

教義論争をめぐるテクストと異なり、歴史書やフィクションでは、修道女はさまざまなかたちをとって、さまざまな、ときには意表をつく状況で登場する。戯曲において登場人物としても言及や引用の対象としても出現することはすでに述べたが、ラファエル・ホリンシェッド(一五二八ごろ—八〇?)の『年代記』やジョン・ストウ(一五二四/二五—一六〇五)などの宗教的・教義的にはわりあい中立的な歴史記述だけでなく、猛烈に護教的なジョン・フォックス(一五一六／一七—八七)の『迫害の実録』(一五八三年版を参照)をはじめ、トマス・フラーの『イングランド教会史』やジョン・ウィルソンの『英国殉教史』などの教会史の文献にも頻繁に姿を現わす。また、ウィリアム・ダグデイル(一六〇五—八六)の『ウォリックシャーの古物』(一六五六)、ウィリアム・ソムナーの『カンタベリの古物』、ジョン・ウィーヴァーの『古代の葬送記念碑』などの古物学の大著にも言及がみられる。さらには、ウィリアム・ペインターの『悦楽の宮殿』(一五六六—六七)のような大陸のロマンスの翻訳、トマス・デッカーの『鳥の暦書』などの大衆文学、バラッドや俗謡、滑稽本や冗談本などにも出没する。

では、修道女がイングランドの法律上では文化的脈絡からほぼ完全に抹殺されていたこの時代、前述のテクストの読者や芝居の観客には実生活で修道女に遭遇する機会がまずなかったこの時代に、修道女はいかなる記号性を具現しえたのだろうか。宗教改革後の文化一般において、修道女が実体なき記憶となっていったのであるなら、彼女たちがたびたび諸テクストに再浮上するのは、いかなる力学のなせるわざなのか。また、一見特異とみえるその表象は、女性一般の表象にいかなる影響をおよぼしうるのか。

右の疑問に答えるために、初期近代イングランドのテクストにおける修道女と女子修道院の記憶の流通を検討したい。修道院解体とカトリック教会にまつわる諸事象の破壊は、複雑に階層化された記憶の抹消にかならずしも直結していない。初期近代イングランドのテクストを仔細に検討すると、修道女の表象型の「記憶の貯蔵庫《メモリー・バンク》」は、教義論争やカトリック擁護の文献はべつとして、初期近代イングランドの主流の文化においても連綿と存続し、時代とともに変貌をこうむりつつも増幅していったと思われる。これらの表象型は女性一般の表象群へと呑みこまれると同時に、ひるがえって女性一般の表象群をも呑みこんで膨張していく。しかし、表向きには実体を欠くがゆえに可塑性に優れた表象でありえたため、もともとの宗教的な外示的《デノテーション》意味を超える共示的《コノテーション》意味までも包摂するにいたる。

本書では、修道女の表象型が帯びた感情への訴求力を吟味し、それらがさまざまなニュアンスや異なる強調点を吸収しつつ、いかにして文化へとリゾーム的に逆流していったかを論じたい。そのさい、教義よりも情緒的・比喩的な含意に力点をおき、歴史記述とシェイクスピア作品を中心とする演劇を対象とする。時代としては一五五〇年代から一六六〇年代、つまり初期の反カトリック的論客ベイルから王政復古後に多くの書物を出版したダグデイルまでを視野に入れつつ、一五八〇年代後半から一六四〇年代初期を主たる対象とする。

第二節　修道女と女子修道院の記憶の流通

1　集合的記憶から文化的記憶へと移行する

「記憶」が現代の批評・文化理論にとって重要な鍵概念であることに、もはや疑義をさしはさむ余地はない。ベルクソンやデュルケムを批判的に継承したモーリス・アルヴァクス(一八七七—一九四五)が提案した「集合的記憶」の概念は、とくに初期近代イングランドにおける修道女や女子修道院のような、ある文化にとって過去となった宗教的「痕跡」を検討するのに役に立つ。アン・ホワイトヘッドによれば集合的記憶は、「個人の経験というより、周囲の文化により輪郭が確定される追懐の儀礼の実践」にかかわる。宗教が「過去の残した物質的痕跡、儀礼、文書、伝統の助けを借りて、過去を再構築」する試みであるとすればなおさらだ(124)。ただ「集合的記憶」はせいぜい一〇〇年程度の期間を扱うにすぎない。ヤン・アスマンはこの概念をさらに発展させて「文化的記憶」という語、人間の一生を超えて日常から隔てられた一定期間のできごとについての記憶を指す語を提唱した。

ところで、初期近代イングランドの修道女と女子修道院の記憶を検討するにあたっては、当然ながら、これらの記憶をめまぐるしく転変する歴史の脈絡のなかに再配置する作業が求められる。したがって、宗教改革に踏み切り、修道院解体に手をつけたヘンリー八世(一四九一—一五四七)の治世、宗教改革を推進したエドワード六世の治世、反宗教改革を断行したメアリー一世（一五一六―五八）の治世、宗教政策決定《エリザベサン・セツルメント》（一五五九）に漕ぎつけたエリザベス一世の治世、さらに融和政策を用いたジェイムズ一世（一五六六―一六二五）の治世、そしてチャールズ一世（一六〇〇―四九）の治世においてもたらされた内戦の混沌と共和政の樹立にいたるまで、ひとりの人間の一生よりも長期にわたって社会的に伝達される記憶にあたる「文化的記憶」の概念をもちいるほうが、本書の主題の分析にはふさわしいであろう。

かくて「文化的記憶」の概念が、初期近代の記述を検討する視座を与えてくれる。この時代に、ひとりの人間の一生よりも長い時間をかけて、宗教改革以前にすでに構築されて利用可能であった物語に、個々の作者たちが加筆・修正・装飾をほどこすことで、彼らの意図とは無関係に、あるいはときとして意図に反してすら、修道女や女子修道院の表象をめぐる「記憶の貯蔵庫」が形成されていったと考えてよいだろう。ジャック・ル＝ゴフは『歴史と記憶』で記憶を「歴史の原材料」と称する。さらに、先行世代が次世代に回想を語り伝えることで、ダニエル・ウルフの言によれば、「ある世代にとっての記憶はつぎの世代にとっての歴史となる」(*Social Circulation*, 290)。

過去を検討する手段たる記憶の概念を再考する近年の試みのなかで、記憶を「文化的＝歴史的現象」と捉えるピエール・ノラの方法論は、広範な影響力をおよぼした。ノラによると、記憶は必然的に文書に、すなわち「痕跡の物質性、記録の即時性、図像の可視性」(‘Between Memory,’ 13)に依拠する。記憶とは本質的にアーカイヴにほかならず、危機への対応として「記憶の場」《リュー・ドゥ・メモワール》が痕跡の意識的な蓄積により形成されるとする主張は、本研究とその対象とする時代にとって非常に意義ぶかい。

なによりも、これら「記憶の場」が「喪失」の上に成立するというノラの主張は、少なくとも場合によっては初期近代イングランドの状況にも当てはまる。フランス文化を対象とする「記憶の場」の研究において、ノラはもはや明示的には存在しえぬものを表象したいという社会の欲求を説く。女子修道院の記憶がきわめて政治的な「レジスタンスの場」と化した典型にポール＝ロワイヤル女子修道院がある。ジャンセニスムの異端という烙印を押されて、一七一〇年に女子修道院の建物と内部が完全に破壊されるが、その後、この事績を記念すべく文書が蒐集され、理想化された記録が編纂され、事業の母体となる協会が設立された。時代錯誤の誇りを怖れずに敷衍するならば、初期近代イングランドの記述にも、ノラ流の「記憶の場」になぞらえて修道女や修道院の記憶を構築しうる例がいくつかある。

ただし初期近代イングランドでは、記録を形成する主体の意識という点で、フランスとはかなり趣を異にする。サイオン女子修道院のように、イングランドを追放された修道女たちに託されて編集された修道院史が、はからずもノラ流の「記憶の場」を構築することもある。ほかにも興味ぶかい例がある。ごく限られた読者を対象としたそれら政治的な文書とはべつに、本書で扱うジョン・フォックス、ラファエル・ホリンシェッド、ジョン・ストウやその他の初期近代の歴史記述に、そもそも女子修道院を記念する政治的な意図はなかった。にもかかわらず、それらの記述は結果として、修道女や女子修道院の失われた文化的記憶を、ある程度の期間にわたって、集合的であって個人的でもあり、ダイナミックな活力にみちた修道女や女子修道院の「記憶の貯蔵庫」のかたちで構築し、占有し、散布した。

2　記憶と忘却が絡みあう

記憶を文書化して定着させるという欲求は、古物研究家ウィリアム・ダグデイルによる修道院関係のデータの集大成にとりわけ顕著に認められる。ダグデイルの功績は（むろん本人はその用語を知らなかったが）意図的に「記憶の場」として修道女と女子修道院の記憶を構築したことだ。記述の力で自分の敬愛する伝統に尊厳を回復させ、文字に定着させて後世のために記念することによって。

記憶と忘却は分かちがたく絡みあう。忘却の過程そのものが忘却されるはずのものに逆説的に注目を集める。初期近代イングランドにおける宗教のダイナミクスをたどるさい、記憶と忘却の錯綜する相乗効果を意識する必要があろう。初期近代とは、カトリックの過去からプロテスタントのイングランドのアイデンティティが形成される過渡期であり、カトリックの過去の痕跡はいたるところに散在していた。一五六四年生まれのシェイクスピアと同世代のイングランド人の多くにとって、カトリシズムとはみんなで懐かしく共有できる過去、時間的にも心理的にもさほど遠くはない過去の遺産であった。現状では、結婚を称揚し聖職者の独身制を否定するプロテスタント国であっても、みずからの遺産の一部をなす修道女や女子修道院を完全に排除することはできない。ゆえにシェイクスピアと多くの同時代作家たちは、過去をあらたに再現するにあたり、ごく自然の成り行きとして、無造作に修道女や女子修道院にも言及するのだった。

修道女にせよ女子修道院にせよ、時代も場所も遠く隔たった設定におかれるなら、現世の生々しい教義論争とは関係なく、ありのままの姿で存在できる。時代とともに修道女の表象型は没個性化の道をたどり、文化的な忘却がはたらくメカニズムに陥っていく。ただしその軌跡は、記憶から忘却へと、単純で一方通行的なプロセスをたどるとはかぎらない。一方で、作家の個性や芸術性をうかがわせる表象に充ちた作品があり、他方で、作家の月並みで型どおりの表象に頼った作品がある。さらに、ひとりの作家の作品中に、修道女の芸術的な表象と通俗的な表象とが並存することも珍しくはない。

第三節　修道女に課せられた相矛盾する要請

古来、女性の修道生活には矛盾《パラドックス》が内在すると考えられてきた。ジェンダーを超越する生き方とも、避けがたくジェンダーの烙印を押された在り方とも理解できるからだ。修道女をめぐる議論は、伝統的な霊的養成を記述するときの女性の定義に影響をうけつつ、ときに定義の構築そのものにも貢献する。論点は以下のように要約できる。第一に、女性・男性を問わず神の前における人間の身体的・倫理的な弱さ。第二に、逸脱に傾きがちな弱さ、およびその弱さゆえに逆転勝利しうる特質、という女性に固有とされる両義性。第三に、女性(修道女)と男性(修道士)の交流がもたらす危険と利点である。

1　女性の弱さは逆説的な強さか

女性の弱さをめぐる議論はジェンダーを超える可能性をひらき、ジェンダー本来の弱さゆえの逆転を示唆する。一一三〇年代に、かつての想いびとにしていまは女子修道院長のエロイーズから、修道女のための会則作成を託されたピエール・アベラールは、こう答える。修道士と修道女のあいだに相違はなく、「女性のほうが弱いというのなら、弱さゆえに彼女たちの美徳は神の御前においていっそう完全で好もしい」。神学論争の宿敵クレルヴォーのベルナールと同じく、アベラールもまた、女性本来の特性とされる弱さが、転じて霊性の視点からは強みとなると主張した。この逆転の発想は、怖れや蔑みの対象であった弱さや貧しさを善の側においたキリストの価値判断を反映する。神学的な立場を異にするふたりだが、ともに同じ逆説を持論の立脚点としたのである。

アベラールの議論に明らかなように、修道生活の理想にジェンダーによる相違はほとんど認められない。人間的な快楽・欲求の断念に拠って成立する「謙虚、清貧、従順、禁欲、慎重、慈愛」といった修道生活で追求すべき美徳は、修道女と修道士の双方がめざすべき目標とされた。神への従順において求められる可塑性は、ジェンダーを超えた理想であり、神との関係においては男性も女性の弱さにみずからを重ねた。

2　修道女もジェンダーをまぬかれえない

しかし、教父たちが修道女そのものに焦点を当てるときは、ジェンダーを問題視しがちであった。女性は肉欲を体現し、駄弁を弄し、好奇心が強いと非難された。ベルナールは霊性における女性と男性の平等を擁護し、女性の霊性の優れた個別例を挙げて称賛を惜しまなかった。その一方で、修道士への警告も忘れない。「いつも女性といっしょにいながら、交わりをもたずにいるのは、死者を甦らせる以上にむずかしい。たやすいことができないあなたに、もっとむずかしいことができると、どうしてわたしが思うだろうか?」。ベルナールの発言からは、女性は誘惑する性であると決めつける偏見が透けてみえる。女性を乙女と娼婦に分断する両極化が、高名な神学者の後押しによりいわば公的認知を得て、教会内でもっともらしく伝えられていく。

女性の純潔には、身体的であれ霊的であれ圧倒的な価値があった。救済の確率でいえば、妻には三〇パーセント、寡婦には六〇パーセントであるのに、乙女には一〇〇パーセントの完全救済が保証されていた。これはキリストの種まく人のたとえ話(『マタイによる福音書』一三章一―二三節)の解釈を敷衍し、三〇倍、六〇倍、一〇〇倍の実りをそれぞれ妻、寡婦、乙女の比喩とみなす。乙女は原初の理想的な完全無垢の状態にあって、救済論的に特権的な立場にあるとみなされた。その状態は達成すべき目標ではなく、維持と保存の対象である。乙女はただ存在すればよい。変化は堕落である。『乙女の鑑』をはじめ当時の書物の多くは、結婚制度の瑕疵をあげつらい、ひるがえって、純潔は夫の支配や出産の苦痛から逃れる聖域たりうると褒めそやした。

純潔のもつ比類なき価値に加え、修道女はキリストとの関わりにおいて、花嫁、妻、母、寡婦としてのジェンダー役割をはたすことを期待された。と同時に身体性が否応なく問題視されるがゆえに、身の安全を守るべく修道士よりも厳格な規律を課されて、世俗世界から隔離された。その意味でも修道女はジェンダーの頸木からは解放されず、可動性はいちじるしく制限された。危機の時期には管理が強化される傾向がある。たとえば、異端に揺れた一三世紀には教皇の大勅書「ペリクローソ」(一二九八)が、宗教改革の嵐が吹き荒れた一六世紀にはトリエント公会議(一五四五—六三)が厳しい統制を打ちだした。とくに後者により女子修道会は深刻な打撃をうける。自由な移動は許されず、禁域に閉じこめられ、活動的な生や貧者や病人への奉仕を諦め、観想の生を選ぶしかなくなる。それでも教会法に公然と逆らい、活動的な奉仕の生活にとどまる女子修道会や個人もいた。

3　理論と実践が嚙みあわない

理論上、修道女に親密な友人関係は禁じられていた。現実には、女性聖人の伝記や女性による祈禱書によると、修道女は男女双方と親しく友情を育んでいた。とくに聴罪司祭は、修道女と高位聖職者や世俗の権威とを仲介する役割を担った。修道女たちも禁域制度を守りつつ、市民と経済的・霊的な交流をつづけていた。税金の免除などさまざまな特権で優遇された見返りに、祈りの専門家として市や町の救済のために仲裁役を務めた。

たとえばイングランドの女子修道院を建てた世俗の創設者たちは、寄付金と引き換えに修道女の祈りという霊的な恩恵、女子修道院の墓地に埋葬される権利、修道会に入会する女性を推薦する権利、女子修道院長の推挙に一定の意向を反映させる権利を得たことが知られている。かくて修道女は、ジェンダーを超えた理想とジェンダーに縛られた理想の二重規範のもとで生きることになる。相矛盾する要求と折りあって生きることを強いられたが、同時に、修道生活によって多少とも自律性と権能とを行使する余地を与えられて、地域社会との絆を紡ぐこともできた。

このように矛盾と逆説に支えられた神学的・政治的イデオロギーの要請が、修道女に突きつけられていた。まず、イングランドにおいて宗教改革以前に修道女が存在し、それ以降も現実には完全に抹殺されてはいない事実を踏まえておく。これに、歴史上の修道女の記憶の痕跡が自在に流通するさまが認められる事実を重ねてみよう。これらの概念を担う修道女という記号が、演劇においては登場人物や言及としての使用にたえる情緒的な潜勢力を有することがわかるであろう。

シェイクスピアにとっては確実に、また、彼の同時代の劇作家たちにとってもおそらく、修道女とは、というより修道女という表象型でひと括りにされる女性宗教者の表象とは、神聖と世俗とが、カトリック的な思考習性とその信仰体系とが、解きがたく錯綜する場であった。

第四節　本書の構成

1　歴史記述が記憶を蓄積する

本書の第一部では、初期近代イングランドの歴史記述において、修道女や女子修道院の表象型をめぐる「記憶の貯蔵庫」が形成されたという主張を概説したい。フォックス、ホリンシェッド、ストウの記述を「記憶文書《メモリー・テクスト》」として位置づけ、修道女や女子修道院をめぐるいくつかの異質な記憶を確認する。フォックスは宗教改革以前のカトリック教会を糾弾しつつも、『迫害の実録』では修道女の役割や素性、女子修道院の存在をわざとらしく自説に関連づける。

彼が修道女に一目おいたのには理由がある。伝統的に修道院は教会の権威から自立しており、叙階された修道士は司祭としてミサ祭儀をはじめ、洗礼、堅信、赦し等の秘蹟をとりおこなえた。ところが、女性であるがゆえに司祭には叙階されえない修道女には、修道士に浴びせたような神学・教義上の非難を浴びせるまでもなかった。加えて、女性の宗教的な生の理想を世俗的な目的に転用するなら、司牧的な効果が得られるという思惑が働いたのかもしれない。

「修道女にふさわしき浄らかな生」と「修道女にそぐわぬ不誠実な生」の両方に関心をいだくフォックスは、修道女になった女性の名前を列挙する。その大半は、ノルマン王朝以前も以後も、王家につらなる高貴の出自の女性で占められる。ゆえにフォックスの記述は、宗教改革前夜まで連綿とつづく王家による女子修道院の庇護《パトロネジ》の系譜にぴたりと重なる。大量の記述の蓄積が読者に想起させるのは、信仰篤く高貴な生まれの女性たちの姿である。

ここで奇妙なひねりが生じて、プロテスタント教会の勝利というフォックスの物語の主筋に、修道女をめぐる逸話が挟みこまれる。死者の魂のために祈る信心ぶかい修道女の表象型、高貴な身分の女性に恭順を示す英国人兵士にとっての信仰の〈場《ローカス》〉としての修道女または女子修道院という表象型、聖域《サンクチュアリ》としての女子修道院という表象型、国王の想われびとになる篤信の修道女という表象型、さらには慢心から堕落したカトリック教会に奮起をうながすべく滅亡をちらつかせて叱咤する修道女を原プロテスタントの預言者として接収する表象型などが散見される。

フォックスはこれら修道女の表象型のなかでも、祈りを捧げる修道女、想われびととなる修道女、預言する修道女を好んでとりあげる。このような表象型の接収と再利用は、後代のさまざまな作者による焼き直しや再話の方向性をさし示す。ホリンシェッドの著作は題材的にフォックスと重なる部分が少なくない。ただし、フォックスよりも逸話やトリヴィアや地域関連の話題に目を向ける傾向がある。

だれもがフォックスほど自身の目的のために修道女の表象を取りこむ必要を感じたわけではない。たとえばストウは、『ロンドン概観』(一五九八)や『イングランド編年史』(一六〇五年版を参照)で、一般的な型を個人的な追想と混ぜあわせる。実在の場所にある同時代の施設の描写の背後に、修道女や女子修道院の記憶を呼びさまして、過去への扉を開くのだが、その過去とは、現在に生きる作者がいわば恣意的に選択したものにほかならない。

その意味で、ウィリアム・ダグデイル『ウォリックシャーの古物』や大著『英国修道院大全《モナスティコン・アングリカヌム》』(ラテン語版第一巻一六五五、第二巻一六六一、第三巻一六七三、英語版一六九三)も看過すべきではない。前者では、修道女が地主であったり、庇護の受益者であったり、訴訟の当事者であったりと、さまざまな立場で登場し、ストウの描くロンドンにとって修道女がそうであったのと同じく、ダグデイルの描くウォリックシャーにとっては不可欠な一部であった。後者では、初期近代の修道女と女子修道院の表象は「記憶の貯蔵庫」に蓄積される分水嶺にして終着点を画する。ダグデイルの仕事は、修道女や女子修道院の古来の権利、建造物、司牧的・倫理的価値、儀礼、聖遺物などを忠実に記録し、修道院制度の文化的・歴史的記憶を収める「記憶の場」の意図的な構築であった。

2　文化的記憶と演劇は互恵関係にある

第二部では、一六世紀から一七世紀にかけて花開いた演劇に着目する。時の経過とともに宗教改革の緊張がやわらぐと、ベイルやフォックスが表明した過激な反修道院主義も影をひそめる。一五九〇年代には、修道女の表象型も基本的に観客になじみのあるものという前提でさりげなく活用され、修道生活の価値観がとりたてて称揚も酷評もされずに必要に応じて喚起される。さらに一六〇〇年代半ばになると、修道女や修道院への言及、女子修道院への入会あるいは退会といった設定への言及は即座に、あらかじめ周到な準備もなく無造作に使用されていたようだ。「氷のような」「冷たい」「凍りついた」などの決まり文句は、修道女の純潔や献身を表わすのに必要にして充分であった。

修道女が体現する価値は、時代錯誤もしくは異国趣味の誇りはまぬかれえぬにせよ、漠然と敬意を払われるべきものとして迎えられたり、反対に愚にもつかぬものとして一笑に付されたりした。修道院解体をめぐる宗教的議論が緊急性と尖鋭さを失うとともに、初期近代の劇作家たちは、修道女をめぐる言説を同時代人が共有する知識として流通させ、なじみがあるからこそありがたみも薄いとばかりに、演劇的な仕掛として思いのままに利用した。それら表象や言及を文化的記憶から自由に引用し、やがては文化的記憶にさらなる変化をおよぼすことにもなる。女子修道院への入会や退会といった行為は、信仰とはほとんど関係がなく、むしろ女性のセクシュアリティや性的行動を批判するために、感情的・心理的な緊張をもたらす状況の一部として作用したのである。

現存する初期近代の演劇テクストを見ると、登場人物または引用として修道女をもちだす作品が毎年あらたに上演されていた。そのような芝居がまとまって上演された年があることも特筆に値する。たとえばシェイクスピアの『尺には尺を』が上演された一六〇四年には、修道女に焦点を当てた作品が複数上演されている。劇団同士が互いの演目に目配りをして、観客の注目を集めた素材を利用しあったのではないかという仮説を、ある程度は裏づける傍証となろう。ジェイムズ一世やチャールズ一世の治世になり、とりわけ劇場閉鎖(一六四二)へといたる三〇年にわたって、以前からの作品がレパートリーに残って上演されつづけた結果、多くの新作が実質上は旧作の焼き直しにすぎなくなる。この時期の作品には、修道女の表象型の硬直がはっきりと認められる。

初期近代の演劇テクストのなかで明示的に修道女を描きだす作品群が、修道女や女子修道院の引用が埋めこまれたより多くの作品群のなかで、いわば核として存在する。修道女が実在の個人や信仰実践から遊離した実体なき指示対象になるにつれて、演劇が修道女の文化的記憶から糧を得て、さらに遡及的に文化的記憶に糧を与えるという意味で、後者の作品群の重要性が増していった事実は否めない。

また、作中の修道女が芸術性の高い斬新さで語られるそばで、無造作に用いられる例にもこと欠かない。好んで修道女を多くの作品の主題に選んだ劇作家には、芸術的な創意工夫に富んだ修道女像を生みだす傾向があった。シェイクスピアの場合、一五九二年ごろから一六一〇年ごろにかけて、少なくとも一一作品に修道女や女子修道院の表象型の反映が認められる。『尺には尺を』はこの独特なジャンルの白眉といってよい。だが、例外的に主題にとりあげた劇作家であっても、すぐれた作品を世に送りだした例がある。

劇作に描写される修道女を歴史書に記述される修道女と比較してみよう。多岐にわたる「記憶の貯蔵庫」の存在が確認される歴史書と異なり、劇作では表象型の種類が際立って限定される。王女たる修道女、英雄たる修道女、教育者たる修道女、土地所有者たる修道女、慈善者たる修道女など、活動的で社会性を具現し、共同体に奉仕する型の存在感はかなり後退する。代わりに描かれる修道女像は「貞潔」と「道徳的脆さ」の相反する道徳的主題をいただく表象型に収斂していく。

定義が狭められていくこの傾向は、文化的な忘却の進行をうかがわせる。イングランドでカトリックが法的に禁止された後も、伝統的なカトリックが心と感性に訴えかける力を維持していたにもかかわらず、修道女が文化的忘却の淵に沈んでしまったのはなぜか。

一般論として文化的忘却は、修道院の霊的意義のみならず社会的貢献の抹殺をもめざす。いうまでもなく、劇場で雑多な観客に披露される演劇テクストは、本来的に間接的な媒体である。したがって、漠然としたものを文化的忘却の例証と単純にみなすことについては、慎重を期さねばならない。とはいえ歴史記述には、みずから修道会を創設し、自身の信仰を堅持し、修道院の不動産をめぐる訴訟にかかわり、地域共同体のために祈り、死者の記憶を継承していく修道女が記録されている。

ところが大方の劇作では、修道女である状態もしくは修道女になる行為を、滑稽さを強調するにせよ哀愁を漂わせるにせよ、他者の気まぐれに翻弄される哀れな受動性として描き、あてこすりを多用して彼女たちの尊厳を傷つける。ゆえに文化的忘却の概念を適用してもあながち的外れとはいえまい。

本書の第二部第一章では、修道女への直接・間接的な言及のある戯曲において、いかなる表象型が認められるかを検討する。第二章では修道女が登場人物として現われる作品における修道女の表象型を分類し分析する。さらに第三章では、主としてシェイクスピア作品にみられる修道女の表象型を分析するさいに、文学的想像力のなかで「修道女らしさ」をめぐる諸概念が、たとえ希釈化されてはいても、それなりに生き生きと命脈を保っていたことに着目したい。

しかしながら、総括的にみると、当時の英国文化において文化的忘却は着々と進行していた。そうしたなかにあってもシェイクスピアは、修道女がさらされていた相剋する価値観を独特の手法で自作に吸収していった。本書では、シェイクスピアの独自性を抽出するために、修道生活の理想や歴史記述の表象型と彼の作品にみられる修道女像とを比較検討していく。

3 文化的記憶は変化しつつ流通する

まず、初期近代の文献に出没する修道女および女子修道院の記憶と忘却のダイナミクスを吟味する。さらに、その過程で「深層における再形成」を生みだすメカニズムもまた別様に興味ぶかい。記憶も忘却も、宗教的意識の形成をうながす国家的《ナショナル》・地域的《ローカル》な意識を構築する目的で、ひとしく利用されうる。記憶を維持するには忘却が必要とされるが、ひるがえって忘却の過程で記憶もまた修正される。記憶と忘却は互いに開かれつつ相剋し、互いに緊張を醸成する。

このように歴史と文化の生成において忘却がはたす役割の重要性を認識するなら、過去の機能を回収・想起にのみ切り詰める定義は不充分にすぎるであろう。よって本書では、修道女の表象型の「記憶の貯蔵庫」をできるだけ幅広く、かつ仔細に検討し、文化的記憶がつねに変化しつつ流通することを証明したい。

修道女や女子修道院は、これまでの通説では考えられぬほど高い頻度と多様性をともない、初期近代イングランドの記述に登場する。歴史《ヒストリー》と文学《ストーリー》に現われる修道女像は、広範かつ緻密な分析に値する。というのは、ジェンダーを超えると同時にジェンダー化をまぬかれぬという、相矛盾する価値観を背負いつつ、宗教改革以降の作者や読者や観客が宗教改革以前の過去と折り合いをつけるための媒体、しかも自身も反作用的に変容をこうむる素材でもありえたからだ。

宗教改革以前のカトリックの記憶を完全に抹消するのは、心理的にも物理的にもむずかしい。ゆえに、歴史記述や戯曲の修道女像に収斂する表象型のうちに、その記憶の痕跡をたどることはできる。しかしそれらの表象型は、敷衍・削減・単純化・一般化等の紆余曲折をたどるなかで記憶を修正し、文化的忘却を消極的なかたちで証明する。

主として一五八〇年代から一六四〇年代にかけての歴史記述と演劇に着目し、従来の批評では等閑に付されがちだった、修道女をめぐって変位していく複数の視点《パースペクティヴ》を、初期近代イングランドの文化の脈絡において探究する。これが本書の狙いである。

第一部　記憶の貯蔵庫《メモリー・バンク》の構築

――メモリー・テクストとしての歴史書にみる修道女の表象型《トロープ》

周知のごとく、ジョン・フォックスとラファエル・ホリンシェッドの歴史書は、近代的な意味における単独の著者による著作物ではない。両人ともに「著者にして編者」であり、出版者をはじめとする複数の協力者からなる緊密なネットワーク体制に支えられていた。このネットワークは当時の歴史学の手法に則って、先行するさまざまな著者による異質で雑多な情報をせっせと蓄積し、融合させ、編纂した。修道女をめぐる物語を再録し、初期近代イングランドの文化的記憶に流通させるにあたり、フォックスやホリンシェッドはこれらの歴史学的手法を自分の主張に都合よく利用した。これが本書第一部前半の前提である。よって「フォックス」または「ホリンシェッド」という語は「著者にして編者」である個人と同時に、彼らを中心とする蒐集と編纂の人的ネットワークの総称をもさす。

フォックスやホリンシェッドの大部の著作から修道女に関連する記述を探しあてるのは、干し草の山から針を探しだすのにも似た離れ業と思えるだろうか。しかし過去の構築と記憶の再創造において、修道女たちが立つ位置はかならずしも周縁とはかぎらない。ときには中枢に陣取って燃料を投下する。当時すでに、彼女たちの存在は修道院制度をめぐる論争の種だった。修道院制度の功罪が問われるとき、つぎのような問いのかたちをとっていっそう本質的な主題が付随して浮上する。修道女は貞潔の誓いをつらぬくべきか、あるいは聖職者には結婚が許されるべきか。修道女はジェンダーを超えた権威を有するのか、あるいはジェンダー特有の脆さをあらわにするのか。聖性の誉れとなるのか、あるいはむしろ聖性を貶めるのか。

修道女への関心は、歴史記述にとどめられた修道女の世俗的な身分や教会組織内の立場を反映する。少なからぬ数の修道女は高貴な生まれで、女子修道院長として修道会を統括していた者もいれば、列聖されて崇拝の対象となっていた者もいた。その傾向はイングランドがキリスト教に改宗した時期にとりわけ顕著である。だからこそ、熱烈な祈りが収斂する焦点として、伝統的なカトリック教会に定位置を得ていた修道女の問題は、宗教改革の教義論争の核心に触れざるをえない。

偶像破壊は宗教改革の無視できない一部だったが、永く歴史の試練に耐えうる、この修道女という篤信の女性像が、改革の旗標《はたじるし》のもとに接収され、有効活用すべく陣営内に再配備されたことは注目に値する。さらには聖人と同じく、「歴史的・教義的なドラマに出演する役者」という新役を与えられたことにも驚くには当たらない。記録の残るアングロ・サクソンの修道女の多くや、後代の修道女たちが教会に認知されて聖人となり、彼女たちひとりひとりに捧げられる崇敬が大衆の想像力を席巻するにたる魅力があれば、なおさらである。

第一章前半では、聖別された修道女にせよ、とても聖別どころではない修道女にせよ、敬虔な女性の表象がいかにして両義的な含意を獲得していくかを探りたい。宗教改革という歴史のあらたな展開が修道女の表象になにをもたらしたのか、フォックスとホリンシェッドが彼女たちにいかなる役割をあてがったのかを吟味したい。さらに、これら歴史書の「著者」たちが自国史を構築する過程において、いわば副次的に、意図することなく、修道女の表象型《トロープ》の蓄積と記憶の貯蔵庫《メモリー・バンク》の構築にも貢献したことを検討したい。

第一章　ジョン・フォックス『迫害の実録』
——戦闘的プロテスタントの主張

第一節　『迫害の実録』における修道女への言及

1　英国文化に最大の影響を与える

ジョン・フォックスの『迫害の実録』は一六世紀の出版当初から一九世紀にいたる長きにわたり、英国文化一般に最大の影響力を行使しつづけた書物といっても過言ではない。当然ながら、宗教改革史研究における基礎文献中の基礎文献といってよい。カトリックのメアリー女王の治世下、異端の廉で捕らえられたプロテスタント信徒が、木杭に縛られて火刑に処せられる直前、臆することなく信仰告白をして堂々と殉教するといった勇ましい描写は、木版の挿絵を添えられて、民衆の想像力と信仰心を大いに掻きたてつづけた。

ところで、『迫害の実録』は幾度となく版を重ねるが、そうした新版の刊行が教会内部の危機の時期と合致するのは偶然ではない。こうした書物は、プロテスタント教義についての既存の価値観を一般大衆に普及させるのに有効な手段だった。本章では、一五八三年版を中心に、全一二巻を渉猟し、「修道女」とそれに関連する諸概念への言及を網羅し、修道女の存在あるいは非在の様態について考察を深めたい。

「修道女」「女子修道院長」「女子隠遁者」「ローマ・カトリックの戒律のもとで貞潔を守る女」「聖なる盛式立誓修道女」「修道女にふさわしき純潔」「女子修道会」などキリスト教の修道女や「女子修道院」をめぐる言説は、少なく見積もっても全巻で百は下らない。修道女はさまざまに言及され、さまざまな方法で語られ、さまざまな文書の引用や語りのうちにテクスト横断的な谺《こだま》となって響きわたる。とはいえその響きは一二巻すべてで万遍なく聴きとれるわけではない。頻出するのは第二巻、第三巻、第四巻、第五巻、第八巻である。

2 真の教会と偽りの教会が対比される

言及が数巻に偏っているのは、全一二巻が年代順に構成されているからだ。フォックスは「真の教会(true church)=プロテスタント教会」と「偽りの教会(false church)=カトリック教会」の対比を明らかにするために、自著を三〇〇年ごとの黙示録的な五時代——「教会の受難のとき」「教会の繁栄のとき」「教会の衰退あるいは堕落のとき」「教会のうちなる反キリストのとき」「教会の改革のとき」——に分割し、第一巻から第六巻までの第一部で、キリストの誕生からフォックスの考える使徒的教会が英国に創設されるまでの広範な時代を扱うと宣言する。

この時期、多くの修道会の創立、修道院の建設、多くの女性の修道会への入会が確認できる。うち何人かはやがて修道院長となり、死後は聖人として崇敬された。この時代は「修道女」「女子修道院長」の語が頻出する第二巻から第五巻の時代と重なる。一方、第七巻から第一二巻からなる第二部は、ヘンリー八世の治世からエリザベス一世の治世までを扱う。一部の修道会や修道院の復権がなされたメアリー一世の治世が挟まれるものの、修道院が公に解体され、修道会がつぎつぎと解散させられていく。第二部第八巻で「修道女」が頻出するのは、この時期に修道院解体が強行されたからである。

このように、フォックスの記述における「修道女」への言及の頻度や存在の濃淡は、各巻が扱う歴史的な時代によるところが大きい。もっとも、フォックスの網羅する範囲には、同時代の典型的な歴史書に比べて少なからぬ偏向が認められる。キリスト生誕からウィクリフ(一三二〇ごろ—八四)の登場までの一三六〇年が最初の四巻で、つづく八巻でウィクリフの登場からエリザベス一世の治世までの二〇〇年が語られる。

ヘンリー八世、エドワード六世、およびメアリー一世の治世についての圧倒的な情報の多さはともかく、第七巻以降では語りがそれ以前の巻とは歴然と調子を変える。しかも、プロテスタント信徒の殉教の詳細を伝える挿話、目撃証人の語りの再構築が頻出する。著作の最後に近づくにつれて、語りがいよいよ微に入り細を穿っていき、いよいよ長くなっていくのは、フォックスが近年の事象についてより大量の情報を有していたからという以上に、語りの黙示録的な終焉を先延ばしにする意図があったからではないのかと、問うこともできよう。いずれにせよ、第七巻以降の脈絡では、後述の例外をのぞき、カトリックの修道女が登場する余地はほとんどない。さらに、言及の頻度に関連するも一致するとはかぎらないのが、修道女をめぐる語りの性質である。さしあたり、教義的・歴史的・逸話的な語りの三種に分類することにしよう。

語りの分析にあたっては、修道女への言及にまとわりつく政治的含意を忘れるべきではない。フォックスが修道女を論じるさいに、宗教改革の大義への熱烈な肩入れが、反修道院主義や反カトリック的偏執といったイデオロギーと混ざりあい、大衆の潜在意識に訴える情念となって噴出する。一般にフォックスの著作では、教義的・逸話的な語りではなく歴史的な語りになると、修道女への言及が一気に増える。しかも、いかにも価値的に中立な歴史的事実の列挙とみせかけて、その実、カトリックとプロテスタントを分断する教義上の相違に深くかかわる言及が多い。修道女をめぐる逸話についても同様で、数はさほど多くないが、修道女を貶めようとする教義が背後に見え隠れする。かくて修道女の教義的・歴史的・逸話的な言説は互いに作用しながら、『迫害の実録』におけるプロテスタント教会の勝利という主題の一角を形成する。

3 修道女とは教義である

「現在のローマ教会と過去のローマ教会との相違」と題された第一巻の序文は、偽りの教会の奸智と真の教会の廉潔の比較検討という、フォックスの基本戦略を公然と謳いあげる。本巻の「修道女」の初出は教義にかかわるものだ。「なにを奉ずるかを識別し選択する良識を充分に備えた年齢に達する以前に、うら若き乙女は修道女のヴェールをかぶるなかれ、誓願を立てるなかれ」と。ここには、ふさわしい召命もなく修道会に入会する修道女への懸念に加えて、年若い女性の誓願を許す制度への不信も読みとれる。

この一節は、ユスティニアヌス帝やシャルル大帝らが、自由民や市民が、許可なく、後述の条件を満たさずに「修道院生活の宣誓」を立てることを禁じたというくだりで挿入される。「怠慢、または国王の戦争からの逃避」ゆえではなく「ひたすら信心」ゆえの入会であること、「狡猾で強欲な人間に巧みに惑わされて」財産を詐取されたあげくの入会でないこと、このふたつが立誓の条件だったのである。

召命なき修道生活は、「偽りの教会」の教義にたいする警告として、教会の改革の必要性と絡めてもっとも頻繁に説かれる危険である。その意味で、聖職者にも結婚が許されるべきであるという、いっそう声高かつ執拗に反復される主張と対をなすといえよう。フォックスはジョン・ベイル同様、グレゴリウス七世の改革が聖職者の独身制を義務化したことを批判した。原始教会は司祭の妻帯を認めており、司祭の独身は一一世紀末まで義務ではなかったと考えるフォックスは、第一巻「キリスト後の三〇〇年を扱いし第一の書」では「マタイ、またの名をレヴィ、もと取税人にしてのちに使徒」の行いを語る一節で、修道女への言及を二度にわたり挿入する。「修道女の奉献」と「誓願後はいかなる修道女も結婚してはならぬ」とする禁止を、『マタイによる福音書』に（時代錯誤的に）帰される胡散臭さの典型、あるいは「奸智に長けた作り事」の証とみなすために。

第二節　「修道女にふさわしき浄らかな生」――聖人＝王女の表象型

過去を再発明するときに、フォックスは同輩ジョン・ベイルと同じく、「坊主のほら話」すなわち教会年代記や理想化された聖人伝といった材源を参照し、プロテスタント擁護の持論に合わせて自在に加工した。修道女がつかの間とはいえ登場するのは、フォックスが手元にあった主題を部分的に吸収した結果と考えてよい。フォックスが伝える過去の修道女の物語に焦点を当てるなら、修道女や女子修道院をめぐって反復される表象型《トロープ》が検出できるだろう。

英国史における修道女への言及は第二巻にもっとも多く認められる。「第二の書。つぎなる三〇〇年を扱い、ルキウス王からグレゴリウスまで、およびその後、エグバート王の御世までイングランドで起こったできごとについて特筆する」と題されている。ルキウスは一八五年ごろ活躍したとされる架空のブリテンの王である。中世初期の教皇伝によると、教皇エレウテルス(在位一七五―一八九?)の伝記に「教皇の促しによりキリスト教徒になろうと願ったブリテン王ルキウスより書状を受けた」とある。材源にあるエデッサの城ビルタ(Birtha)とブリテン(Britain)の混同から、エデッサの支配者アブガルが英国王に取り違えられたわけだ。この誤解を踏襲したフォックスが、英国年代記の伝統に則って、ルキウスを教皇の助言を求める以前にキリスト教に改宗していた初代教会の信徒とみなしたのである。

1 国内教会史で高貴な修道女が活躍する

「普遍教会」をめぐる一般的な事象を扱った第一巻と打って変わり、第二巻では「国内の歴史」に焦点が絞られる。アングロ・サクソン族の王室と女子修道院との蜜月関係が述べられ、その脈絡で「高貴な身分」の修道女が登場する。ノーサンバランド〔ノーサンブリア〕王オズウィの娘エルフレド(エルフレーダ、エルフリーダ)——王は「娘エルフレドを修道女とすることを誓い、ベルニシアに六、デイラに六、合計一二の修道院を建立するために一二の領地を彼女に与えた」。ノーサンバランド王エグフリドの妃エゼルドリダ——彼女は「一二年、王と結婚していたが、その間、王と寝所をともにすることを頑として拒み、許可を得てイーリーの修道女となり、のちに女子修道院長となった」。きわめて敬虔で「一日一食しか食せず、〔高級な衣類である〕亜麻布を身に纏うことはなかった」と伝えられる。マーシア王ペンダの兄弟ウルフェルスの三人の娘ミルバーグ、ミルドリス、ミルドギス——「聖なる乙女たち」。マーシア王アデルレドゥス(エゼルレド)の姉妹キュネドリドとキュンスウィス——「聖なる乙女たち」も同じである。

フォックスが記録する修道女や女子修道院長たちの大半は、アングロ・サクソン族の王の娘、姉妹、妻、または王族である。これは王家一族の宗教であったキリスト教に、臣下がこぞって改宗した事実を反映する。王家にちなんだ女子修道院、その女子修道院長、王家の崇敬の対象となった聖人たちは、当時の文書にしばしば登場した。フォックスが読者のために選択的に枚挙する情報に、王妃や王女の名前が頻出する所以である。これらの記述から、女子修道会への入会、女子修道院の建立、模範的な生涯ゆえの列聖といった王族女性の抽出型を、本書では「王女にして修道女の表象型」と命名する。

第二巻の終盤で、エグバートによる七つのアングロ・サクソン王国の統一を語った後、フォックスがことさらに強調するのは、王が建立した修道院、修道院で生涯を送った王、「彼女たち自身またはその祖先が建立した女子修道院において、独り身の生涯を送った王妃や王妃の娘たち」といった主題である。その後に、「自身の地位財産から離れて修道女となった王妃や王の娘たちの一覧」、および「後に修道士となったサクソン族の王の一覧」とカンタベリ大司教の一覧がつづく。

ただし、フォックスは修道生活を送った男女の生涯に異議を唱えることも忘れない。「修道生活の誓い」を立てるのは「神の御言葉と異なる、おのれの伝統に則って神に仕えるという新たな仕掛」にすぎず、ローマ教会は聖パウロの説く善行の解釈を誤っていると。実在する修道女の一覧を読者に知らしめるといういかにも公平無私な意図を装いつつ、修道生活の基盤たる召命や独身や立誓そのものは揶揄している。

2　修道女が女子修道院を創設する

修道女にかかわる最初の一覧は、王族の創立者を擁する女子修道院の列挙である。

ヘオレントンの女子修道院は、ノーサンバランドで初めての修道女ヘウによって創立された。ヘテシーの修道院は、ノーサンバランド王オズウィによって創立された。王はまた娘エルフレドとともに、ノーサンバランドの一二の修道院に寄進した。六五六年。ウィットビー、またの名ストレンホルトの修道院は、ノーサンバランド王エドウィンの甥の娘ヒルダにより創設された。六五七年。ハカノスと称されるもうひとつの修道院も同年、ヒルダにより創設された。イーリーの修道院はイースト・アングリア王アナの娘エレスドレド、またの名エデルドリダによって建設された。

この後、バーキング、ウィンバーン、シャフツベリの高名な女子修道院の創立の説明がつづき、王族とのかかわりに焦点が当てられる。

これらの修道院の創設は「当時の指導や教えにもとづくならば、神に向けられたある程度の熱意と敬虔」の証左であると、フォックスもひとまずは譲歩してみせる。だが、すぐさま創設者たちの落度を指摘する。第一に、「結婚という聖なる状態を離れて独身で生活できるように、修道士や修道女のための大小の修道院を建立しはじめたひとびとは」、「公的にはキリストの教会に、私的には彼ら自身の魂に、いかなる危険や荒唐無稽な悪行がそこから起こり得て、また実際に起きたかを予見すべきだった」。第二に、「彼らの熱意と敬虔」は「キリストの福音における知識と教義のように結びつくべきだった。なかんずくイエス・キリストの信仰による、われわれの自由な義認にかかわる条項において」。ところが、この結びつきが欠けていたために、創立者だけでなく立誓の修道者も「誤った道を走り、欺かれてしまった」のだと。

フォックスいわく、彼らの敬虔と精神の熱情は是とし、その行為は善意に発するがゆえに咎めはしないが、行為そのものの根拠については弁護の余地はない。これは善行の教義の解釈についての彼の立場の焼き直しである。修道院の創設者を直接には批判せずに、事実を自分の修道院制度反対の議論に引きよせているのである。

3 プロテスタント殉教者を引きたてる

前述の修道女となった「妃と王の娘」の一覧の一部をかかげる前に、フォックスは修道士になった王たちの信仰をこきおろし、「当時の王や王子のまやかしの信仰はかほどのものであった。また、同時代の妃や王女、および他の貴婦人たちについても同様のことが指摘できる。もっとも彼女たちの名前をここで列挙するのは長くなるので控えたい」と締め括る。だが、その舌の根も乾かぬうちに、女性の名前を延々と挙げるのをためらわない。

ノーサンバランドの王エドウィンの甥の娘ヒルダ。イーリーの修道院の修道院長であった。ケントの王アーコンベルトゥスの娘たちアーチェンゴーダと姉妹アーメニルダ。このアーチェンゴーダはフランスにある聖女ビルギッタの修道会で誓願を立てた。〔……〕ノーサンバランドの王エドウィンの妻にして妃およびアナ王の娘エデルバーガも聖女ビルギッタにちなんだ同じ修道院で修道女となった。〔……〕ノーサンバランドの王エクフリードの妻で、われわれが聖女エルドリードと呼ぶエゼルドレダ〔エゼルドリダ〕は、ふたりの夫と結婚したが、一二年間、彼らのどちらにも首を縦にふらず、純潔を守り、ヘリングズで誓願を立てて修道女となった。ワーバーガはマーシアの王ウルフェルスの娘で、イーリーで修道女となった。ウルフェルス王の姉妹キンレーダとその姉妹キンズウィダはふたりとも誓願を立てた修道女であった。マーシアの王アナの娘にしてケントの王アーコンバートの妻セクスバーガはイーリー修道院の修道院長であった。ノーサンバランドの王オズウィの娘エルフリーダはウィットビーの修道院長だった。修道会に入会し、修道女にふさわしき純潔の誓願を立てた。ミルドレッド、ミルバーガ、ミルグイーダは、三人ともウェスト・マーシアの王マーウォルダスの娘たちで、マーシアの王オフリクスの姉妹、かつペンダ王の娘キネバーガは誓願を立ててグロスターの修道院の修道院長となった。オズウィ王の娘でペンダ王の息子ペダの妻エルフレーダも同様に同じく誓願を立てて禁域に入り、ローマ・カトリックの貞節を誓った。エドガー王の妻アルフリーサもしかり。そして、上記のエドガーの娘イディサも、その母ウルフリスとともに、などなど。

修道生活に身を捧げた女性たちの連禱ともいうべきこの一覧を、現実にこの時代に修道女が多かったことはさておき、わざわざ自著の英国史に挿入した理由はなにか。名前の一覧に加えられた修正や修飾を吟味すれば、フォックスが歴史上の修道女を、後に登場するプロテスタント殉教者の引き立て役とみていたことに、疑いの余地はない。

「ローミッシュ・カトリック〔ローマ・カトリックの蔑称〕信徒は、これら聖なる修道女たちを、その他多くの聖なる修道女ともども列聖して聖女にした。〔……〕その唯一の理由というのが、厳粛に立てられた貞節の誓いなのである」とフォックスは呆れてみせる。

かくて大勢の修道女とその家系の一覧は、ふたつの論点を明確にするために利用される。第一に、ひとびとは「誤信」によって惑わされたのであり、「誤信」は教会にとっても自身にとっても危険を招きかねない。第二に、彼女たちが貞潔を守って生きたのが事実だとしても、「ローミッシュ・カトリック信徒」のように貞潔の誓いだけで聖女に列すべきではなく、殉教したプロテスタントこそ真の聖別にふさわしい。すなわち、誤信にもとづくカトリックの善行に価値はなく、真に讃えられるべきは真の信仰にもとづくプロテスタントの殉教であると主張しているわけだ。

4　聖人＝王女はふたつの歴史の境目に立つ

フォックスは聖人＝王女の表象型を軽視する。よしんば本人がいかに高徳で純潔だとしても、しょせんは偽りの教会に聖別された偽りの聖人にすぎないからだ。したがってフォックスは自身の「歴史」を語るために、「ローミッシュ・カトリック信徒」の誤謬を暴露し是正する必要に迫られる。にもかかわらず彼が彼女たちの名前や敬虔の重要性を完全に抹殺しないことに、むしろわれわれは興味をそそられる。その名前を国家の歴史の一部として刻みおくことのほうがより重要だと考えたのだろう。

フォックスの一覧は記憶術の体系を連想させる。意図的に修道女の記憶の貯蔵庫を築いたといってよい。普遍教会の歴史とイングランドの国家の歴史というふたつの物語を、一挙に語ろうとしたのではないか、と近年の学者たちは考える。聖人＝王女としての修道女の表象型を語りなおすさいに、プロテスタントであると同時に愛国者でもあるフォックスは、おそらく注釈をつける欲求に駆られた。というのも聖人＝王女たる修道女は、唾棄すべき偽りの教会に認知された偽りの聖人であると同時に、イングランドの過去にとっての重要人物でもあるという意味で、いわば二種類の歴史の境界線上に位置していたからだ。

フォックスがくり返し言及するアングロ・サクソンの信仰篤き修道女の大半は、まずは王家に縁《えにし》があり、政治的な権勢をふるう女性であり、互いに血縁と婚姻のネットワークで結ばれていた。つぎに死後は列聖され、それぞれの活動の地において、ときにはきわめて広範な地域において、民衆の信心を一身に集める聖人となる。一般に、フォックスは前者（王家との関係と権勢）を強調し、後者（民衆の崇敬）を無視する。たとえばエルフレドまたは聖アエルフレドは父王の誓いを成就すべく、幼少から修道生活に捧げられ、六八〇年からストレンサル＝ウィットビー修道院において、すなわち、修道女と修道士が同一の女子修道院長のもとに同じ聖堂を用いる男女共同礼拝修道院において、りっぱに修道院長を務めた。フォックスは父親が幼少の娘を教会に奉献した旨を述べる一方、彼女の後年の功績についてはおおむね沈黙を守ることで、彼女の主体性を矮小化する。この言い落としによって、この高名な女子修道院長を暗黙裡に、第一巻冒頭で語られた、年端もいかぬのに入会を強いられてその後に誘惑に負けて、自身にも修道会にも危険を招くとされる少女たちと同列におこうとする。

実際には、聖アエルフレドとその前任者でおばのヒルダまたは聖ヒルドは、ノーサンブリア王国の政治においても教会組織においても重要な役割を担った。ストレンサル＝ウィットビー修道院は六六四年、ウィットビーの宗教会議の舞台となり、聖アエルフレドと聖ヒルド（ヒルダ）が修道院長職にあった時期に多くの司教を養成した。フォックスといえども聖ヒルドの功績のすべてを看過したわけではない。彼女が傘下の修道院で五人もの司教を育てた「敬神の、学識ある女性」であることは指摘する。

興味ぶかいことに、フォックス以前にはジョン・ベイルもまた、ほかの修道女たちに比べると聖ヒルドには好意的でさえある。エイダンと彼の率いるリンデスファーン修道院の会員たちとローマ教皇使節団とのあいだの、ウィットビーの宗教会議における復活祭の日付や教義をめぐる論争を描写するにあたり、ベイルは聖ヒルドを「学識豊かで、賢く、徳高い女性」と称する。なぜなら聖ヒルドは「初期教会の純粋な秩序を保った」スコットランド教会に与し、ベイルらが敵視するローマ教会との対立も辞さなかったがゆえに政治的意義を帯びたからである。フォックスも聖ヒルドにゆかりの修道院を話題にするが、材源のベーダ（六七三／四―七三五）と異なり、彼女が国王や司教の相談相手を務め、模範と仰ぐべき人生を送り、後述するように奇蹟的な死を迎えたと褒めそやすことはない。聖ヒルドへの崇拝や一四あまりの中世の教会の守護聖人としての地位にも触れていない。無知ではなく意図的な無視とみなすべきであろう。

5　断片からも人間力はうかがい知れる

イーリー修道院の修道院長エゼルドリダ（エゼルドレッド）または聖アエルスリスについての情報も、フォックスの手にかかれば、かなり恣意的に圧縮される。列聖された彼女の姉妹と娘への言及もある。聖アエルスリスはイースト・アングリアの王アナの娘であり、アエルフリックが『聖人列伝』で称賛した二七人の聖人のうちの八人の女性聖人のひとりだ。同書で生涯がとりあげられる英国最古の女性聖人にして、唯一地元出身の聖人であり、殉教しなかった唯一の女性聖人である。この点でフォックスは先人のベーダが彼女に与えた優位を追認する。ベーダは『アングロ民族教会史』で聖アエルスリスの純潔を讃える詩を捧げた。アエルフリックはベーダの記述に依拠して自著をまとめ、ベーダ自身はノーサンブリア司教ウィルフレッドを情報源としている。

　フォックスは聖アエルスリスの二度の結婚について述べる。最初は年若くして南ジャロウの伯爵トンドベルトと、二度目はノーサンブリア王エグフリスと結婚した。また、ベーダとアエルフリックにもとづき、アエルスリスが乙女のまま再婚し、二番目の夫とも一二年間、純潔を保ったとする。加えて、アエルスリスが純潔を捧げることをいかに嫌がったかも強調する。エグフリスと「一二年間、結婚していたが」、アエルスリスは「その間、王と寝所をともにすることを頑として拒み、彼から許可を得て、修道女となった」。また、「ふたりの夫と結婚しながらも、どちらにも承諾をせず、乙女として生きると言い張った」。

かくて彼女の純潔に注意を向けさせつつも、夫たちに当然の権利を拒むアエルスリスの気まぐれな頑固さを浮きあがらせる。それでもフォックスはベイルのように彼女をなじりはしない。「［夫婦が互いに負うべき義務を説いた］聖パウロの聖なる教義（『コリント人への第一の手紙』七章）にしたがい、彼らに相応の恵みを与えるどころか、一二年ものあいだ彼らを蔑ろにし、夫たちを不義の生活に追いやった」と述べて、ふたりの夫を焦らし、自身の純潔は保ったが、結果的に彼らを不倫の道へと誘った、といった露骨な非難は控えたのだから。

フォックスが呈示するのは情報の切れ端にすぎない。それでもこの切れ端から推測される聖アエルスリスの人間力には驚かされる。「聖エルドリードとも呼ばれる」という聖アエルスリスの聖別への言及は、カトリックの聖人を断じて認めないフォックスの持論をもってすれば、たいへんな譲歩といえよう。さらにベーダとアエルフリックの聖人伝に従い、この聖女が教皇グレゴリウス七世お墨付きの修道生活の指針を厳守し、禁欲的な人生を送ったことを読者に示唆するだけでなく、彼女が一日一食を守り、しばしば断食をおこない、贅沢品である亜麻布の衣類は身につけず、快適さを求めなかったことを評価さえする。

しかしその他の、しかも肝心な点においては、伝統的な聖人伝と袂を分かつ。ひとりで祈ることを好んだこと、祝祭日にのみ入浴し、そのおりも他の修道女たちの身体を清めて奉仕したこと、病苦を進んで受け入れたこと、謙遜ゆえに自分の遺体を簡素に埋葬するように指示したこと、そしてなによりも遺体が腐敗をまぬかれたことをあっさりと無視する。後継の修道院長に就任した妹セアクスバーグが姉の遺体を大修道院の教会内の大理石の石棺に移したとき、遺体が生前のままきれいに保たれていたのに、である。

一般に、遺体が腐敗をまぬかれるのは最大の奇蹟とされ、聖人の確たる証左とみなされる。ベーダやリポンのステファンら高位聖職者の理解によれば、聖アエルスリスの遺体の奇蹟こそ、彼女が純潔を守ったことを神が嘉した証であった。この奇蹟は聖人としての評判を決定づけ、民衆の信心を掻きたてた。しかしフォックスの視点からは、遺体の奇蹟などカトリックの悪しき伝統の産物であって、封殺すべき迷妄として斥けるべきものであった。

6 聖人伝の活用に矛盾あり

王女たる修道女たちの情報はかなり断片的なものにとどまる。とくに「結婚という神聖なる状態」を拒む女性聖人たちとなると、フォックスは肝心な事実に巧みな隠蔽や編集をほどこし、全容をあえてつまびらかにしない。とはいえアレグザンドラ・ウォルシャムが指摘するとおり、フォックスはのちにプロテスタント殉教者について語るさい、聖人伝の伝統に則って、拷問に耐える殉教者たちに与えられる幻視的な徴については詳述も辞さない(*Providence*, 73, 231–232)。

フォックスの聖人伝の活用にたいする態度が一貫性を欠くのは珍しくはない。王族の一女性としてのアイデンティティについては無味乾燥な概要を読者に供給する一方で、修道女の聖性にともなう奇蹟には口をつぐむ。しかし、個々の修道女についての記述は短くとも、集団として多くの修道女の名前がつぎつぎと挙げられるため、否応なく読者に一定の印象を残してしまう。王女たる修道女の物語は、恣意的に切り詰められているにもかかわらず、真の教会と偽りの教会の歴史の狭間に修道女が場をみいだす契機となりうる。王族たる修道女の物語は微妙な歪曲をこうむりつつ、英国の文化的記憶に刻まれていく。

第三節　「気まぐれな修道女」——想われびとになる修道女の表象型

フォックスは道徳的な模範を示すことに心血を注いだ。『迫害の実録』のなかで、「キリスト教徒にふさわしき結婚という安全なる頸木」に比べ、修道院制度がかかえこんでいる道徳的な危険を遠慮なく指摘する。肉体の脆さをくり返し強調し、その行動が貞潔の誓いにそぐわぬ修道女を非難し、彼女たちと関係をもつ聖職者を宗教改革のドラマに登場する悪役として糾弾する。

修道女をめぐる歴史的な記録にはかならず修道生活をめぐるフォックスの注釈が附される。実際、前述の一覧よりも前に、同じ第二巻において、フォックスはまず、メンツの大司教ボニファティウスがマーシア王エゼルバルドに宛て、王の「不純な生活と教会の弾圧」を説諭するラテン語の書簡を引用する。つぎにこの書簡に示される「定期的にこれらの女子修道院において見受けられる生活の頽廃と大いなる無秩序」に注意を喚起する。「修道女が修道会に入会するさいに義務とされる貞潔を守る誓願は、教会にとって益をもたらさず、公共の福祉にとっても、なによりも修道女自身にとっても益をなさない」と誘導し、これら「気まぐれな」修道女が「彼女たちに必要とされず、また、彼女たちが守ることのできぬ、迷信じみた、永遠の純潔の誓いに搦めとられる」ぐらいなら、キリスト教徒にふさわしき婚姻の安全なる頸木を退けるべきではなかったと結論する。

フォックスの関心は、召命にふさわしくない「気まぐれな修道女」がもたらす道徳的脅威に警鐘を鳴らすことだ。ここでフォックスの道徳的なメッセージがボニファティウスの説諭の手紙と共鳴しあう。とはいえボニファティウスはフォックスの語る歴史の悪役のひとりである。ゆえにフォックスはボニファティウス自身にも矛先を向け、女子修道院を擁護した廉で手厳しく批判する。いわく、ボニファティウスは「［だれにとっても］益にならぬ修道女らの誤信にみちた修道会を支援し、彼女らが合法的な結婚をする邪魔をした」と。

加えて「妄信やカトリック教義のありったけを称揚した」ボニファティウスの愚挙を数えあげる。とくに興味をひくのは、「各地で説教をしながら修道女たちを連れて回る」許可をボニファティウスが司祭たちに与えたという逸話である。さらに自身が創設したフルダ修道院への入会を「ふたりの英国の修道女リーバとテクラ」に許可したとの逸話を示すのも忘れない。

大司教ボニファティウスにまつわる逸話はもともとベイルの語りを圧縮したものだ。フォックスは英国の貴族階級出身の修道女たちがヨーロッパ大陸を旅し、はるばる遠方の巡礼の旅に参加する慣習にごく簡単に触れるにとどめている。一方、ベイルは前述のふたりの修道女を「大司教の最愛のひと」と呼び、聖職者が海外の異邦の国々に修道女を連れて旅するのは、「貞潔の誓いを守る手助けをするためであろう」と露骨にあてこする。ここで名指しされるリーバとは、タウバービショフスハイムの修道院長の聖レオバそのひとだ。親戚筋に当たる大司教ボニファティウスのドイツ布教の協働者であり、博識と霊性を兼ね備えた女性指導者であった。もちろんフォックスに自分の意図に添わぬ情報を披露する気はさらさらなかった。

1 修道女が王に言い寄られる

第三巻にも第二巻同様、多くの修道女が登場する。この巻で扱われる歴史的な時代は「つぎなる三〇〇年、すなわちエグバータス王の治世から征服王ウィリアムの時代まで」に相当する。実在する修道女の多くは、おおむね国王や王妃による修道院の建立や、国王や王妃の娘たちの修道会入会に関係する。たとえばアルフレッド王は「シャフツベリの女子修道院」を建立し、アルフレッド王の「まんなかの娘エゼルゴラ」、およびエドワード王の六人の娘のうちのふたり「エルフレードとエゼルヒルダ」は修道女となった。しかし、第二巻と異なり、第三巻では「修道女」という語がある特徴的な状況と結びつく。すなわち、修道女（だった女性）と国王との交流の挿話として。

ここではエドガー王の悪徳が槍玉にあがる。まず「公爵の娘にして修道女ウィルフリーダ」が被害をこうむる。フォックスはマームズベリのウィリアムを引用し、エドガー王のべつの「想われびと」についてこう記述する。「エゲルフレーダまたはエルフレーダは、オードメア公爵の白き娘といわれる誓願を立てた修道女であり、王はこの女性とのあいだに庶子エドワードをもうけた」。

すでに第二巻の一覧にも、エドガー王の悪徳に悩まされた犠牲者として、ウィルトン修道院の修道女でエドガー王の娘エディィサまたは聖イーディス、ウィルトン修道院の修道院長で同王の妃ウォルフリスまたは聖ウルフシス、そしてウルフシスの従姉妹でバーキングとホートン修道院の修道院長、聖ウルフヒルドの名が挙がっている。エドガー王は当初、ウルフヒルドに言い寄った。彼女がどうやって試練に耐えたかはその聖人伝に詳しい。信仰篤いウルフヒルドに求愛を退けられて、王は彼女の従姉妹ウルフシスに目を向けた。ウルフシスは王の二番目の妻または想われびとになり、イーディスを生み、その後、修道会に入る。そのころにはエドガー王は結婚無効を宣言し、アエゼルレッドの母アエルフスリスと結婚していた。エドガーの息子、殉教王エドワードの母はフォックスによれば「エゲルフレーダまたはエルフレーダ」とされるが、ウスターのジョンの年代記によると、州太守オドマーの娘エゼルフレド・エネダである。彼女が「誓願を立てた修道女」だったというフォックスの主張は、カンタベリのオクスバーンの勘違いを踏襲したのだろうか。

エドガーと修道女たちとの物語は、「修道女と称される誓願を立てた女性たちをわがものにした」罪で、カンタベリ大司教ダンスタンが王に七年の悔悛を課したという挿話と関係がある。ダンスタンはベネディクト派修道院の拡張に肩入れし、教会の改革に熱心だった。したがってフォックスの紡ぎだす宗教改革ドラマでは、大いに活躍を期待される悪漢候補となろう。フォックスはベイルの尻馬に乗り、ダンスタンによるエドガー王への叱責を伝える。

キリストと結婚した乙女を汚すことを怖れなかったおまえが、聖別された司教の手に厚かましくも触れようとするのか？ 創り主の花嫁を汚したおまえが、媚びへつらってその花婿の友の怒りをなだめようというのか？

「ダンスタンの雷のごとき言葉」に、王は恐れをなして大司教の足元にひれ伏し、悔悛を誓い、シャフツベリに女子修道院の建立を約した。「この身が罪を犯して神よりひとりの乙女を奪ったのだから、来るべき日に神に大勢の乙女たちをお返しするために」。

前述のとおり、エドワードの母がだれかについての同時代の情報はない。「誓願を立てた修道女」を母だとするフォックスの主張に根拠はない。にもかかわらずフォックスは、なにがなんでも修道女＝妻＝母の表象をエドワードの母親に投影すべく、修道女でありながら道徳的な弱さゆえにエドガーに誘惑される結果を招いたと、おかど違いの非難をする。しかも彼女をエドガーの最初の妻でなく想われびととみなすことで、エドワードを婚外子とし、エドガー王の血筋を貶めさえする。

返す刀でフォックスはこの逸話を迷信と結びつけ、「教会にどんな作り話や嘘をもちこんでも平気な迷信ぶかい司祭たちのでっちあげた偽りの奇蹟」が、貧しいひとびとの財布の紐をゆるませる危険を警告する。マームズベリのウィリアムが韻文で語るエルフレーダの墓で起こったとされる「途方もない奇蹟」を紹介し、とうてい理性では承認しがたい「奇怪事」だと批判する。かくて修道女エルフレーダとエドガー王の物語は、散々いわれなき中傷をうけたあげく、カトリシズムの「迷妄」の一例として語りつがれていく。

2　立誓修道女との結婚も金しだい

第四巻では誓願を立てた修道女との結婚がふたつ陳述される。第一の例はヘンリー一世と「ウィンチェスターの立誓修道女」マティルド(またの名モード)との結婚で、第二の例は「レスター伯サイモン・モントフォート」とヘンリー三世の姉妹にして修道女たるアリノーとの結婚である。第一の例で、フォックスはマティルドのアイデンティティを説明する一節にヘンリー一世との結婚を挿入する。マティルドは「ウィンチェスターの誓願を立てた修道女であったが、(教皇の特免なしに)カンタベリ大司教アンセルムスの許可により、王は彼女と結婚した」。数行前にフォックスはヘンリー一世が「ローマ司教〔教皇〕をあまり尊重しなかった」と満足げに語っている。王が教皇と距離をおいている点を強調したかったのだろうか。

第一の例ではアンセルムスにわりあい寛容なフォックスだが、アンセルムスが聖職者の結婚を禁じた第二の例では敵意を俄然あらわにし、「合法的な結婚に立ちはだかる難敵」と名指しする。金と引き換えに教皇の特免をとりつけたサイモン伯は、「金を工面し、ローマに馳せ参じ、教皇インノケンティウスになにやら耳打ちすると、結婚話は首尾よくまとまった」とフォックスは報告する。ふたつの物語では、金と地位にものをいわせる世俗の権力者への批判はもとより、自分の立てた誓願も守れない「気まぐれな修道女」への侮蔑に加えて、袖の下で教義も曲げる教皇やその仲介者たちへの敵意がふたつながらに読みとれる。

3 「おぞましきこと」が横行する

エドワード二世の治世に発覚したとされる大スキャンダルがある。フランスのとある修道院で魚の生け簀を掃除したところ、「何体もの幼児の骨やいまだ朽ち果てぬ赤子の遺体」が見つかり、当修道院の二七人の修道女がパリに移送され、投獄された。修道院内で横行した「おぞましき所業」の結果だとフォックスは主張する。海外の修道院を舞台とすることで、イングランドの教会史から一定の距離をおこうとしたのか。当時、大陸のいたるところに国境をこえたキリスト教共同体が存在したにせよ、フォックスはこの直前にパリのテンプル騎士団修道会の弾劾事件を報告しているので、異邦（なかんずくカトリック大国のフランス）における風紀の乱れを強調する意図もあったかもしれない。

有徳の修道女も例外として言及される。「修道女にして女預言者ヒルデガルト」もそのひとり。後半の巻でもカトリック教会への過激な批判ゆえに頻繁に名指しされる。もうひとりはハンガリー王の娘エルジェーベトである。エルジェーベトは夫の死後、「修道会に入って、自分の意志で修道女となり、功徳を積み重ね、死後、アルメイン〔ドイツ〕全域に徳高き行いを鳴り響かせた」。フォックスはカトリック教会が彼女の「修道女にふさわしき浄らかな生」を讃えて列聖したと報告するも、彼女の母親にかけられた姦淫の疑いにあえて触れて、彼女の立場を貶める。フォックスにとって、原《プロト》プロテスタントの模範として接収されるべき少数の選良をのぞき、高貴の出自や聖性といえども瑕疵なき道徳観の保証とはならない。こうした例外的な選良については次節で論じたい。

第四節　原プロテスタント的大義の周縁——真の女預言者と偽りの女預言者

1　ビルギッタ、カタリナ、ヒルデガルトは真の預言者である

卓越せる個人を原プロテスタントとみなすとき、フォックスは逸話の詳細を巧みにあやつる。第五巻には、ヒルデガルトとエルジェーベト以外にふたりの修道女にして女預言者が登場する。「聖なるビルギッタ」と「シエナのカタリナ」である。第四巻で言及されるビンゲンのヒルデガルトと並び、カトリック教会の道徳的弛緩を容赦なく弾劾したふたりを、フォックスは時代錯誤をものともせず自分の教会史に接収していく。その流れでヒルデガルトは原プロテスタントの女預言者となる。アシジのフランチェスコの物語のあとに、教皇に定められた「司祭、修道

士、修道女といった烏合の衆の一覧」を挙げ、「ここでちょっと脱線しよう」と読者に断ってから、アルファベット順で修道会を列挙する。「ビルギッタの修道会」「クララの修道会」「シエナのカタリナの修道会」など、いずれも伝統ある女子修道会である。

ローマの没落を預言し、托鉢修道士の腐敗を糺すヒルデガルトを、フォックスは修道女でありながら宗教改革の敬虔な女預言者として紹介し、「その預言がわれらの時代に明白に成就されるのを見届けよう」と締め括る。カトリック教会公認の預言者である修道女が、カトリック教会内部の改革の推進力となる。この史的事実が、フォックス描く真の教会と偽りの教会がくり拡げる終末的な闘争に、都合のよいメッセージ性を帯びて挟みこまれる。

これら修道女にして女預言者たちは、原プロテスタントの改革者として、真なる教会の尊敬すべき先駆者と讃えられる。つまり、彼女たちは歴史的にはカトリックの信徒でありつづけつつも、予型論的な英国教会史観に居場所を与えられて、英国国家の歴史に都合よく見かけの継続性を附与するのである。

2　英国の修道女は原プロテスタントの典型である

前述のヒルデガルト、ビルギッタ、カタリナの三人はもとより英国の修道女ではない。原プロテスタントの典型とみなされる英国の修道女については、他に目を転じねばなるまい。第五巻で一三八七年ごろ、ロラード派の嫌疑をかけられて、カンタベリ大司教ウィリアム・コートニーに尋問された女性たちがその役割を担うだろう。「レスターの聖ピーター教会の敷地内に隠遁する独住修女マティルド」と、イーリー司教区の「聖ラデゴンド修道院の立誓修道女マーガレット・ケイリー」である。

マティルドは「異端とロラード派のペストのごとき毒に感染したのか」と詰問する大司教に、「飾り気なく率直に答えるのではなく、詭弁をあやつって巧妙に答えた」ので、拘束は解かれず、さらに尋問はつづいた。その後、マティルドは信仰信条を撤回したので、「四〇日間の悔悛を言い渡され、レスターの隠所への帰還を許された」。一方、マーガレットは「修道服を脱ぎ捨て、世俗の装いで、長年、背信者の自堕落な生活を送っているところを発見された」が、説諭されて元の修道院に戻された。

マティルドとマーガレットは、一般化された修道女が多いフォックスの語りでは例外的といってよいほど個性的である。また、単独ではなく複数での言及により、カトリック教会への継続的反抗のシニフィエとなる。とくにマティルドの物語は注目に値する。ときの国王リチャード二世とローマ教皇庁の権威を借りて圧力をかけるコートニー大司教に対抗し、たとえしばしにせよ自身の信条を守ろうと試みた勇気が讃えられる。

第八巻には、やはり個性を描きこまれた英国の修道女が登場する。ただし偽りの女預言者として。毀誉褒貶の激しい「エリザベス・バートン、またの名をケントの聖なる乙女」である。この人物は他の歴史書でも扱われるので、各著者の言説との比較において後述する。第七巻以降、フォックスの口調が変化し、プロテスタント殉教者とその殉教を中心に描くようになる。修道女の登場場面は激減し、エリザベス・バートンのような例はかなり珍しい。

ほかには、プロテスタントの殉教譚に関与すると思われる修道女がたまに登場する。たとえば第一二巻では一五六〇年にスペインの異端審問により殉教した一四名の男女のひとりが修道女だったと述べる。この修道女は地位と高貴の出自ゆえに処刑をまぬかれたとのちに断ってはいるが、真の教会のための殉教においては修道女もプロテスタントもない、世俗の地位も身分も関係ないと訴えたかったのか。国境や宗派を超えたいわば殉教者の仲間意識《フェローシップ》を構想していたのか。ジェフリー・ナップが英国宗教改革の目的と示唆した超国家的《スープラナショナル》なキリスト教社会の構想と重なるといってよい(86)。

3　女子修道院長がティンダルを読まんとする

第八巻にはべつの例がある。ロンドン市の参事会員《オルダーマン》ハンフリー・モンマスはウィリアム・ティンダルの支持者であり、礼拝堂付司祭《チャップレン》として「半年間、自宅でティンダルを匿った」。ロンドン塔に投獄され、一五二八年、ロンドン司教ジョン・ストークリーに尋問されたモンマスは、エラスムスの『エンキリディオン——キリスト教戦士の手引き』のティンダルによる英訳など、自分の家にあったティンダルから譲り受けた本などをさまざまなひとびとが所望したので、彼らに与えたと弁明している。そのひとりにデニーの女子修道院長がいた。ルーシー・E・C・ウッディングが指摘するとおり、聖書の再発見と教育を介しての無学な庶民の救済というエラスムスらユマニストの主張は、ヘンリー八世による宗教改革の思想的な基盤を固めるのに一役買った(19–25)。

フォックスが匿名にとどめるこの女子修道院長は、デニー修道院の最後の院長エリザベス・スロックモートンであり、モンマスはこの修道院に「約五〇ポンド」の献金をしたとも述べている。二年を遡る一五二六年、すでにティンダルは聖書英訳の廉で断罪されており、著訳書すべてが禁書扱いとなっていた。わが身にも危険を感じたモンマスが、遅ればせながらティンダルとの距離を保とうと躍起になったのも無理はない。フォックスはわりあいモンマスに好意的で、彼を「福音の匂いをかぎ分けた篤信で誠実な参事会員」と呼んでいる。一方、そもそも修道女の学識にはなんの関心もなく、この女子修道院長を原プロテスタントと認めてもいない。フォックスは女子修道院長が落手した本を、おそらく故あって特定していない。ただ、彼が依拠するモンマスの枢密院への嘆願状は、モンマスがティンダルから譲り受けた英訳本『エンキリディオン』を「彼女の要請に応えて」与えたことを明言している。このように進んでキリスト教霊性の革新的な著作を求めるエリザベス・スロックモートン(エラスムス自身と親交があり書簡のやりとりもあった)の姿勢は、彼女の読書に関連する見識と知的好奇心のありようを示唆する(Bell, 73–74)。したがって、この逸話にはフォックスの意図とは関係なく、彼女を原プロテスタントの大義の周縁に位置づける機能があると解釈できよう。

4 独住修女がビルニーの本を譲りうける

福音主義の改革者トマス・ビルニーは、フォックスによって原プロテスタントの殉教者に祭りあげられるのだが、ここにも信仰の女性の姿が垣間見える。異端の疑いで投獄されるも、信仰を公然と捨てたビルニーは、一五二九年に自由の身になる。しかし良心の呵責に耐えきれず、一五三一年初頭、変節の公式な撤回を決意する。「イェルサレムに行き、受難に甘んじる」ことで。原プロテスタントの殉教を語るにあたり、フォックスはカトリック聖人伝の先行モデルに倣い、殉教者をキリストになぞらえる修辞《レトリック》を援用する。ある箇所では、ビルニーがノーフォークで「彼がキリストの教えに改宗させた独住修女」に会ったと記し、べつな箇所では、「天上のイェルサレムへと旅立ち、そこからノリッジの独住修女を訪れ、ティンダル訳の新約聖書と著書『キリスト教徒の従順』を与えた」と伝える。その後、ビルニーは逮捕され、投獄され、焚刑に処された。

この二箇所で言及される独住修女は同一人物で、ドミニコ会の男子修道院付属の独住修女キャサリン・マンと推定される(McClendon, 65. 井出新の指摘に負う)。ビルニーが生命さえ危うい状況にありながら、わざわざ独住修女の庵を訪れる労をとってティンダルの著訳書を手渡したことは、彼女への信頼の篤さを物語ると同時に、自国語で記された福音への彼女の渇望を示唆するとも理解できる。同年八月、ビルニーはふたたび道を踏み迷った棄教者として処刑されたのである。

5 聖職者の結婚がベイナムの審問で糾される

同じく一五三一年、フォックスはべつの審問の報告をしている。異端の嫌疑でロンドン司教ストークリーに尋問された弁護士ジョン・ベイナムは、冊子『物乞いの嘆願』で異端として告発されたサイモン・フィッシュの未亡人と結婚していた。フィッシュの影響を疑われて、煉獄、聖人の仲介、告解の秘蹟、聖書の自国語訳、修道者の貞潔の誓願を含む誓願の有効性など、カトリック教義の枢軸にかかわる審問を受ける。ベイナムの対応は現実的だ。たとえば修道者の貞潔の誓願については、「盛式誓願をした司祭、修道士、ないしは修道女は、誓願後に貞潔の遵守に困難をみいだすなら、誓願から解き放たれて結婚してよい」と答える。さらに、ルターへの支持と聖職者の結婚について、持論を糾される。

九番目に、ルターは修道士の身でありながら修道女を修道会から連れだし、その後、彼女と結婚したが、これは善いか善くないか、また、これをどう思うか、と尋ねられた。彼は答えた。なにも思わないと。すると、これはいかがわしい行為かと訊いた。彼はそうとはいえない、と答えた。

ベイナムや原プロテスタント殉教者たちの審問では、「修道女」の語が聖職者の結婚との関連で頻繁に浮上する。フォックスはこれを「修道会の有象無象」の権威を侵蝕するために最大限に活用する。フォックスがついでのように描きだす修道女像は、ときに個性を与えられて生身の顔をのぞかせ、ときに一般化されて薄っぺらい戯画となり、ときに巧妙な暗喩《メタファー》となって、原プロテスタントの大義をめぐる物語の周縁に出没する。

6　元修道女は真の教会の一員たりうるか

これまでとは異質な例を最後の第一二巻から紹介しよう。リンカンシャー州オーボーンの牧師ウィリアム・リヴィングとその妻ジュリアンは、カトリック信仰を国教に復位させたメアリー女王の治世下に逮捕されるが、まもなく訪れた女王の死のおかげで解放された。ジュリアンと審問官である大法院担当司祭ダービシャーとの一問一答を、フォックスはまるで見てきたかのごとく再現する。

ダービシャー（以下ダ）　ああ、おい、ガウンから察するにおまえは修道女《シスターズ》のひとりだな？
ジュリアン（以下ジ）　ガウンを着ているのは、修道会《シスターフッド》や女子修道院に義理立てするためでなく、暖をとるため。
ダ　尼か？　ああ、おまえが尼に甘んじているとはいえんな、こやつは夫か？
ジ　ええ。
ダ　司祭ではないのか？
ジ　いいえ、ミサなど司らない。
ダ　では、なんだ？　こやつは司祭だ。これと結婚するとは、なんたる不届き者。

それから市民の名前の一覧を見せられた。わたしはだれも知らぬと答えた。

ダービシャーの侮蔑的な言い回しをちりばめた高圧的な質問と、これを堂々と受けて立つジュリアンの力強い口語的な自己弁護、ともに一歩もゆずらぬ緊張感に充ちている。服装で特定しようとするダービシャーの試みにも、ジュリアンは毅然として怯まない。これに審問官は駄洒落（尼に甘んじて云々）で応酬する。リンカンシャー州で元修道女が元司祭と結婚した一件を思い出していたのか。たとえばヘレン・パリッシュの研究によると、一五五三年、センプリンガムのギルバート修道会の元修道士にしてリンカンシャー州のドリントンの司祭クリストファー・カートライトは、センプリンガムの元修道女ジョーン・アストリーと結婚しており、リンカン司教区の修道女の一九パーセントがのちに結婚している(203–204)。

フォックスの報告では、真の教会の一員たるジュリアンは審問で悪びれもせず、仲間とおぼしき一覧を見せられても口を割らない。この大らかさと精神的な逞しさは、フォックスが好んで描くプロテスタント殉教者の機知と不《ふ》羈《き》の魂に通ずる。ある種の朗らかさが殉教者の聖性の証左であるなら、ジュリアンもその延長線上に位置づけられよう(King)。ヒューストン・ディールの指摘を応用するなら、庶民(ジュリアン)に信仰を口語で表明させ、権力の走狗(ダービシャー)に伝統的な信仰を語らせることで、フォックスは読者を心理的に後者から遠ざけ、過去との関係性に揺らぎを持ち込もうとしたと考えられる(42)。

7　修道女の表象型と両義的イメージはなにを意味するか

フォックスの大著には大勢の修道女が登場する。ときに逸話の端役、ときに教義の焦点として。修道士や司祭に比べると回数は少ないが、言及は徐々に蓄積し、やがてフォックス渾身の「英国教会史プロテスタント化構想」ともいうべき情熱的で壮大な試みの一端を担うにいたる。女子修道会が修道院解体の王令により公的に消滅したにもかかわらず、出現頻度に差こそあれ、以下の表象型が認められる。修道院の創設者となる王妃や王女、修道女となる王妃や王女、純潔を保つか夫の同意を得て修道女になる王妃、貞潔の誓いを守って列聖される修道女、国王や大貴族に見初められて想われびととなる修道女、許可を得て還俗し妻となる修道女、召命なく修道会に入って教会と自分の厄災となる修道女、修道院内で放縦を尽くす修道女、真のまたは偽りの女預言者として教会の崩壊を預言する修道女、そして原プロテスタントの信条に共感する修道女などだ。

これらの表象型から導かれるのは、修道女が守るべき純潔の尊さと弱さゆえの頽落という両義的イメージである。逆に、貞潔の誓願をまっとうする修道女は、プロテスタントが称揚する「聖なる結婚」を真っ向から拒絶する。貞潔の誓願を破って結婚する修道女は、逆説的に「聖なる結婚」の真正性の証人たりうることがうかがわれる。さらに自身は禁欲を守りつつも他者の欲望を煽って、結果的に罪を招く原因ともなりうる、という言いがかりに近い議論もある。大方の修道女には貞潔の召命がなく、不毛な修道生活によって自身の魂を危うくするくらいなら、神に祝福された結婚によって「地上を生命で満たす」ほうがよほど神慮にかなう、とフォックスは信じて疑わない。この信念は、彼が全力で擁護する聖職者の結婚を後方から支援する。

初期英国教会の修道女の大半は、高貴の出自ゆえに財力と権力の広大な裁量権を有し、みずから修道院を建立するなり既存の修道院に寄進するなりして、英国教会史を語るさいに無視できない影響力をおよぼしていた。それでもフォックスは自分に都合のよい事実をかいつまんで紹介するにとどめ、彼女たちの本質をなす聖人としての資質や死後の崇敬はあらかた無視する。

カトリック教会の頽廃を警告したり、「真の教会」の教義に関心を示したりした修道女たちは、フォックスの普遍教会史に原プロテスタントとして接収され、原プロテスタントの大義の周縁に布置される。真の教会と偽りの教会の闘争のドラマにおいて、たまたま個人が演じた役柄が詳細に語られる例も、少数ながら散見される。やがて歴史上の修道女が、少なくとも表向きには一掃されたかにみえると、「修道女」という語は民衆の想像力や文学的な創意において隠喩の機能を発動するにいたる。この点については第二部で論じたい。

第二章 ラファエル・ホリンシェッド『年代記』

——中立的な歴史記述

第一節 『年代記』における修道女への言及

これまでホリンシェッドの大著『年代記』はもっぱらシェイクスピア作品の材源として評価されてきた。しかし近年、学究的な歴史プロジェクトの一環で、文化史アーカイヴとしての再評価が進んでいる。歴史記述はひとびとの記憶から形成されるが、ひるがえって、ひとびとの記憶を形成する機能をも有する。ゆえに、ホリンシェッド『年代記』は双方向的な記憶形成の過程を検討するには格好の史料である。たしかに「国家の自己表象の原《ウル》＝ジャンル」が主題ではあるが、国王の治世に沿って構成されている点で、リチャード・ヘルガーソンとともに「年代記的歴史は王家の歴史である」(260)といってよいだろう。『年代記』は中世の年代記の伝統に則り、挿話、トリヴィア、奇談、珍奇な情報や地域の話題などを包括的に蒐集する。その包括的な形式は、編纂者たちに備わっていた一定の客観的な視点を傍証する。いや、不偏中立の印象を醸しだすというべきか。

1 修道女の肖像は多声的かつ中立的である

アナベル・パタソンによると、ホリンシェッド『年代記』にはバフチンを思わせる異言語混淆《ヘテログロシア》が認められる。周縁化された声に耳を傾ける余地を『年代記』が創りだしたと指摘するパタソンの画期的な研究に、近年の批評家はやや懐疑的である。『年代記』を民主主義的なテクストとして読むのは時代錯誤的ではないかと。それでもパタソンによれば、ホリンシェッドの客観性は、ある程度の宗教的寛容さえも含みこむ「不偏中立(indifference)」という語で表現される(*Reading Holinshed's*, ix–xii)。であるなら、宗教や政治にたいするホリンシェッドの立場は、ベイルの反修道院的プロパガンダやフォックスの親プロテスタント的指針とはかなり異なる。ここではホリンシェッド『年代記』、このすぐれて多声《マルチヴォーカル》的な著作において、修道女とその行動がどのように描写され、国家の歴史を構築するにあたり、どのような表象型《トロープ》が反復・記念・蓄積されていくかを確認したい。

フォックスの『迫害の実録』と同じく、ホリンシェッドの『年代記』に出現する修道女の存在を統計的に示してみよう。一五八七年版の『年代記』では、第一部に少なくとも四一回、第二部に少なくとも一三回、第三部に少なくとも四一回、「修道女」あるいはそれに類する言葉が認められる。なかんずく初期の記述においては、フォックスと同様、女子修道院長や修道院の創設者となったアングロ・サクソン王家の娘たち、ときの国王や政治的・宗教的な権力者となんらかの縁《えにし》のある女性たちがしばしば登場する。

初期の言及にはフォックスですでになじみの名前が頻出する。「英国史第五巻」では、イースト・アングリア王アナの娘たちエゼルドレダとセグバーガらが、フランスの某修道院との関係で言及される。ホリンシェッドによると、当時の英国では女子修道院が不足しており、多くのひとびとが「娘をかの地に送り、彼女たちはかの地の女子修道院で誓願を立て、修道女になった」。ホリンシェッドはベーダやベイルなどの材源を駆使して、ヒルダ(聖ヒルド)の生涯、病、死、家柄を記す。さらにヒルダの学識、清貧の遵守、功績を述べ、「ヒルダの建てたウィットビーの修道院では、男女ともに修道生活を送り、万事において平等であり、だれも富める者はおらず、さりとて必要なものを欠く者もいなかった」と締め括る。ウィットビーの宗教会議で「〔ヒルダは〕コールマン司教の味方として力強く議論した」と述べ、彼女の列聖および聖人としての崇敬はともかく、この高名な女子修道院長についてフォックスよりも肯定的とまではいかぬまでも、少なくとも「中立」的な肖像を描きだす。

ベイルとフォックス同様にホリンシェッドもまた、エゼルドレダが結婚後、一二年間も純潔を守った点に着目するが、先行著者たちとは異なり、エゼルドレダが頑なに夫を拒んだことに必要以上にこだわらない。むしろ夫が彼女の願いを聞き、「彼女が最初に立てた貞潔の誓いを守ることに同意した」と報告する。「イーリーの聖オードリーと呼ばれ、その際立った美徳と純潔の人生のもたらした名声ゆえに大いなる崇敬を集めていた」と、聖人としての地元の評判もあわせて記録する。

妻が夫と自分のために修道生活を望んだ物語もあり、夫と妻の力関係が垣間見えて興味ぶかい。マームズベリのウィリアムに依拠しつつ、ホリンシェッドは家庭のドラマを描きだす。王妃エゼルバーガは夫ウェスト・サクソン王イネ(イナ)に世俗を捨てさせるべく、直前まで王が住んでいた王宮の内装を変え、「汚物、藁、その他の汚穢」を床に撒きちらし、「王の寝台があった場所に雌豚と豚たち」を導き、夫に世俗の快楽の虚しさを印象づけようとした。この方策は「王の心に大きな変化をもたらし」、王は「王国を従兄弟エゼラードに譲り、自身はローマへと旅立ち、その妻はバーキング修道院の修道女となった」。フォックスも同じ物語を伝えるが、そのさい王妃の言動に私見をわざわざ添えておく。王は「妻エゼルバーガのしつこい説得とずる賢い策略に乗せられてローマに行き、そこで僧侶になった」。しかもこれでもかとばかりに「女の奸智にたけた頭脳をもって」との注釈も忘れずに。

それとは対照的にホリンシェッドは王に修道士になるよう勧めた王妃も、修道院に入るために譲位した王も責めず、淡々と女の機知を讃える。しかし同時に、修道女の放縦を示唆することも怠らない。フォックスと異なり、ボニファティウス大司教のエゼルバルド王宛ての手紙は引用しないが、国王が「さまざまな女性、とくに修道女とともに、色におのが身を任せ」、マーシアの貴族たちに「邪悪な手本」を示したと大司教がとがめるのを伝える。ホリンシェッドはまた大司教が改革に乗りだし、カンタベリ司教カスバートに「英国の修道女が海外で頻繁に巡礼に出歩きすぎぬように」と忠告したことを報告する。「フランスやロンバルディアには、姦淫のうちに奔放に生きる英国女性がいない都市はないからだ」という大司教の警告をとくに注釈なしに含めることで、大勢の英国の修道女が巡礼で遠方まで出かけ、そのまま異国に根をおろす状況をホリンシェッドは示唆しているのである。

エドガー王の性的武勇伝をホリンシェッドも語るが、フォックス以上に複数の視点に配慮する。アルフレド(アゼルフレド・エネダ)がエドガーの最初の妻か愛人かについては、材源により意見が分かれることを注で明記し、彼女が「(あるひとの言によれば)エドガー王の妻または(ほかのひとの記述によれば)彼の想いびと」であることも周到に断るといったぐあいに。その後、同王が同じ名前のアルフレド(アエルスリス)というもうひとりの女性の美しさを耳にし、貴族エゼルウォルドを遣わし、代理で彼女に言い寄らせるが、エゼルウォルドはみずから彼女と結婚する。王はアルフレドと結婚するためにエゼルウォルドを殺害し、彼女はエゼルドレド(エゼルレド)の母になる。

ホリンシェッドはこれを「おのが欲望を満たすためのエドガー王の悪行」と解説し、「やはり奔放な恋心に動かされた」王のほかの行いを挙げる。すなわちウィルフレド(フォックスではウィルフリダ)に言い寄ったことだ。「彼女は(王という危険を避けるために)正式に誓願を立てて修道女になったか、あるいは(大方の著者が同意するように)形式的に修道院に入って修道服を着たが、王命により禁域から引き出され、イーディスという名の娘を生んで、その後あらためて修道女になった」。括弧つき注釈の混じった丁寧な語りは、ウィルフレド(ウィルフリダ)は「修道女である」とだけぶっきらぼうに言い放つフォックスとは一線を画する。

さらに、ホリンシェッドは括弧つきで王の行為の非道さを解説する。「(彼女が修道女でなかったとしても、その罪は恥ずべきものであったが、修道服をまとった女性にはなおのこと触れるべきでなかった)」と。これは「犯罪者に科されるべき種々の刑罰」一覧の「姦淫と密通」に分類される犯罪であって、「修道女を汚した平信徒」は聖職者により厳罰に処せられるという。ただしホリンシェッドの意図は、フォックスのように修道院制度の内在的な欠陥をあげつらうことではなく、犯罪に見合った刑罰の妥当性を問うことにあった。この点にまずは留意しておくべきだろう。

2　女性の機知と哀愁が描かれる

国王が神に身を捧げた女性と結婚する例には、このように政治・宗教・性的な主題が錯綜して浮上する。スコットランド王エドガーの娘モード(マティルド)は、「美しい貴婦人にして美徳の誉れ高く、さる修道院で誓願を立てた修道女であった。この世の嵐を避け、父の死後、安寧のうちに生活するための配慮として」とホリンシェッドは書く。修道院は後ろ盾の父を亡くした娘にとって安全な避難所《サンクチュアリ》なのだと。

モードはヘンリー一世の求愛を当初は退けて誓願を守るも、のちに女子修道院長に説得され、結婚する。「彼女は修道女だったことはなく、母にヴェールをかぶせられ、意に反して修道女たちに預けられた」という材源の見解を紹介しつつ、ホリンシェッドはさらに、「誓願を立てたにせよヴェールをかぶっただけにせよ、初めは承諾したがらなかった」とつけ加えることで、モードの感情を忖度させる。そして物語をこう締め括る。「国王と結婚し、夫婦となったのちは、きわめて従順な妻となった」。フォックスの素気ない語りとちがい、ホリンシェッドはモードを固有の状況や事情をもつ個人として描きだす。

女性たちの素描をつうじて、ホリンシェッドは彼女たちへの共感を誘う。女性による修道生活の選択には、政治的・経済的・宗教的・性的・情緒的な要素が否応なく絡んでくることを、概括的な記述の行間からさりげなく推測させる。フォックスやベイルと比較すると、パタソンの解釈にしたがえば「原《プロト》フェミニスト的」偏向さえ認められる。いくつかの挿話では、女性の抵抗《レジスタンス》に光を当て、これを肯定する(*Reading Holinshed's*, 215–232)。また、修道女をめぐる逸話には、ほんの短いものにも往々にして哀愁《ペイソス》の要素が入りこむ。第一七章では、氏名不詳の修道女が修道院から連れだされ、アルフレッド王の息子エドワード王の兄弟アデルウォルドの妻にされ、その後、修道院に戻されたと語る。王が修道女と結婚したと述べるのみで、その後の彼女の消息にはいっさい触れずにすませる、フォックスとは対照的である。

ホリンシェッドの伝える修道女の逸話や民話のモティーフは、女性の創意工夫に共感を示すものが多い。これらの物語が材源となり、女性への共感が初期近代の演劇に入りこんでいく。その一例が、英国王エドガーの「放埒さ」を物語る三番目の逸話である。ある貴族の娘に目を留めた王は、娘を寝所に連れてくるよう命じる。だが、娘の母親が王の要らぬ関心の裏をかく術策に訴える。娘を「夜陰にまぎれて女子修道院に連れていき、修道服を着せ」、娘の代わりに「器量よしで身持ちがよく愛想のよい」召使を国王の寝所に送り、ベッドトリックを仕組む。朝になり、ことが発覚すると、王は母親の行為に「ひどく立腹」しながらも笑い――「心からの笑いではなかったが」とはホリンシェッドの補足――、全員を赦す。そのうえ、「一夜の奉仕と引きかえに自由を」という召使の願いを叶え、自由を与えるのみならず愛人に召しあげ、元の女主人より身分を引きあげる。

母娘と修道女たちが団結して国王に反抗するようすが活写され、一本取られた王が怒るに怒れず、事態がなんとか収まった経緯が語られる。しかも、最後に笑うのは召使という展開は、修道女の変装とベッドトリックとともに、民話のモティーフを連想させる。フォックスも同じ物語に触れるが、娘が修道服を身にまとうという記述はない。

ウィリアム一世のイングランド征服から始まる『年代記』第三巻でも、『迫害の実録』同様、修道女になったり修道院を建立したりした高貴な女性の名前が列挙される。以後、『年代記』が犠牲者または「演技者」たる修道女の身体性をいかに前景化するかを検討したい。

3　修道女が戦争の犠牲者となる

第一に、戦争の悲惨を伝える描写に修道女が犠牲者として登場する。エドワード一世の治世に起きたスコットランド戦争のさなか、「教会は燃やされ、女性は序列や境遇や地位にかかわらず、乙女や寡婦や妻とともに、当時は神に奉献されているとされた修道女までもが犠牲となった」。神に仕える修道女の身体に加えられた暴力は、残虐さを測る尺度となる。女子修道院が戦争の報告に登場することもある。たとえばヘンリー五世の対仏戦争中、クラレンス公はカンの町で「戦争に備え、たいそう厳重に囲われた小修道院を勝ち取った」。このように女子修道院は戦時中の敵味方双方にとって抵抗の場となりえた。

一五二七年、神聖ローマ皇帝カール五世の軍隊がローマを占領し、略奪におよんださいの殺戮の描写でも、修道女への暴力が悲痛な筆致で描かれる。「ローマの女性の叫びや嘆きはまことに哀れを誘った。深く同情すべきは修道女や誓願を立てた乙女たちの悲惨である」。『年代記』は「年齢も聖別も尊厳も召命も」考慮に入れぬ、「あらゆる人間の掟に背く」極悪非道の所業の犠牲となった修道女に触れ、「誓願を立てた修道女や乙女たちの名高き貞潔が、野蛮で血なまぐさい男たちの邪悪さの犠牲になるのを許す」、人智のおよばぬ神慮への困惑をにじませる。

4　ケントの聖なる乙女が演技をする

最後にケントの聖なる乙女エリザベス・バートンの物語を論じるさいに、フォックスと比較することで、ホリンシェッドの描写の特徴が明らかになるだろう。「演技をする修道女」の代表例といえるバートンの物語は、偽りの女預言者の表象型を再生産する。フォックスはこの逸話を「悪意に満ちたひそかな試み」に位置づける。「アラゴンのキャサリン妃を離婚したヘンリー八世に神が怒っておられる」という根拠のないでたらめを、「神と聖人のお告げ」と称して民衆に信じさせようとするカトリックの陰謀だと。カトリック信徒のバートンは預言する。「国王が離婚を進めれば、一か月後はもはやこの国の王ではない。そしてその一日後、いや一時間後には神の前では王ではない」。フォックスは続ける。

このエリザベス・バートンは詐術を弄し、その顔と身体のほかの部分が驚くほど変化するのをひとびとに見せ、あたかも夢幻の境地にあるかのように、〔……〕そのような恍惚状態で(神に霊感を与えられたかのごとく)見せかけて、世の罪をたしなめる言葉を口にし〔……〕、なかでも国王とアン王妃を厳しく責め、偶像崇拝と巡礼を定着させ、神の栄光を失墜させるおびただしい言葉を吐きちらした〔……〕。

エリザベス・バートンは二重に断罪される。誤った信仰を持つだけでなく、神の恩寵の器たる真の殉教者のごとくふるまうからだ。しかもフォックスは、その後、彼女の邪悪さも彼女とともに処刑される共犯者たる男性聖職者の指導によるものだと示唆することで、女性の従属性を匂わせる。

ひるがえってホリンシェッドの『年代記』では、偽りの女預言者の表象型が詳述され、彼女の「捏造された奇蹟」の演劇性が強調される。エリザベス・バートンがコート゠アット゠ストリートのマリア像のところに連れてこられ、そこには彼女の助言者たちや二〇〇〇人ほどのひとびとが集まっていた。そのとき彼女は、「顔や外見でわかる身体のほかの部分が変わるのをひとびとに見せ、恍惚状態になり、不思議な言葉を述べ〔……〕そうした恍惚状態のあと、突然、聖母像のとりなしにより〔……〕病や苦しみがなくなった姿をひとびとに見せた」。顔の表情を変え、身体も使って二〇〇〇人の観客の前で奇蹟を演じるのみならず、急に正気に戻ったようにふるまう。じつに達者な演技である。さらにフォックスは語らないが、『年代記』は後日談も収録する。逮捕されたバートンは処刑される前に、自分は「無学な哀れな女」で学識ある助言者たちの操り人形にすぎない、と告白したと。

ホリンシェッドの描く偽女預言者の表象型は、彼女の顔、身体、声に注意を向けて、より演劇的で生き生きとした印象を作りだす。ホリンシェッドの『年代記』はフォックスの『迫害の実録』に言及された多くの修道女の物語を扱い、フォックスと同じく、王女たる修道女、想われびとたる修道女、女預言者たる修道女、犠牲者たる修道女の表象型も明瞭に認められる。加えて、バートンの「演技性」にたいする独自の視点、個人や地域の固有の事情を映す逸話や現象をこまやかに描く演劇的な技法は、ホリンシェッドの特徴といえよう。『年代記』の修道女はフォックスの『迫害の実録』のような教義を強調する手段ではなく、情緒に訴えて哀愁を醸しだし、その背後に個々の人間を想起させたのである。

第二節　初期近代イングランドの歴史書における修道女

フォックスとホリンシェッドの著作は編纂・出版の目的とジャンルが異なるが、上記の分析からいくつかの結論が導きだされる。カトリック独自の体制を象徴する修道女は、カトリックの過去から公的かつ意図的に分離された文化のなかで語られる物語において、当然ながら主人公にはなりにくい。それでも修道女は消し去りがたい過去の一部を構成していた。「著者にして編者」たちがどれほど望んでも完全には無視できなかった。聖人伝、教会記録、教義論争など、蒐集資料の多くに修道女の姿が見え隠れする。加えて、英国宗教改革の歴史じたいが、政治と宗教の分離しがたい連携の物語であった。フォックスもホリンシェッドも既存の手近な修道女についての記憶の貯蔵庫《メモリー・バンク》を活用せざるをえなかったし、そのさらなる集積と拡散に否応なく貢献した。

実際、カトリック教会をアンチ＝キリストの教会に同定するというフォックスの企図からすれば、修道女にかかわる情報をもっと周到に隠蔽することもできたはずだ。彼の普遍教会史の見解に拠るなら、修道女は偽りの教会の一部であり、貞潔の誓いは「聖なる結婚」にたいする露骨な挑発であり、ひとびとを誤りに誘い、神の言葉の遵守から逸らす契機となりかねない。だからこそ、聖別された修道女の周囲に発生した崇拝は忘却の淵に沈めておかねばならない。聖人に帰されるとりなしの力は迷信だとする彼の持論にも背く。真の教会と偽りの教会との闘争をめぐる新たな歴史のドラマには悪役が求められる。かくて「気まぐれな修道女」は共犯者または罪人という印象的な端役を演じることになった。

しかし、フォックスの蒐集した修道女の表象型を検討すると、かならずしも悪役ばかりではなかったとわかる。究極の目的がなんであれ、福音主義的教会の伝道目的でどれほど歪曲されていても、「修道女にふさわしき純潔」の数多の例が、読者の記憶に敬虔な修道女たちの生の集合体を印象づける。かつて修道女たちに寄せられた崇敬を忘却の淵に沈めたいと願うあまり、フォックス自身は頑として認めなかった貞潔な修道女たちの物語をつぎつぎにくりだして、皮肉にも読者の記憶にあざやかに甦らせてしまったのだ。

『年代記』と『迫害の実録』の物語の材源はほぼ重なる。また、『迫害の実録』はベイルの反カトリックのプロパガンダとも重なる。歴史に修道女の痕跡を残すことで、著者たちは各自の「記念碑」、つまり国家の記憶の一部をなすテクストにおいて修道女を記念し、思索と執筆のための養分を互いの著述から受けとり、ひるがえって互いの著述に養分を与えあう。フォックスもホリンシェッドも、高貴の出自の修道女たちがノルマン征服前後のイングランドで重要な政治的・宗教的・性的な役割を演じたとする点で、大きな相違はない。それゆえ聖人＝王女の表象型と想われびと＝修道女の表象型が頻出する。反復と再話、接収と融合により、女子修道院長や聖なる女性の名前は印刷文化に乗って広く流通した。

フォックスが抹殺に腐心した『迫害の実録』でも、どちらかというと好意的なホリンシェッドの『年代記』でも、この女性たちの聖性が完全に抹消されることはない。著者たちの意図とは関係なく、彼女たちの崇拝や功績についての情報が民衆の想像力のなかに忍びこみ、歴史が聖人の祝祭日や聖なる女性の崇拝の記憶と合体していく。このような記憶が一挙に抹消されうるものでないことは、エイモン・ダフィ(*Stripping*)、ロナルド・ハットン、デイヴィッド・クレッシーの研究に詳しい。これら古典的な修正主義的歴史研究は、伝統的な宗教がいかに執拗に民衆の想像力を支配してきたかを解明した。もっとも、中世後期から宗教改革前夜までのイングランドでは、聖人のとりなしよりもキリストへの信仰のほうが優勢だったとみる近年の研究もある(Peters, 207–245)。

修道女が自身の信条のために、あるいは自身が象徴するものゆえに毀誉褒貶の対象となることを、フォックスは自著で雄弁に例証した。修道女が従前の政治的権威を失うにいたる修道院解体前夜までが、その主戦場となろう。フォックスの関心は教義にあるが、個性を備えた女性が登場する挿話や預言者たる修道女の表象型への言及を介して、ときに思いがけず女性の主導権を示唆する。プロテスタントの大義の周縁に修道女を配する物語がそうだ。

ホリンシェッドにも女性のレジスタンスの物語が見受けられる。個別の女性の運命への洞察ではいっそう優れているといってよい。『年代記』には、戦争や略奪の犠牲者たる修道女の表象型の表わす身体的な弱さへの懸念と、望まぬ好意から逃れるための変装としての修道女の表象型の表わす機知あふれる性の政治学への評価とが、分かちがたく混ざりあう。ピーター・マーシャルが指摘するように、『年代記』のなかで直近の一六世紀を扱う章では、あからさまな反カトリック主義はなりをひそめ(421)、変装としての修道女の表象型は、暗喩としての修道女とともに同時代の演劇に吸収される。

初期近代の歴史文献を渉猟し、修道女の表象型構築のダイナミクスを検討してみると、「編者にして著者」たちの依拠した方法の多様性に反映するかのごとく、修道女たちもさまざまな形姿をまとって現われ、さまざまに響きうる声で語り、ときには味気ない歴史叙述の枠組からこぼれ落ちて、ときには「編者にして著者」たちの意図しなかった転覆的な可能性すら秘めて、民衆の想像力を生き生きと刺戟する。修道女の表象型が長らく記憶にとどめられ、文化的想像力のなかで流通しつづける所以であろう。

第三章　ジョン・ストウ『イングランド年代記』『ロンドン概観』『イングランド編年史』――個人の記憶

第三章と第四章ではジョン・ストウとウィリアム・ダグデイルの著作における修道女への言及を検討する。修道院制度についての政治的見解が大きく異なる時代に生きた両名だが、いずれも修道院史に関心をいだき、修道院制度の記憶を保存すべく心を砕き、修道女と女子修道院にも一過性ならざる興味を示した。両名は古物研究家・歴史家として方法論的にも通じあう。ストウは譲渡証書や特許状台帳などの公文書を自分で苦労して蒐集し使用する手法で、歴史研究の進展に貢献し、のちにこの主題をいっそう包括的に扱うダグデイルの手法を予見させる。

ストウの著作に登場する修道女や修道院の例はけっして多くはないが、登場するときには、修道女や女子修道院と過去の社会との関わりが丁寧に描かれ、読者の想像力を呼びさます。修道院を怠惰や誤信と結びつけ、修道院制度の再評価がもはや問題外になってなお、パトリック・コリンソンが指摘するように「選択的ノスタルジア」のかたちで関心やときには共感さえ惹起しているといえよう(28)。ロード大主教による改革の結果、以前よりも親カトリック的な時代になり、ダグデイルは中世の教会と修道院による土地所有と管理の証拠資料を集積し、修道女と女子修道院の意義に光を当てている(Dyer, Introduction, 5)。

いずれも、修道女や女子修道院についての資料を復元・編纂し、記録に残す価値がある過去の断片とみなした。いまここで記録にとどめなければ、みるみる跡形もなく消えゆく、はかなくも貴重な過去の構成要素と考えた。いずれの著作にも修道女や女子修道院にかかわる再話・再録に、複数の顕著な表象型《トロープ》が認められる。広く流布したストウの著作と比べると、ダグデイルの著作の流通はより限定的だったが、時間を味方につけて修道院解体のドラマを語り直し、「記憶の場《リュー・ドゥ・メモワール》」をいわばその概念が生まれる以前に原型的に構築した。そこでまずはストウとともに精査したい。

第一節 ジョン・ストウの『イングランド年代記』『ロンドン概観』が描く修道女

今日、年代記作者ストウは一五七〇年代と八〇年代の出版物市場で絶大な人気を博したことで知られる(Woolf, *Reading History*, 52)。『ロンドン概観』は地方史の典型とされる。現在でも比較的入手しやすく、初期近代の文化的記憶に修道女の物語を注入するのに貢献した。とりわけ地誌《トポグラフィー》に鮮烈な詳細と個人的な回想を織りまぜた描写は、特筆すべき喚起力を有する。

ストウの著作の吟味に入る前に、エドワード・ホールの『ランカスター、ヨーク両名家の和合』(一五四八)を一瞥しておこう。この書物に「修道女」の語は数えるほどしか用いられていないが、歴史書における修道女の一般的な描写がどのようなものかを教えてくれる。英国王ヘンリー五世が治世の二年目に修道院に不利な法案を通過させたおりのこと、ホールは修道院関係者たちの反応をこまやかに描きわける。「太った大修道院長は苛立ち、傲慢な小修道院長は眉間に皺をよせ、貧相な修道士は悪態をつき、無垢な修道女は涙を流した」と。修道女の表象に込められた哀愁《ペイソス》が際立つ。露骨に憤懣や不平をあらわにする尊大で下品なほかの(男性)聖職者に比べて、「無垢な」修道女はなすすべもなく、ただ「涙を流」す。この浄らかな無力さこそが読者の感情に訴える。

つぎにストウの『イングランド年代記概要』（一五六五）と『イングランド年代記――ブルートから現在すなわち一五八〇年まで』（一五八〇）を中心に、修道女の表象の有する感情への訴求力を念頭におきつつ、ストウの著作を検討したい。ストウが隠れたカトリック同調者だったのか英国国教徒だったのかについては、過去も現在も定説がない。たとえばJ・F・メリットは、『ロンドン概観』を秘密のカトリック的テクストとみなす（53）。ロンドン主教エドマンド・グリンダルはストウにカトリック同調者の嫌疑をかけ、禁書の所有を確認するために家宅捜索を命じ、発見された三九冊の一覧表からストウの信仰についての見解を導きだした。しかしながら、ストウがカトリック信徒だったか否かの証明が本章の眼目ではない。

第一に、ストウ自身は一度も体験したことのない「楽しきイングランド」の表象を描くなかで、「選択的ノスタルジア」の観点から、修道女にささやかながらも確然たる場を与えた。また、カトリック信仰の「接収と非神性化という大枠の物語」（Summit, 167）の一部として過去を再編成する過程で、修道女や女子修道院を組み入れた。

ストウの修道女への言及は多い。『イングランド年代記』は少なく見積もっても五〇以上、『ロンドン概観』でも一四は下らない。ここでは『イングランド年代記』を中心に、必要に応じて『ロンドン概観』と『イングランド年代記概要』にも触れつつ、表象型がときに重なりあいながら出現するパターンを見ていこう。

ストウによる修道女／修道院の表象は一、犠牲者・殉教者としての修道女、二、戦時中の戦略的目印・拠点としての女子修道院、三、王族のみならず貴族や平民の創設者による女子修道院の創設、四、自身が創設した女子修道院における王や王妃の埋葬、五、王妃や王の娘の修道院入会、六、政治的事件に巻きこまれる修道女／女子修道院、と六種の表象型に大別できる。教義、歴史、逸話といった言説のカテゴリーでみるなら、ストウの修道女への言及は圧倒的に歴史的な語りに嵌めこまれている。それでもときにちょっとした逸話となって突出し、さらに『ロンドン概観』ではかなり個人的な回想へと発展する。第一章で検討したフォックスの『迫害の実録』では、修道女への言及は著者の考える英国教会の歴史的神話の構成要素にすぎない。教義との関係でのみ取捨選択され、必要なら潤色もほどこされ、語りから反修道院制度のバイアスを拭うべくもなかった。ひるがえってストウはというと、教義に立ち入ることはめったにない。

1 「稀有なる模範」——犠牲者・殉教者としての修道女

第一の表象型からみてゆこう。『イングランド年代記』に、なかんずく初期キリスト教時代やスティーヴン王やマティルダの治世といった乱世の時代に、この表象型が少なからず認められる。まずは「ブリトン人とサクソン人」の部分で、サクソン人のヘンギストが善良なロンドン司教ヴォディンを殺したと報告する。「ケント州中の教会は血にまみれ、修道女たちは他の宗教関係者と同様、住居と財産を奪われ、暴力にさらされた」と述べて、修道女の運命の哀愁を強調する。ジュリア・ブリッグズらが指摘するように、最初のサクソン族の王ヘンギストは後世の民衆文学に接収される(Briggs, 107ff.)。

べつの事件では信仰のために命を捧げる修道女が英雄視される。ストウは「貞潔が美に優先された稀有なる模範」と注記する。八七〇年、「ベリックの北〔……〕六マイルのコルディンガムの女子修道院長聖エッベはみずから鼻と上唇を切り取り、修道女全員に同様にするように説いた。デーン人に嫌悪を催させて純潔を守れるようにとの配慮である。するとデーン人は修道院に火を放ち、なかにいた修道女たちも焼きつくした」。この逸話は『イングランド年代記概要』からほぼそのまま反復されたものである。とはいえストウが「貞潔」「純潔」といった修道生活の教義上の価値に読者の注意をうながすことは、めったにない。

英雄的な女子修道院長とその修道女たちはストウのほかの著作にも登場する。しかし、ロジャー・ウェンドーヴァやマシュー・パリスも言及するこの物語に歴史的な根拠はなく、フォックスやホリンシェッドの著作にも収録されていない。まったくべつの理由による女子修道院の破壊や修道会の解散が、ヴァイキングの仕業にかこつけて説明されることも珍しくはなかった。であるなら、ストウが意図的にこの物語を再生産したのはなぜかと問うべきだろう。

身に降りかかる要らぬ欲望を撥ねつけるための自傷行為は、修道女がひたすら無力な犠牲者ではなく、信仰のために同様の試練に耐えた初期教会の乙女殉教者になぞらえうることを示唆する。実際、乙女殉教者がみずから自分の鼻をそぐ、もしくは眼球を抉りだすのは、純潔を守るための常套手段であった(Wogan-Browne, 205)。女子修道院長エッベの行為は乙女殉教者の特徴的な抵抗《レジスタンス》の表象型であり、理想化された聖人伝の要素をとりのぞくなら、徳高く英雄的な女性の「稀有なる模範」となる。

2　「要塞」を造る——戦時の女子修道院

女子修道院を戦争の報告に登場させるのはストウの専売特許ではない。すでに述べたように、ホリンシェッドの『年代記』にも、ヘンリー五世の対仏戦争のさなか、クラレンス公がカンの町で厳重な防衛の砦と化した女子小修道院を攻略したと記されている。女子修道院は戦時中の敵味方双方にとって抵抗の場でもあったのだ。

ブリテンがその時代ごとの敵(サクソン人、デーン人、ノルマン人)と争い、内戦で二分されるようすを描きだすストウの『イングランド年代記』には、当然ながら二番目の表象型、すなわち戦時中の敵軍動向や戦略を記録するさいの目印としての女子修道院の表象型が頻出する。女子修道院が軍事戦略の拠点として攻撃に備える要塞になる。アルフレッド王の治世の語りに以下の描写がある。「異教徒は〔……〕ワラムの要塞に入った。そこに女子修道院があり、フロウ川とトレント川というふたつの川のあいだに築かれていた。サクソン人の言葉でソーンセタと呼ばれる地方にあり、きわめて堅固な要塞であった。ただ、西側の地続きの部分をのぞいては〔……〕」。

修道院は情景描写の一環をなす。ストウの歴史記述は同時代の風景に関連づけることで、読者が敵軍の占領地域を確認し、敵の進軍経路をたどれる仕掛になっている。スティーヴン王とマティルダとが王位を賭けて争った内戦の時代には、スティーヴンの兄弟ウィンチェスター司教が、ロンドン市民の助けを借り、「市に〔……〕火を放った。すると、修道院と〔……〕二〇以上の教会、〔……〕そして市の大半が〔……〕灰に帰した」。(名前のない)修道院が破壊の範囲を伝える目印となる。その後、スティーヴン王と「その兄弟ウィンチェスター司教ヘンリーはウィルトンの女子修道院を要塞に改築し、ソールズベリの敵軍の侵入を阻止した。七月一日、ロバート伯がウィルトンにいる彼らに奇襲をかけ、町に火を放った。スティーヴン王は司教とともに恥辱のうちに逃亡し、伯爵軍は国王側のひとびとを捕虜にし、王の金銀の皿類やその他の物品を強奪した」。かくて修道院は包囲戦のさいに防衛軍の「要塞」と化し、敵軍が侵入してくると破壊される。

エドワード三世の治世の語りでは、ヨーロッパ大陸の修道院が国王軍の進路の里程標となる。のちに包囲するカレーへの道中、「エドワード王はモントネの修道院を通りすぎ、翌日、〔……〕サン・ジョスの女子修道院へと進んだ」。のちの百年戦争からの挿話では、ピカルティのギネがイングランド軍に占領されたのち、ラルバスティの女子修道院が軍事戦略の拠点となる。

ギネからカレーに向けて旅するひとの目には、左手に、堅固だが老朽化した建造物が映った。教会もあり、そこには修道女たちが住まい、ラルバスティと呼ばれていた。〔……〕この女子修道院は容易に防御を敷くことができた。要塞さながらに高い壁が張りめぐらされ、尖塔にしてはたいそう高い塔をそなえ、沼地に建っていたため、さしたる労力もなく、周囲に溝をめぐらすことができた。この場所をイングランド軍は信心に敬意を表して見逃してきた。ところが〔……〕ジェフリーが停戦を破り、圧倒的な軍勢でギネを包囲し、修道女を教会から追放し、教会を要塞に変え、周囲の壁を防御壁と溝で補強した〔……〕。

ストウはこの地域の案内文の体裁をとって女子修道院を包囲戦に理想的な要塞として描く。イングランド軍がかつて女子修道院を「信心に敬意を表して」見逃したことに言及し、伝統的な敬虔さに培われた女子修道院への敬意を暗に示す。こうした敬意は、修道女を無情にも追いたて、修道院を要塞に改造したジェフリー（おそらくカレー管轄の指揮官ジョフロワ・ドゥ・シャルニ）の無節操とは一線を画する。かくて女子修道院（と「追放」された修道女たち）は戦争の犠牲となり、イングランドの歴史でストウの同時代人が現実に経験するはずの景観の変動を導入する。女子修道院の廃墟は読者に過去を想起させる「記憶の場」であり、ダニエル・ウルフが指摘するように「廃墟を眺めるひとの政治的・宗教的な傾きによって、共鳴の仕方は異なる」(*Social Circulation*, 290)のである。

3　貴族と平民の創設者

ストウにおいても、主として国王や王妃による女子修道院の創設を語る第三の表象型の数がもっとも多く、『イングランド年代記』ではサクソン人の時代からヘンリー五世の治世まで万遍なく散見される。もっとも早い時期では、ウェスト・サクソン王の妃セクスバーガが「シェピーの島に女子修道院を創設した」の例がある。「みずからも修道女となり、のちにイーリーの修道院長になった」とあるので、王妃や王の娘が修道女になるという五番目の表象型も兼ねている。アルフレッド王の崩御の記述に書き添えられた生前の功績の一覧にはシャフツベリの女子修道院の創設が含まれ、王妃アルフウィドにはウィンチェスターの女子修道院の創設が帰される。また、「フランドル伯ボードゥアンの娘にしてウィリアム〔征服〕王の妃マティルド」はカンの女子修道院を創設し、そこに埋葬されたとの報告が残る。

修道院における埋葬、それも多くの場合、みずからが創設した修道院における埋葬の語りを、便宜上、第四の表象型としよう。ヘンリー二世も「みずから創設したフォントヴローの女子修道院に埋葬された」。さらにストウは追加の情報として、ヘンリーの息子リチャード一世(獅子心王)も「フォントヴローで、父の足元に埋葬された。父への背信を告白したのであった」と記す。フランス王に与して父王に弓を引いたリチャードは、最終的な赦しを求めるがごとく、父王創設の女子修道院に眠る父王の足元に埋葬されたというわけだ。

フォックスやホリンシェッド同様、ストウでも女子修道院などの創設者は主に国王や王妃である。すでに触れた国王や王妃以外でも、たとえばスティーヴン王は「クルーに女子修道院」を創設し、ジョン王は「ゴッドストウとロックソール〔修道院〕を再建し」、エドワード三世は「ダートフォードの女子修道院」を創設し、ヘンリー五世は聖ビルギッタ会の女子修道院を創設し、これを「サイオンと命名した」。ストウは国王逝去のさいに生前の功績を列挙するくだりで、こうした修道院の創設を紹介することが多い。

『イングランド年代記』と『ロンドン概観』の多様な創設者や寄進者に混じって、ロンドンのクラークンウェル女子修道院の創設(寄進)者としてジョーダン・ブリセトなる男爵が両書で名指しされる。ブリセトは妻とともに修道院の敷地内に埋葬されている。『ロンドン概観』では、さらに修道会が「黒い修道女」すなわちベネディクト会であり、ブリセトが風車を建てる土地を修道院に寄付したと記される。女子修道院の経済的自立の一助として差しだされたのだろう。地誌に生き生きとした詳細と個人的な回想を織りまぜた『ロンドン概観』には、印象に残る記述が多い。各国王の治世の主たる事件に沿って綴られる『イングランド年代記』にはあまりない特徴といえよう。

『イングランド年代記』にはまた、イートン女子修道院が一一六九年にレスター伯ロバート・ドゥ・ボスキュの妻アーニシアにより創設されたことが、伯爵が創設した修道院の一覧とともに記されている。後代のレスター伯でエドワード一世の弟エドマンドが「ロンドンのオールドゲイト外の女子修道院、マイノリーズ」を創設したことも述べられる。ストウの最初の庇護者《パトロン》は一五六四年にレスター伯となったロバート・ダドリーであり、ストウは伯爵に『イングランド年代記概要』と『イングランド年代記』の初版を献呈している。レスター伯の先祖が創設した修道院に光を当てたのは、庇護者への配慮であったのかもしれない。この修道院とシェイクスピアの『尺には尺を』の関わりについては、本書第二部第三章を参照されたい。

　とまれ、この女子修道院にストウは個人的な愛着をいだいていたらしく、『ロンドン概観』では牧歌的な情景を微に入り細を穿って描く。

このタワー・ヒルの西側〔……〕からオールドゲイトに向かって道路が長く伸びている。その道路に面してほかの小さな建物に交じって、かつて女子修道院があった。聖クララ修道会の修道院で、クララ童貞会《マイノリーズ》と呼ばれていた。この修道院は一二九三年、エドワード一世の弟ランカスター、レスター、およびダービー伯エドマンドにより創設された。〔……〕

　この女子修道院のあった場所に、いまは何棟かの見栄えのよい大きな倉庫が建っていて、鎧や武器が収められている。同じ目的のために何棟かの作業場もある〔……〕。

　この女子修道院に隣りあって、その南側には、かつて女子修道院が所有していた農場があった。わたし自身、若かりしころ、そこで半ペニー分の牛乳をもらいにいったものだ。夏〔……〕には半ペニーで一パイントのエールの容器三杯分に満たなかったことはなく、冬には半ペニーで一クォート〔二パイント〕に満たなかったことはない。乳牛から搾りたてほやほやの熱々の牛乳だった。

なによりも顕著なのは、ストウがつとに失われた宗教改革以前の都市に感じるノスタルジアである。ストウはかつての女子修道院のロンドンの周囲環境と、修道会の名称(クララ童貞会)、創設者、創設年、修道院解体時の資産価値をわざわざ記録にとどめる。最後の修道院長エリザベス・サルベージの名前と修道院が解体された年、一五三九年も抜かりなく。ストウが修道院の土地に建つ建物を説明するにつれて、ロンドン市民にとってこの修道院が実際的かつ象徴的な史蹟だった事実が浮かびあがる。都市の変遷の物語には、もはや取り戻しようもなく失われた宗教改革以前の都市の残影に注がれる哀惜の念がにじむ。ストウが『ロンドン概観』を執筆した当時、都市開発が進み、田舎はオールドゲイトの東側、市壁の外側のホワイトチャペルの郊外にまで後退していた(Collinson, 34)。

注目すべきは、ストウが修道院解体以前の幼少期を懐かしみ、女子修道院の一部だった農園に牛乳を取りに行かされたときの思い出を、きわめて抒情的に語っていることだ。女子修道院は一般に自給自足を旨とするので、農園は下働きの助修女たちが運営していたのだろう。幼いストウは「搾りたてほやほやの」牛乳を助修女の手から受けとったのだろうか。語り手のノスタルジアに満ち、過ぎ去った時代と経済を甦らせる個人的なヴィジョンである。穏やかな田園風景に寄り添うような修道女の存在を仄めかし、修道女が搾りたての牛乳を渡し、癒しを与える存在だった社会を懐古する。もちろん懐古するといっても、さほど古い話ではない。著者の同世代人にとっては充分に現実的な経験だった。

社会的階層の異なる創設者もいる。王家に連なる貴顕でも有力者でもなく、もっとも稀な例として、ロンドン橋の建設のくだりで『イングランド年代記概要』に初出し、『イングランド年代記』で再話化された物語によると、渡し守の娘が女子修道院を創設したと伝えられる。ロンドンの聖メアリー・オヴァリー教会が渡し守の娘メアリー・オードリーにちなんでいると示唆し、この娘が自身の寄進した女子修道院に埋葬されていると。ストウの情報源は教会の最後の副院長ファウル師である。修道院の伝統の担い手と繋がりがあったわけだ。ストウは渡し守の娘に創設者の王や王妃たちと変わらぬ敬意を表わす。渡し守の娘は自腹で女子修道院を建て、渡しの収入で寄進したことを称揚され、伝統的な信心が記念される。かくて(比較的)新しいロンドン橋は、平民の創設者と女子修道院の親しい関係を想起させる縁《よすが》となった。

4　王妃と王女、乙女と寡婦

第四の表象型である女子修道院内部での国王や王妃の埋葬についてはすでに触れた。ここでは第五の表象型、修道女になった王妃と王の娘についてフォックスやホリンシェッドと重ならない例を中心に紹介しよう。『イングランド年代記』によると、ウィリアム征服王の娘シシリーは「カンの女子修道院長」となり、スティーヴン王の娘メアリーは「ロムジーの女子修道院長」であったが、のちに「ボローニャ伯マシュー」と結婚し、トマス・ア・ベケットの姉妹メアリーはヘンリー二世により「バーキングの女子修道院長」となる。

中世において女子修道院長は聖俗におよぶ大きな権限を行使しえたので、その人事と任命は国家にかかわる重大事、すなわち仔細に記録すべき案件であった。ストウはトマス・モアの『リチャード三世伝』に依拠し、エドワード四世の第十子で七女(中野春夫の指摘による)の「ブリジットは同名の聖人の美徳をそのままに伝え、ダートフォードの閉ざされた女子修道院で誓願を立て、信仰の生活に従った」と書く。あるいはまたモアの語りに準じて、聖ビルギッタ(ブリジット)にあやかるがごとく、「閉ざされた」禁域制度を守る観想修道会で立誓修道女となった王女をさりげなく寸評することで、宗教改革以前に称揚された徳高き信仰生活をほうふつさせる。

初期キリスト教時代に修道女になった王妃にまつわる挿話では、しばしば美徳あふれる人物とその正反対の人物が紹介される。ひとりはかの名高いノーサンバランド王の妃エゼルドレド(エゼルドリダ)である。一二年間の結婚生活中も純潔を守り、修道女となったのちはイーリーの修道院を建設し、女子修道院長となった。ダイアン・エリオットによると、そもそも「逸脱した乙女にして寡婦」がアングロ・サクソンの伝説に頻出するのは、一方的な離婚を認めた初期アングロ・サクソンの慣習法が存在したからだ(74)。もう一例は、九一九年のマーシア公エゼルドレドゥスの妻エルフレーダの死にまつわる。「彼女は出産のさいに女性が苦しめられる痛みをひとたび経験するや、以来、ずっと夫の抱擁を拒んだ。かくも大いなる悲しみと痛みが生まれる、肉の愉しみに貴婦人が浸るのはふさわしくない、という理由で」。ストウは間接話法に訴えて、当時の女性の出産の苦しみへの懸念を伝える。もっとも教父文学では、妻が禁欲的あるいは精神的な結婚を求めても、夫が同意しなければ、司牧の観点からはそのような結婚の在りかたを認めたがらなかった(Ibid, 55)。

修道女になる王妃の逸話が反面教師となる場合もある。一例が九世紀のエアドバーガである。マーシア王オッファの娘でウェスト・サクソン王ブリスリクスの妃だったが、夫を毒殺する。さらにフランス王シャルルがエアドバーガにある選択を持ちかけた、とストウは続ける。この逸話は民話で主人公に課せられる二者択一を連想させる。「エアドバーガ、そなたの夫としてどちらを迎えるか、余か息子かを選べ」と尋ねられた彼女はこう答える。「ご子息を選びます。あなたさまよりお若いですから」。この選択は却下される。「そなたが息子を選んだからには、息子も余もやらぬ」。引用されるふたりの会話はアッサーの『アルフレッド王の生涯』に依拠している。

しかしストウはアッサーの解説「彼女は思慮を働かせず愚かに答えた」を採用せず、ふたりの会話に緊迫感を加え、みずから付した注「邪悪な生涯を送ったのち、エアドバーガ妃には惨めな最期が訪れた」によって物語の教訓臭を強める。誤った選択をしたエアドバーガは女子修道院を与えられ、立誓修道女になり、のちに女子修道院長になったものの、姦通の罪で修道会を追われ、パヴィアで哀れな死を遂げる。

ストウの語りの周縁には、王の妻や想われびとだった道徳的に無疵とはいえない修道女たちが見え隠れする。トマス・モアはエドワード四世の想われびとを「彼の王国でもっとも神聖なる娼婦であり、なにをもってしても彼女を容易には教会から引き離すことはできなかった、ただし王の寝床だけはべつだったが」と評した。妻や寡婦や愛妾になる修道女や乙女の物語と、逆に修道女になる妻や寡婦や愛妾の物語とは、修道生活と世俗生活の相互浸透性を示唆する。この相互浸透性、あるいは可逆性といってもよいみごとな可動性は、歴史記述や大衆演劇・歌曲等のジャンルにも広く認められる。そこでは、ありとあらゆる理由で修道院に入ったり去ったりする女性が描かれ、信仰に燃える聖性と道徳的な不品行とが驚くべき近接性をともなって出現するのである。

第二節　ジョン・ストウの『イングランド編年史』が描く修道女

ストウの『イングランド編年史』は題扉によると「もっとも真正なる筆者、記録、その他、古代の記念碑より忠実に蒐集され、その後、増補され、最初の居住から本年一六〇五年まで継続された」。何度も版を重ねた『年代記』と異なり、こちらはストウが死去する前の最終版でジェイムズ一世の治世の三年目までをおさめ、エリザベス一世とジェイムズ一世の治世の編年史を構成する。五つの治世を生き証人として懐古できたストウは、とりわけ『イングランド編年史』では、各年の大小の事件――侵略、外交使節団の海外訪問、経済状態、国王の行幸、処刑、地震、怪物の誕生、馬の心臓から見つかった虫――をこまごまと描きだす。修道女への言及はさらに多く、修道女や女子修道院長の語は五〇以上、修道女や女子修道院にまつわる挿話は約七〇ある。

一見、多数の言及があるようだが、大部の『イングランド編年史』で蒐集された膨大な情報のなかで、修道女や女子修道院の登場は比率でみるなら多いとはいえない。それでも『イングランド年代記』のおよそ二倍にのぼる。むろん、ここで扱う『イングランド年代記』は一五八〇年版で、一五八〇年から一六〇五年の事件は『イングランド編年史』のみに記載されている。ゆえに、以後に論じるのは『イングランド編年史』でのみ、あるいはより詳しく語られる逸話に限定したい。

1 「ローサ・ムンディ、ノン・ローサ・ムンダ」――脆さのトポスと修道院内の埋葬

ここで『イングランド編年史』における埋葬に関するエピソードを紹介する。ヘンリー二世の愛人ロザムンドの死は『イングランド編年史』に詳述される。「オックスフォード近くのゴッドストウの女子修道院」と埋葬所が明記され、ラテン語の墓碑銘が英訳とともに紹介され、美の移ろいやすさと欲望の危険に警鐘を鳴らす。生前は絶世の美女であったロザムンドの腐敗していく肉体が、彼女の身体的・道徳的な脆弱さの証左、この世の虚しさの警告とみなされる。数頁後、ストウはロザムンドの墓をめぐる後日譚を紹介する。

リンカン司教ヒューがオックスフォードとウッドストックのあいだのゴッドストウと呼ばれる女子修道院に来て、祈りを捧げようと教会内に入ると、聖歌隊席のまんなかに絹の布がかけられ、周りを蠟燭でぐるりと囲われた墓が見えた。これはだれの墓かと問うと、答えが返ってきた。これは英国王ヘンリー二世のかつての想われびとロザムンドの墓です。王は彼女への愛情ゆえにこの教会に数々の善行をなされました。すると司教は述べた。この浅ましい女をここから追い出し、教会の外に埋めよ。キリスト教が蔑視されぬように。そして、この女の前例を戒めとして、ほかの女たちが怖れをいだき、とくと心して、神の法をわきまえぬ不義の関係に陥らぬよう自己を制するように。

司教らの会話の間接引用がこの物語のサブテクストを効果的に伝える。語りのなかで修道女たちは直接には紹介されないものの、司教が墓についての情報を求め、だれかが答えたあと、さらに司教がその答えに反応し、ロザム

ンドの遺骨を動かせと命じる。つまり司教の会話は複数の対話者を前提としている。美しく装われた墓の描写から、きわめて鄭重に維持されているのみならず、死者の魂を救済するための祈りが墓前でおこなわれていると推測される。何者かが返した司教への答えは、墓の維持を修道院に委託した寄進者たる国王への感謝の表明である。

ところが司教の反応は予想に反して厳しかった。「ここに眠る、世紀の美女《ムンディ》ローサ、浄らかなローサとはいえぬ《ノン・ローサ・ムンダ》けれど」と皮肉る墓碑銘と呼応するかのように。この撤去命令が修道院の狼狽と落胆をひきおこしたのは想像にかたくない。加えて、「この女の前例を戒めとして、ほかの女たちが怖れをいだき〔……〕」というように、死せるロザムンドへの叱責が修道女を含む女性一般への指導の形式で発せられるため、彼女につきまとう道徳的な脆弱さや哀愁が修道女を含む女性一般にも飛び火する。かくてこの物語には、煉獄で魂の浄化を待つ死者のとりなし役としての修道女、あるいは司教から霊的指導を受ける修道女、といったきわめてカトリック的な女性信徒像が透けてみえる。かくて、「つまずいた女性」と修道女との近接性が、かなり迂遠な修辞に訴えつつ、なお効果的にあらためて強調され、カトリック文化圏の女性信徒の自立と従属の両極性が、換骨奪胎されてプロテスタント文化圏に接収され、同時代の文化のさまざまな層へと拡散していく。

2　栄光から困窮へ

つぎに第六の表象型をみていこう。前述のとおり『イングランド編年史』では、とくにエリザベス一世の治世後半に起きた内外の事件が報告される。初期の庇護者であるレスター伯ロバート・ダドリーの低地地方《ネザー・ランド》での軍事行動を報告する途中で、ストウはライン川付近の女子修道院に注意を向ける。

> 八月二四日、閣下は出立し、エルサムに向かった。下《ネザー》エルサムと上《アッパー》エルサムがあり、どちらもたいそう豪

華に建造された女子修道院だった。下エルサムはライン川のそばに建ち、上エルサムはライン川から一英国マイルほど離れ、高い丘の上に建ち、これほどの見晴らしはめったにないと思われるほどの場所だった。そこに立つひとには百もの教区教会が一望に眺められただろう。この女子修道院はたいへん評判高く尊重され、そこに入会するのは少なくとも男爵の娘でなければならぬという決まりだった。クレーヴのアン姫はこの女子修道院で育った。八月二七日、閣下はアナーンを出立し、エルサムの野営地を訪れた。二八日に、イングランドの兵士全員を方陣につかせ、エルサムの女子修道院の丘のそばの野原で、ふたりの説教師にふたつの説教をさせた。

修道院が「たいそう豪華に建造され」、「これほどの見晴らしはめったにないと思われるほどの場所」と最大限に賞賛される。修道女はみな高貴の女性たちで、『イングランド編年史』の前半にひしめく王家出身の修道女たちの後継者を披露するかのように、ストウはここが最近の英国王妃でヘンリー八世の四番目の妃クレーヴのアンの育った場所だったと述べる。その後、修道院の過去の栄光が後景に退き、その前でイングランドの兵士たちが野営を張る。『イングランド年代記』においてと同じく、女子修道院は軍事拠点となりうることがわかる。それでもストウの描く、近隣の丘で説教師たちが兵士に説教をおこなう情景には、ふしぎに穏やかな空気が漂う。牧歌的な「記憶の場」の典型といってよい。

一方、『イングランド編年史』はケンブリッジ大学ジーザス・コレッジの創立を報告する脈絡で、聖ラデグンド修道院の盛衰を語っている。修道院の運営は破綻し、ふたりの修道女だけが残った。「うちひとりは立ち去る気になっており、もうひとりはほんの子どもで、ふたりともひどい困窮に陥り、自活のあてもないまま、なすすべもなく去り、修道院を荒れはてるままにした」。いっさいの保護もなく朽ちはてよと放置されたふたりの修道女の哀れは、反教会的な法案の通過に「無垢な修道女は涙を流した」と述べたホールの言葉と同じく、読者の心を打つ。

初期キリスト教の殉教や自傷も厭わぬ勇ましい修道女や、権力と財力を後ろ盾に自身の意志をつらぬくノルマン人の征服前後の高貴な修道女とは、似ても似つかない哀れさである。見捨てられた修道女たちの侘しく寄辺ない姿を、ストウは「記憶の貯蔵庫《メモリー・バンク》」の底に沈澱する滓のなかから掬いあげた。毀誉褒貶はあれ少なくとも存在感を欠くことはない修道女たちの一群に忍びこませ、つかの間にせよ忘却から救いだすために。

『イングランド編年史』でストウが語る修道女の物語は彼の他の著作と大差はない。ただ、表象型によっては詳細の程度に差があり、再話もあれば初出もある。全体として、一六〇五年に『イングランド編年史』を最終的に仕上げたストウにとって、修道女は司祭と同じくらい必要な一部だった。彼女たちの痕跡のはかなさは、歴史家が彼女たちを歴史から意識的に締めだそうとしたからではない。彼女たちの生が修道院の禁域で営まれていたためだ。にもかかわらずストウは、その身体的・物理的・心理的な把握しがたさをこえて、比較的多くの事例で修道女に場を与えることに成功した。

ロザムンドの埋葬とリンカンの司教による遺体移動の命令とのあいだに、ストウはヘンリー二世自身の埋葬の逸話を挿入する。一一八九年、ヘンリー二世はフォントヴローの女子修道院に埋葬され、のちに息子リチャード一世と妃アリエノールもそこに埋葬される。ストウもくり返し語るとおり、王や王妃はみずから設立した修道院に埋葬されるのを好んだ。ストウはプロテスタントが禁止する死者への祈りの効力について解説するのを避ける。煉獄の存在とその是非という神学上の難題に立ち入らねばならなくなるからだろう。それでも、これらの記述は宗教改革以前の宗教において女子修道院がはたした役割を記念する。

改革以前とはすなわち祈りの専門家としての修道女が存在した時代である。一五四〇年に最後の修道院ウォルサムが「率先して」解体を受け入れたとき、霊的地平から公には消えた現実味のある生活が記念された。この逆説的なメカニズムの重要性は、どれほど強調しても強調しすぎることはあるまい。現実的な生活においては不在のはずの表象が、史的な語り直しのなかでそれなりの存在感を獲得していくさまは、次章のダグディルでも検討することになろう。

第四章　ウィリアム・ダグデイル『ウォリックシャーの古物』

——熱心な懐古論者の古物研究

第一節　『英国修道院大全』の挑発

一七世紀に修道院制度の研究が進展したのは、「複合的古物蒐集の編集の達人」ウィリアム・ダグデイルの大著によるところが大きい。ダグデイルは自身が生きる社会構造をかたちづくるにあたり、修道院の担った役割に着目し、徹底的に証拠資料に裏打ちされた議論で、中世イングランドの教会への尊敬の念と修道院解体への異議をあらわにする。彼によると、修道院解体の実行は、英国王は教会の権利を擁護せねばならぬとする先祖伝来の誓いに、ヘンリー八世が背いた証左にほかならない。

ダグデイルの姿勢は『英国修道院大全《モナスティコン・アングリカヌム》』の挑発的な題扉にみてとれる。ウェンセスラス・ホラーの挿絵があしらわれた題扉は、英国国教会の伝統と神聖さを強調する一方で、ヘンリー八世による英国国教会の聖所侵犯の事実を暴きだす。これは、かつての友人にして協力者ヘンリー・スペルマンと共有する問題意識によるものであった。下段右ヴィネットの廃墟と化した修道院の前で剣を振るうヘンリー八世の背誓が、下段左ヴィネットの修道院に寄進する中世の王と好対照をなす(Corbett, 102–109; Parry, 231–233)。

ダグデイルの最初の三著作、すなわち『英国修道院大全』第一巻(ロジャー・ドズワースと共著)、『ウォリックシャーの古物』、および『聖ポール大聖堂の歴史』(一六五八)はいずれも一六五〇年代に出版された。内戦期(一六四〇—六〇)に破棄の危機に瀕した文書を保存すべく、ダグデイルは包括的な記録のなかった修道女や女子修道院の多様な側面——大規模土地所有者、信徒からの献金や不動産や物品の寄進による受益者、土地所有に付随する有形無形の種々の特権の享受者、ときには訴訟当事者といった側面——を復元した。ダグデイルはさらに大胆な試みを進める。きわめて良心的に精確さを追求したばかりでなく、機をみては皮肉をまぶした逸話を語り、敬愛する修道院制度を破壊したひとびとへの異議申立をかなり遠慮なく言明した。

ときに驚くほど自由で大胆な物言いをした理由はふたつある。第一に、この時期になると、修道院解体が一世紀以上を遡る遠い過去の事件として、もはや覆りようもなき歴史上の既成事実として、社会のなかで立場のべつなく受容されていた。第二に、時間の経過が安全弁としてはたらき、なかんずく修道院の土地や建物、財産等の受領者たちの心理状態にも変化が生じていた。法的にも道義的にもいまさら既得権に疑義が生じる惧れがない以上、過去の取得の経緯に目くじらを立てる必要もない。

『英国修道院大全』のこうした特徴は『ウォリックシャーの古物』にも継承される。序文でダグデイルは宣言する。

(われらが先祖の信心を特徴づける記念碑たる)修道院、慈善施設、供養堂については、それらがいかに創設され、寄付を集め、継続したか、また、それらがいかに解体され没落したかをここに示した。それらの解体と没落は英国の古物にいまだかつてない大打撃を与えた。多くの貴重な手稿と少なからぬ名高い記念碑が破壊と毀損に見舞われた。

ダグデイルが手稿や記念碑の破壊を非難しているのは明らかだ。古物蒐集家らしい保守的な姿勢に負うところが大きい。だが、それ以上に、信仰において分断された州、とくに北部を中心とするピューリタニズムがカトリック信徒の点在する南部に浸透する州において、ダグデイルはカトリックへの共感をおぼえ、「聖所侵犯」つまり地元の一族による旧修道院の土地取得の正当性に疑義を呈した。本来の古物愛好に加え、ロード大主教の教えへの傾倒ゆえに、情報源となった修道院解体の受益者や周辺の同時代人と意見を分かつことになるわけだ。もっとも、ダグデイルは英国国教徒やプロテスタントの読者の神経を過剰に逆なですることはなかったとするダイヤーの指摘(233)は、ストウとダグデイルの差を示すうえで興味ぶかい。

修道院収奪の記憶が生々しく残る時代に活動したストウにはない自由を、修道院制度を壊滅させた王の施策を批判し、そのおこぼれにあずかった地域の名士の繁栄を遠回しに揶揄する自由を、ダグデイルは享受できた。ヘンリー八世の宗教改革から安全な距離のある時代に執筆しているからこそできたことだ。旧修道院の土地が元の所有者に戻される可能性があらかた潰えた現状にあって、ヘンリー王から旧修道院の土地を下賜された地元豪族も、建前は遺憾を表明しつつ余裕をもって過去を振り返ることができた。ストウは宗教改革以前の実体験の個人的な記憶を語るときには、つねに遠慮がちで抑制された語り口を採用していたが、ダグデイルも、旧修道院の土地の所有者の交代を検討していくさいには気を遣った痕跡がある。

文書に依拠する記憶の構築を余儀なくされたダグデイルは、過去の信仰生活のデータを驚くほど大量かつ広範に渉猟し、記憶の貯蔵庫《メモリー・バンク》のなかに蓄積した。とはいえ、急進的なピューリタン政府がプロテスタントの宗教改革を完遂したともいわれる一六五〇年代半ば、ダグデイルが一般的な思潮に逆行していたことは否めない。過去の遺物と化した修道生活に払われた敬意は、ローマ・カトリシズムを復活させるひそかな試みではないかという批判すら招いた(Stephen K. Roberts, 80)。

ダグデイルが修道院制度一般にいだいていた敬意は、修道女や修道院の語りのそこかしこに表出する。ウォリックシャー州を一地点から他の地点へと丹念にたどっていくなかで、修道女や女子修道院が土地の管理者、死者の記憶の守り手、死者の魂のとりなし役、そして修道院解体時にはヘンリー八世と狡猾な官吏たちの犠牲者など、その折々の役割を描きだす。それまでの一五年以上にわたって修道院関係の書類を渉猟し蒐集しただけあって、データの充実ぶりは圧巻である。調べがつくかぎりすべての女子修道院長の名前、主たる修道院の修道女たちの名前、そして修道院解体のさいに各修道女に支払われた手当の額の一覧が示される。ダグデイル自身も記述の革新性を意識しており、これまでは「大修道院長、大女子修道院長、院長補佐」の「完全なる」記述はなかったと序文に誇らしげに謳う。

ベネディクト会の女子修道院のあったポールズワスにやってくると、わざわざ脱線し、「女性による修道生活の伝統」あるいは女性の修道生活の歴史と、修道院解体を促進する官吏たちの策略について筆を走らせる。ほかの箇所では、女子修道院の創設と関連させて奇蹟譚や聖人伝をとりいれる。『ウォリックシャーの古物』が献身的に記念せんとするのは、失われた社会的・宗教的な諸制度とその容器たる修道院だけでない。修道院の構成員、すなわち「人間の「古物」」もしかり。『英国修道院大全』から再掲されたホラーのエッチングでそれぞれの修道会を表わす修道服姿が紹介される。ピーター・ボーセイが指摘するように、ダグデイルは「現在にたいする病理学的な嫌悪」といわば比例するがごとく、「変化、喪失、過去にたいする鋭い感受性」をあわせもっていたのである(187)。

1 土地所有者としての修道女と女子修道院

宗教改革以前は、英国の土地の約三分の一が修道院や供養堂で占められていた。『ウォリックシャーの古物』はナン゠イートン、ポールズワス、ロックソール、コークスヒル、シュルダム、ピンリーといった女子修道院への寄進を頻繁に登場させる。さらに、修道女や修道院の地主としての機能や、聖職者や世俗のひとびとと紡いだ協力関係にも言及し、初めて地域共同体における修道女の重要性を掘りおこした。その過程で、修道女が贈り物の一方的な受け手ではなかったことが判明する。

修道女たちはどのような贈り物を受け取っていたのか。「食生活をゆたかにするための」食物、祝日ごとに「卵一二個の定期的な供給」。ピンリー修道院にたいしてサースタン・ドゥ・モンフォードとその息子と孫息子は「パン、ビール、肉、魚など自宅で費やされる飲食物全体と台所で調理されるすべての食物の一〇分の一」を寄進した。「修道服にかかる費用と貧者の救済のための献金」が永代に施された例、州や郡の裁判所への出頭が免除された例もある。かなり広い土地が周辺の畑地とともに家屋敷付き、水車や森林付きで贈られることもあった。「女子修道院の牛、馬、羊、山羊、豚が〔無償で〕草を食む放牧権」や、修道女たちのために「さまざまな仕事に従事する」小作人の労働が差しだされもした。女子修道院がほかの施設に土地を贈与したり、土地を交換したりすることもできた。ときには土地や聖職禄をめぐり、修道女が訴訟を起こすこともあった。たとえばジョン王の治世に、ナン゠イートンのある修道院長はウォルター・ドゥ・バスカヴィルを相手取り、バートンの教会の聖職禄の権利を主張した（が不首尾に終わる）。

これら各種の贈り物に修道女はなにをもって応えたのか。世俗の寄贈者の霊的・道徳的安寧に貢献することによって。すなわち主として日々の祈りと礼拝の実践によって。修道女は寄贈者の近親者や親戚の「魂の健やかさのために」とりなしすることを期待された。この決まり文句は『ウォリックシャーの古物』にくり返し登場する。歌隊修道女は、寄贈者の家族の魂のために毎日、歌ミサを捧げることを期待された。また、寄贈者の家族の遺体を相応の葬送の儀礼とともに名誉ある埋葬をすることや、寄贈者の娘たちに教育を授けることも期待された。後者の例として、ウォリック伯ウィリアムは、娘グンドレッドと姪イサベルの教育のために、自身の存命中は毎年、マーク銀貨(一マークは一三シリング四ペンス相当)を二枚、ピンリーの修道女たちに寄贈した。

『ウォリックシャーの古物』の語りは、教会と国家が均衡を保ち、女子修道院が大修道院とその属領のネットワークの一角を構成し、地元の共同体に経済的・社会的・霊的な利益を分配した封建的過去を、周辺の風物を交えながら再現する。女子修道院はひとびとの敬虔と崇敬を集めた。修道女、なかでも伝統と格式のある修道院を統括する女子大修道院長は、地所や財産を管理し、税金や権利・特権をめぐって当局と交渉した。これら傑出した女性たちは怠惰や無学とはほど遠く、経営、教育、および祈りのかたちで社会に貢献することで、その地に深く広く根をおろし、地元の名家の記憶を永遠に保存することに献身した。

ダグデイルの著作と地域のジェントリー階級とのひそやかな互恵関係も、われわれの主たる関心ではないが、指摘しておきたい。修道院の消滅後、ジェントリー階級が先祖の記憶を記念する方途を模索していた時期に、ダグデイルのような古物研究家は系図学を研究し、家族や家系が獲得した権利を成文化することで、彼らのアイデンティティ確立に協力した。多くの場合、土地が世俗の家系から女子修道院へ、女子修道院から世俗の家系へと譲渡される道筋をたどった。系図や財産目録の確定を通じて州のジェントリー階級を記念する過程で、結果として修道女たちの日常と宗教性もまたあざやかに記念することになる。

2 「この悲劇的な成り行き」——修道院解体

二度にわたる修道院解体は、ヘンリー八世の宗教改革における富の再分配の一大転機をなす。本書で扱った歴史家たちもそれぞれの視点から報告している。とりわけダグデイルは、一五三六年の小修道院解散法、一五三九年の大修道院解散法の制定による修道院解体の物語に、疲れを知らぬ勢いで幾度となく立ちもどる。ロックソール修道院を紹介するくだりでは、祭壇の聖別について長広舌を振るい、その仕上げにエドワード六世とエリザベス一世の治世におこなわれた偶像破壊に触れる。とくに各教会でおこなわれた守護聖人像の破壊は、「多くの場所における聖人たちの名前の忘却を誘った」と、視覚情報と記憶のメカニズムの関連を指摘する。忍耐強い観察者ダグデイルは、観察に裏打ちされた確信をもって慨嘆する。「宗教改革への熱意を装ったひとびとの憤怒が窓々を粉砕」するにとどまらず、「わたしがしばしば観察したように、そのような聖人の肖像が描かれた箇所は、ほかのいかなる肖像が描かれた箇所よりも多く破壊された」。

ロックソール修道院でも偶像破壊は怖るべき荒廃と忘却をもたらした。ダグデイルはヘンリー八世の命令で遂行された聖所侵犯の惨状を嘆く。「いかに厳粛かつ神聖なる奉献ないし奉納をもってしても、あの野蛮な世代は恐れを知らず、K・H・8〔国王ヘンリー八世〕の権力と権威を借りて、英国にかつて光彩を添えていたこの修道院や同じようなほかの麗しき建造物を滅ぼした」。

さらに、修道院解体が命じられたときの女子修道院の資産価値を確認する機に乗じて、かつてこの修道院が担った貧者救済への貢献を書き残す。修道女たちは「聖木曜日ごとに創設者の魂の安寧のために、貧しいひとびとにパンとニシン、および金一三ペンスを与え、総額で二〇シリング分となった」。ただ、当時のロックソールの修道院長だったアン・リテルに与えられた高額の終身年金を紹介し、ほかの修道女たちの待遇との格差を際立たせる。「修道院長の同僚であったほかの修道女たちは、自分の才覚でどうにでもするがよいとばかりに、身ひとつで広い俗世に放りだされた」。

ピンリー修道院の記述では俗人と修道女の相互交流が強調される。「古来、多くのひとびとの心と手は、これら信仰篤い盛式立誓修道女にたいして物惜しみなく開かれていた」。しかし修道院解体の王令は容赦なく推進される。

「この無垢な淑女たちの信仰篤く厳格なる生活、および国王たちに賜りし権利〔ヘンリー二世と三世から与えられた不可侵権〕をもってしても、ヘンリー八世の治世中、二七年と三〇年に襲いかかりしかくも多くの修道院の滅亡を妨ぐること能わず」。

ロックソール修道院でも事情は変わらない。最後の修道院長マージャリー・ウィグストンには終身年金が与えられるが、「そのほかの修道女たちにはなにも与えられなかった」。大修道院解体の報告にあたっても、篤信の修道女たちが是非もなく貧窮のうちに俗世に追いもどされるという哀愁《ペイソス》あふれる描写が、やわらげられながらも反復される。ナン＝イートンでは、最後の修道院長アグネス・オールトンと二四人の修道女のために資金が分配され、ダグデイルは几帳面にひとりひとりに与えられた金額を記録する。ポールズワスでも最後の修道院長アリシア・フィッツ＝ハーバートと一四人の修道女のための年金を書き写した。

ポールズワスの記述では詳細にまで立ち入り、女子修道院制度の歴史、および修道院解体を仕組んだ手順の狡猾さについて、本題から逸れて熱っぽく語っている。修道院解体時のポールズワス修道院の資産価値についての報告に直結する話ではないにもかかわらず、修道院が聖木曜日には施しを与え、一年をとおして女子修道院の門前でパンを配るなど、どれほど貧者の救済に心を砕き、労力と資力をそそいでいたかを述べる。

前述の修道女と修道院解体のさいに与えられた年金一覧に続き、ダグデイルは関係者に事情聴取した調査員の書簡を引用し、その後の彼らの嘆願も記す。調査員たちは「これらの修道女たちは徳高く信仰篤い女性たちで、その会話は善意にみちている」と認め、修道院の閉鎖をやめさせてほしい、とトマス・クロムウェルに王へのとりなしを願いでたと。「そうすれば、調査員らが請け合ったように、彼〔クロムウェル〕はまさしく善にして称賛に値する行いをすることになろう」とダグデイルは調査員の肩をもつ。だが、「この篤信の女性たちの厳格で規則的な生活も、修道院を弁護して語られるいかなる言葉も」ヘンリー八世に命令を撤回させることはできなかった。「王はこの決断により自身に栄光をもたらしたいと大いなる目的に燃え、他の大勢のひとびともそれ相応の金額で私腹を肥やしたいという希望をいだいていた」からである。

ダグデイルはヘンリー八世と修道院解体のお裾分けに与ったひとびとを厳しく批判する一方で、「いたるところのひとびと」がこれら女子修道院に崇敬の念をおぼえていることを強調するのも忘れない。女子修道院は「祈り、施し、世話、その他もろもろ、彼女たちの献身的な日々の礼拝」により「当時の教えどおり、ひとびとの亡くなった祖先の魂のみならず、ひとびと自身や貧者、異邦人、巡礼者にもつねに益をもたらしてきた」。つぎにこれら由緒正しき修道院の壊滅を画策した輩に注意を向ける。「(わたしが思うに)これまでいかなる時代にも見受けられなかったような、きわめて狡猾な計略をふんだんに張りめぐらせ、この途方もないことを実行に移した」黒幕がいたと匂わせ、ヘンリー八世からトマス・クロムウェルに批判の矛先を転じ、彼をこの件の「中心人物」と特定する。

ダグデイルは活写する。きっかけはこうだ。クロムウェルがヘンリー八世に耳打ちする。修道院解体は「王の収入をおびただしいものにして利益をもたらし、フランスの領地を奪還するための強大な軍勢を維持し、しかも教皇にたいして自身の立場を強めて名誉をもたらす」と。つぎに修道院関係者を貶める作戦が開始される。「世俗のひとびとが修道士、修道女〔……〕などが滅ぼされてもさほど惜しまぬように、彼らの生活を〔悪しざまに〕表象する工夫がなされた。その目的のために総視察官に任命されたトマス・クロムウェルは、さまざまな人物を雇い、雇われた面々は相応に役を演じてのけた」。

調査員たちがこの付け焼刃の笑劇で役を演じたとする演劇的な隠喩に、ダグデイルの憤慨が感じられる。調査員は「修道院内の統治と両性の修道者の素行調査」に乗りだし、彼らに上長(修道院長や修練長などの幹部)や互いにたいして(不利な)証言をさせ、所有地の書類や金銀の皿と金銭の目録を提出させた。ただし、ダグデイルは修道士がこのように命じられたと特記しているが、修道女のことには触れていない。さらに、調査員は「小修道院は善き統治に欠けているため、〔風紀の乱れの点で〕有罪と仄めかすのが好都合であると考え」、ここを「突破口として、大修道院の全面的な破滅への道が開かれた」。

一般に、小修道院よりも歴史と格式を誇る大修道院は、けっして御しやすい相手ではなかったが、小修道院で成果をあげた手法が用いられた。その手法が奏功して、大修道院が崩壊に追いこまれた状況を語るときにも、ふたたび演劇的な隠喩が駆使される。「調査員たちは与えられた役をきわめて巧妙に演じ」、自身も率先して演じると同時に、舞台裏ですべてのお膳立てをしたと思われたクロムウェルは「この悲劇的な成り行きの看板役者(grand Actor)」と呼ばれた。

標的となった修道女たちは言いくるめられて泣き寝入りをする。説得に従わない者には脅しがかけられる。「ロンドン主教が呼びだされ、聴罪司祭とともにサイオンの修道女たちの説得に当たった」。「ロンドン主教はゴッドストウの修道女たちに言い放った、おまえたちが強情なので国王が修道院を解体する、どんなに歯向かおうともだ」。修道院の喪失は心から悼まれる。とくに貧者救済ではたした役割は唯一無二である。「修道院があったころは貧者救済の条文など必要なかった。これら修道院が困窮しているひとにゆたかな助けの手をさしのべたからだ。ところが、つぎの時代になると、すなわちエリザベスの治世の時代の三九年には、その目的で少なくとも一一の嘆願書が下院に持ちこまれた」。ダグデイルの考えでは、修道院解体はクロムウェルとその一味によって演じられた「悲劇的な成り行き」であった。「徳高き」「敬虔で」「信心ぶかい貴婦人たち」の模範的な霊性に逆らうだけでなく、一般のひとびとの意向にもなじまないものであったのだ。

3 「そこに一片の真実あり」——聖人譚と奇蹟

プロテスタントの教義では認められない聖人譚や奇蹟の物語への情緒たっぷりな思い入れは、ダグデイルのいつもは客観的な記述にそぐわない印象を与える。だが実際のところ、アングロ・サクソン族の聖人やそのほかの聖人やその奇蹟について喚起力にみちた語りが、ところどころに浮上する。そもそも一七世紀の古物研究の関心は、アングロ・サクソン時代とノルマン征服以前のキリスト教にあった。ほぼ同時代のウィリアム・カムデンらは、アングロ・サクソン族が言語と宗教をとおして国家的アイデンティティを築く一助になったと考えた(Parry, 37–38)。ダグデイルもこの潮流に与し、セレスフォード修道院との関連で修道院の守護聖人のひとり聖ラデグンドについて語る。

> 彼女は祈りや施しに献身する貴婦人で、頻繁に食を断ち、苦行として(王家の衣装の下に)馬巣織《ヘアクロス》の肌着を身につけていた。ある日、自身の宮殿の庭をひとり散策していると、足枷を嵌められた囚人が慈悲を乞うている声を耳にしたので、祈り始めた。すると彼らの足枷はまっぷたつに裂け、彼らは自由の身になった(とは、わが参考文献の著者の記)。

ダグデイルによると、六世紀に生きたラデグンドは、ポワティエで修道女、のちに修道院長になり、「大いなる聖性」を讃えられて列聖される。十字架の道行きをことほぐラテン語聖歌「主の御旗は進み」の作者とされる司教フォルトゥナトゥスと詩を交換したことでも知られる。これは男性と女性の修道者とで交わされた初めての詩の交換とされる(Hollis, 76, 142 fn.)。ダグデイルはまた、ロックソール修道院を記述するさいに、修道院の創設にかかわる奇蹟を慎重な前文つきで報告する。ストウ同様、ダグデイルも客観性を保証すべく距離感を醸しだす修辞を用い、材源を明示する。「エドワード四世の治世中に、同女子修道院に属する司祭か官吏」。「(わたしが見当をつけるに)」とさらりと括弧内に挿入し、「[奇蹟が]まったくの作り話だと思う向きもあろう」と譲歩しつつも、「そこに一片の真実があることを見分けるのはむずかしくない」と力強く主張する。
もうひとつ奇蹟を紹介しよう。この伝説には、夢の幻影、奇蹟的な移動、そして女子修道院の創設につながる神の啓示等、多様な要素が認められる。奇蹟をおこすのは聖レナードである。聖人はロックソールの創設者ヒューの夢枕に二度、現われる。ヒューは地元の領主の息子で、聖地イェルサレムで七年間、捕虜として獄中ですごした。ちなみに一一三〇年から一一七〇年のあいだに、ロックソールを含めて七十あまりの女子修道院が英国に出現する。当時の修道院にはヒューのような下位の貴族に創設されたものが多かった。

黒い修道士の衣服をまとった聖レナードが現われ、「身を起こして家に帰り、ヒューの地元の教会に聖ベネット〔ベネディクト〕修道会の女子修道院を創設せよ」と彼に命じた。ヒューがそうすることを誓うと、「そこ〔牢獄〕から奇蹟的に移動し、足枷を嵌めたまま、ロックソールの森に降ろされた」。羊飼いに発見され、妻と娘に認知され、ヒューは「神の啓示」を願って祈り、「〔修道院を〕建てる場所について、格別の導きがあったので、のちにその場に祭壇が置かれることになる」。女子修道院が建てられると、「娘のふたりはそこで修道女となった。ウィルトンの女子修道会から修道女が呼ばれ、聖ベネディクト会則の指導をした」。この例のように、ある修道院の創設にあたり、より古くからの修道院から人材や知恵を借りる習慣は「古来からの修道院拡大の戦略」だった（Wogan-Browne, 206）。ダグデイルはこの物語を「伝説」であると断りつつ、創設者の気前のよさや、女子修道院の寄付金について報告する。材源は「公文書」あるいは「私的証拠」である。ダグデイルは几帳面に事実と虚構とを区別する。とはいえ物語のなかで、創設者の敬虔さと彼の創設した修道院との親身な関わりを強調するのは怠らない。

ポールズワスの女子修道院を解説するさいに、ダグデイルはアングロ・サクソン人の修道女にして聖人イーディス（ヨークのイーディスとは別人）を詳しく紹介する。『ウォリックシャーの古物』の材源の大半はノルマン人の征服（一〇六六）以降のものだが、ウィリアム一世が作らせた土地台帳『ドゥームズデイブック』（一〇八六）や残っていた修道院記録から、イーディスの場合と同じくサクソン人の資料を利用することもあった。

聖イーディスはエグバート王の娘である。王は息子の病を治癒してもらった感謝の徴に、コンノート王の娘の聖モドウェンをイングランドに招いた。王はモドウェンの「聖性を高く評価し、彼女に娘イーディスをひきあわせ、聖ベネット〔聖ベネディクト〕の会則に従い、宗教上の教えを指導するように依頼し」、イーディスはポールズワスの修道院長になった。

ところが、時代は移りゆき、イングランドはノルマン王朝の支配下におかれる。サー・ロバート・マーミオンは修道女たちをオールドベリの小修道院に追放した。すると彼のもとに、「ヴェールをかぶった修道女の服装で、手に司教杖を持つ」聖イーディスの幻影が現われる。聖イーディスはサー・ロバートに彼女の後任の修道女たちに修道院を返還せよとうながし、司教杖で彼の脇腹を叩いて諭した。痛みに驚いたサー・ロバートは償いをし、自分が追放した修道女たちに赦しを請い、彼女たちを修道院に戻し、修道院の庇護者《パトロン》となり、修道院付属の建物内に自身と家族を埋葬してもらう許可を求めた。

ダグデイルはこう述べる。「この物語の真実と本質の判断はせずにおこう。状況についてはあるいは誤りがあるやもしれぬ」。聖レナードの物語に倣い、奇蹟的な幻影の信憑性については断定を避ける一方、修道女たちの追放と後日の復権については、文書による証拠を引き合いに出して真正性を主張する。「彼女たちがオールドベリに行き、ここに連れ戻されたことについては、わたしは疑義を差しはさまない」。ロバート・マーミオンとその妻ミリセントの証文がそこまで述べているからだ。ダグデイルはこの証文が「学識あるリーランド」がこの夫妻をポールズワスの創設者とみなす根拠であるとも認めている。もっともバーバラ・ヨークの主張するところでは、ノルマン人の征服以前にポールズワスに修道女がいたかどうかは疑わしく、ダグデイルの語るオールドベリへの追放やその後の復権が初期の資料や『ドゥームズデイブック』によって証明されているとはいえない(78)。

かくてダグデイルは厳密な事実の報告から逸脱し、聖人譚の詳細に惜しみなく紙数を割く。むろん、奇蹟を信じるなどと仄めかして自分の信用を危うくしたりはしない。しかし奇蹟をめぐる挿話を自著にとりいれることで、荒唐無稽と思われる報告にも真実がひそんでいないともかぎらない、と暗に示唆する。民間伝承として流通している物語も、文書の記録が残っていない時代のもうひとつの歴史《オルタナティヴ》として、いわば補完的に機能しうると認めているようだ。また、アン・ヒューズが指摘するように、ダグデイルは内戦初期のエッジヒルの戦いの後に目撃談があいついだ幻影などの超自然現象にも関心を寄せていた(55)。同時に、中世の修道院の経済において奇蹟の担った機能も把握している。たとえばオールドベリの記録には奇蹟についての「但書」条項がある。「もし神がここでいとふしぎなる奇蹟をおはたらきになるのであれば」、大勢のひとが修道院に押しかけて、「結果として、もし多くの奉納があるのであれば」、その場合、臨時の奉納は修道女と司祭で分けるべし、という趣旨で。

ダグデイルは事実と虚構、文書資料と口承伝承、可視の慣習と不可視の信仰とで、ときに慎重に文言を選びつつ、ときに大胆に仮説を用いつつ、両者に折り合いをつける。その過程で、いまやその痕跡さえ拭いさられんとしている修道女や女子修道院が、わずか一〇〇年ほど前までの中世イングランドの経済、社会、文化において占めていた重要な立ち位置を再確認し、「古物」蒐集の体裁を借りて再構築したといえるのではないか。

第二節 メモリー・テクストとしてのストウとダグデイルの歴史記述

政治的・宗教的にまったく異なる時代に執筆したストウとダグデイルは、修道女と修道院について社会に残った記憶が歴史として書き直されるときに、それぞれの文化で共有できる言説としてなにが許されるかに応じて、いかなるニュアンスが附与されうるかを示す具体例となった。ストウがとくに自身のノスタルジアにみちた過去の概念の一部として修道女を「選択的」に登場させたのにひきかえ、ダグデイルは修道女と女子修道院についての事実を、蒐集・執筆の一環として「体系的に」集積した。それらの事実は、物理的には土地所有者、奉納品の受領者、貧者救済の提供者としての、霊的には祈り、記念、とりなしの専門家としての修道女の権威を裏書きする。

ストウが慎重で当たり障りのない言説を強いられたのにひきかえ、ダグデイルはデータの掌握に自信をもって、率直に批判的に自説を展開できた。ストウにとって修道女は彼自身の生きた経験の一部であり、ダグデイルにとってはアーカイヴ化すべき人間の「古物」だった。乙女＝修道女と妻／寡婦／想われびとの相互浸透性についてストウはときおり触れるが、ダグデイルはこの側面を追求することにあまり関心がなかったらしい。『ウォリックシャーの古物』でも想われびとが修道女になるという記述はほとんどない。

それでもストウとダグデイルが描く修道女の表象には、いくつかの類似が認められる。いずれの著書にも、修道院を創設する権勢をそなえた王妃から運に見放された哀れな不遇の女性まで、さまざまな型の修道女が登場する。ストウと同様、ダグデイルも逸話や伝説を好んで語る。もっとも危険水域に近づく奇蹟の効力の有無という問題ともなると、この嗜好はきわめて慎重な判断留保によって適度に相殺される。いずれも、書かれた記録が入手しにくい場合は口頭の報告を頼り、もうひとつの歴史である民間信心に場をゆずる。

いずれも、修道女の体現してきた貧者への施しや奉仕の伝統が断たれたことは、イングランドの社会にとって取り返しのつかぬ損失であると痛感している。いずれも、修道院解体を遺憾に思っているが、ダグデイルのほうがストウより包み隠すことなく自説を口にし、「いずこにもはびこる罪、不道徳と肉欲におぼれし忌まわしき生活」が修道院で「日々、おこなわれていた」(引用は一五三六年の小修道院解散法)とする公式見解に異を唱える。いずれも、みずから共感したいと望むひとの想像力にノスタルジアを呼びさます、心に訴える記憶の場《リュー・ドゥ・メモワール》の創意あふれる作り手だった。

なかでもダグデイルの功績は特筆に値する。そくそくと身に沁みる深い個人的な喪失感に突き動かされて、自分の考える過去の尊重すべき施設や伝統を記念する総括的な試みに着手するのだが、これが結果として、修道女と女子修道院を文化的記憶にとどめる再構築につながった。とはいえ、この修道院の土地をめぐる名義変更の是非をあらためて問い直す姿勢は、社会の構造をなす織地そのものが名義変更による土地取得と分かちがたく絡みあっていた当時の社会の趨勢に逆らうものだった。それでも、限定的な流通だったせいか、出版が可能だった。おそらく理由はほかにもあった。修道院解体から一〇〇年を優に超え、その結果、「戦利品」の分け前にありついたひとびとも、土地建物を返還したくとも、もはやその方途も機会も失われたいまとなっては、公に嘆いてみせる余裕があった。もはや個人の善意ではいかんともしがたい既成事実であるのだからと。

　第一部では初期近代イングランドの歴史記述において、修道女がいかに表象されたかを検討した。フォックス、ホリンシェッド、ストウ、およびダグデイルの書物にみられる物語の宝の山は、修道女の表象型《トロープ》の過不足なき記憶の貯蔵庫を作りあげる。四人の宗教信条はそれぞれに異なり、歴史を構築するさいの目的も異なったが、修道女をめぐる物語の集積は、女性の信仰、美徳、脆さの概念についての関心を共有していたことを示唆する。第一部の結果を踏まえて、第二部では、修道女と女子修道院が同時代の演劇、とくにシェイクスピアの作品においてどのように表象されたかを検討したい。

第二部　記憶《メモリー》の貯蔵庫《バンク》の応用

――初期近代イングランドの演劇にみる修道女の表象型《トロープ》

第一部では、初期近代イングランドでフォックス、ホリンシェッド、ストウ、かなり遅れてダグデイルの著書が修道女をめぐる各種の表象型《トロープ》を流通させ、くり返し語ったことを確認した。むろん、そのさい著者たちはそれぞれ自身の肩入れするイデオロギーに従い、それぞれの色に染めた。宗教改革以前の修道女の表象を改訂し、潤色し、加筆し、削除することで、宗教改革後の文化がみずからの過去と折り合いをつけようとしたといってもよい。

歴史的事件は、現実から乖離するとき、歴史の世界から物語の世界へ、訓育から娯楽へと、その活躍の場を移す。焦点を歴史記述から演劇に転ずれば、このことはいっそう明らかになる。生身の修道女の「不在」は暗喩《メタファー》を生む。すなわち、現実に存在した修道女の輪郭が事実から切り離され、個性を失い、概念や暗喩へと変身する。これがときに文化的な忘却を招く。なかんずく演劇において、修道女が俳優の演じる登場人物としてではなく、ある登場人物の台詞というかたちで直接・間接の言及で伝えられるうちに、往々にして没個性化する。やがて修道女の表象型は硬直化し、演劇的な約束事へと変わる。だが、かならずしもそうではなかった。

第二部第一章では、演劇的な約束事となった修道女の表象型、とくに初期近代イングランドの演劇において、登場人物としてではなく台詞にのみ登場する修道女について広く検討し、いくつかの類型を指摘したい。そののち、第二部第二章では、シェイクスピア以外の初期近代イングランドの演劇における登場人物としての修道女の表象型、さらに、第二部第三章では、シェイクスピアにみる修道女の表象型を探っていく。

第一章　初期近代イングランドの演劇に言及として現われる修道女の表象型

現存する初期近代イングランドの戯曲には、主役にせよ端役にせよ修道女が登場する作品が三、四十作品ある。これらの戯曲以外では一〇〇作品以上において、ほかの人物の台詞のなかに修道女への直接・間接の言及が認められる。ここでは、そのうち四〇作品程度の例をとりあげ、それらの言及がみられるのはどの作品かを特定し、さらに分類を試み、全体的な傾向を概観したい。

まず、修道女への言及のなかでも、明らかに「修道女らしい」と定義できる資質に着目したい。キリスト教の修道院制度やその戒律や機能の通り一遍の理解にもとづき、祈り、歌い、禁域に匿われる女性として、また、貞潔の鑑として、そのような資質を体現している修道女への言及をみてみよう。

つぎに、道徳的な弱さの典型としての修道女への言及に着目したい。一方で文化的記憶の継承、他方で文化的記憶の断絶または忘却のなかで、修道女がいかに位置づけられるかを確認するには、「修道女にふさわしき浄らかな生」と「修道女にそぐわぬ気まぐれな生」の両表象を示す戯曲をあわせて検討することが重要であろう。

同時代には、修道女が登場人物として配される戯曲もあるにはある。「本物」の修道女もいれば、修道女のふりをする人物もいる。女子修道院に入る人物もいれば、修道院から還俗する人物もいる。修道会に入る意志を公言し、周囲の賛同を得ることもあれば、反対されて志をまっとうできないこともある。しかし現存する大多数の劇作品には、せいぜい修道女や女子修道院について漠然とした仄めかしがあるにすぎない。本章では、これまであまり研究の対象とされなかったこれらの言及を特定し、初期近代イングランドの演劇において、文化のなかで流通し入手可能な、いわばありきたりの一連の表象型《トロープ》を利用するにあたり、個々の劇作品にいかなる傾向があるかを明らかにしたい。

上記のとおり、戯曲にみる修道女や女子修道院への言及では、修道女の表象は二通りの類型に分かれる。ひとつは敬虔と貞潔の模範、もうひとつは道徳的な弱さである。両者は無関係に存在するのではなく、互いに浸透しあうのだが、聖なる価値は俗なる価値に吸収される傾向がある。たいていの言及は、一方で、キリスト教の修道会に共通する文化的意義を当然の前提として機能する。他方、それらの教義的な含意のほうは無視してかまわないという暗黙の了解の上に成立しているともいえよう。

第一節　修道女らしさの表象

『ロークラインの悲劇』(一五九一頃)、『リチャード三世』(一五九三頃)、『ロミオとジュリエット』(一五九五頃)、『ヴェニスの商人』(一五九六頃)、『ハンティンドン伯ロバートの死』(一五九八)、『ハンティンドン伯ロバートの没落』(一五九八)、『十二夜』(一六〇一)、『サー・トマス・ワイアット』(一六〇七)、『ウェールズの大使』(一六二三頃)、『妻を治めるならば娶ってよし』(一六二四)、『新しい学園』(一六三六頃)、『内気な恋人』(一六三六)などの作品では、数少ないが「修道女らしい」所作への言及が散見される。とくに説明はなく、修道女が祈り、歌い、禁域制度に従うといった「修道女らしさ」を体現する表象型が、同時代の文化にとってなじみ深いものであると劇作家が決めこむ土壌があったと考えられる。

まず、祈りや禁域制度への言及について略述する。共同体のために祈るという修道女の社会貢献への明言は比較的少ない。死者のための祈りが禁じられていたことを考慮するなら、当然かもしれない。第二部第三章で述べるように、修道女の祈りに肯定的な価値を見いだすシェイクスピアのほうが、むしろ例外なのである。

一般に、禁域に囲われた女性の修道生活は一過性の生とみなされる。『サー・トマス・ワイアット』で、メアリー王女(のちのメアリー女王)は修道女のように世俗から隔絶して生きるのを止めて王座につくよう誘われる。この作品がもくろむプロテスタント勝利の筋書きでは、修道生活を連想させる隠棲は矮小化されねばならない。政治的で生産的な現世が優先されるべきなのだ。これはむろん、熱烈なカトリック護教者であった歴史上のメアリーの信条の対極にあり、一種の歴史の書き直しにほかならない。

修道生活を止めよとの助言は、修道生活がいかなるものかを示唆した上で、結婚をうながすために、おおむね若い女性に向けて発せられる。『ウェールズの大使』の宗教的な生への言及にはじつは実体がない。四つある言及のうち三つは、アゼルスタン王に棄てられて修道院に入ったとされる美女アルマントの入会を惜しんでいる。残りのひとつは、窮地に陥った女性が権力者の復讐から身を隠す聖域としての修道院を際立たせる。マッシンジャーの『内気な恋人』では、マティルダを捕らえたロレンゾが彼女に指一本触れないと保証するときに、修道院を引き合いに出す。「祭壇の前にひざまずく禁域に囲われた修道女」のように安全だと。修道女は禁域制度を守るべきであり、修道院はそこに逃げこめば匿われる聖域である。この一般に流布する共通理解を前提としつつも、宗教的な意味は薄まり、文化的忘却へと葬られる。禁域に囲(匿)われる修道女は、保護を必要とする無力な女性の枠に押しこまれて、自立心や個性をそなえた人格的な輪郭を失っていく。

第二節　歌う修道女

歌隊《クワイア》で歌うのは伝統的に「修道女らしい」所作の一部とされる。実在の修道女の歌が、修道女らしさをかもす舞台演出の背後に、聴覚的記憶として残存していたのかもしれない。たとえば当時の記録には、霊妙な歌声で知られるミラノの修道女が、ある歌う少年との比較の対象として名指しされる。『一六〇二年、シュテッティン＝ポメラニア公フィリップ・ユリウスのイングランド旅行の日誌』によると、訪英した公爵が少年俳優一座の芝居を観劇しに来たところ、芝居が始まる前にいくつかの楽器で音楽が奏でられ、ひとりの少年が歌った。その歌は「たいそう心地よい響きであって、こたびの旅行でこれに迫る歌を聞いた記憶はない。例外はおそらくミラノの修道女で、彼女たちのほうが上手だったかもしれぬ」。このさりげない比較級こそ、修道女の歌が同時代のヨーロッパで並ぶもののなき名声を確立していた証左である。日誌の書き手が歌の美しさの指標として、当然のごとく「ミラノの修道女」をもちだすほどに。

おそらくヨーロッパを旅する世慣れた芸術愛好家である公爵とそのお付の記憶には、ミラノの修道女の歌声が無数の歌声のなかでもくっきりと際立って刻みこまれていたのであろう。同時代の英国の演劇における修道女が、舞台上で台詞を発する人物としてよりも歌を歌う人物として登場しがちなのは、ゆたかな(ヨーロッパ大陸の)音楽的伝統を示唆する。さらには、英国の宗教改革以前の時代に、修道院付の教会の鉄格子の奥から響く歌隊修道女たちの歌声の記憶と重なっていたからともいえよう。

シュテッティン＝ポメラニア公の日誌の書き手が記すように、修道女たちの音楽的名声は、修道院内の音楽の演奏を見聞きした俗人の聴衆によって伝えられる。鉄格子の背後に隠された歌隊修道女《クワイア・リリジャス》たちの姿は俗人の目に触れることはなかったが、音楽は聴衆に忘れられぬ印象を与え、「天使の歌隊」と称された。いくつかの修道院では音楽的伝統が発達し、その伝統は世俗の音楽とも無関係ではなかった。「音楽は修道院の壁の外へも易々と浸透した」のである。

もっとも、生身のイングランドの修道女たちのものにかぎらず、歌隊による歌は同時代のイングランドではめったに聞かれることはなかった。人目を忍ぶカトリックの家庭では、必然的に歌唱ミサではなく奏楽のない読唱ミサが行われていた。それでも修道女の歌声への言及は、ジョン・フレッチャーの『妻を治めるならば娶ってよし』やリチャード・ブロームの『新しい学園』などに見られる。ウィリアム・ヘミングズの『致命的な契約』(一六三九)では、舞台上で行列が練り歩き、修道女たちが歌う。最後の例は厳密にいうと言及ではなく端役の修道女が舞台上で歌うのだが、ここではこの三作品を一括して論じる。歌声や演奏の文化的な意味や演劇的な喚起力に焦点があてられる例とみなされうるからだ。

修道女たちの歌声に言及することで、フレッチャーの『妻を治めるならば娶ってよし』は、皮肉にも修道女と道徳的に危うい女性たちの相違を消し去る。ペレズは自分がエスティファニアに騙されて結婚させられたと誤解し、彼女にこういってのける。「君は歌が上手だから修道女たちのもとで君を探した。だが彼女たちは君が歌っていたのはいかがわしい歌だといい、君が死んだと思って悲しみ悼んでいた。そこで最後に教会で君を探すと、君が最後に訪れてからあまりに時間が経ったので、君のことを忘れてしまったという答えが返ってきた」(四幕一場二三―二六行)。

修道女の歌への揶揄がブロームの『新しい学園』にも認められる。「上で」ふたりの若い女性ジョイスとガブリエラが観客に姿を見られぬまま歌を歌うと、ヴァレンタインは問う。「なぜ修道女のように上に閉じこめておくのか、歌が聞こえるだけで人目に触れぬまま?」(四幕二場九九五行)。これはストライグッドへの皮肉である。ストライグッドにはカトリック同調者との疑念がもたれている。換言すれば、ヴァレンタインの発言は、禁域外に顔を見せることを禁じられ、匿われたまま美しい声で聖歌を歌った歌隊修道女を素描しつつ、修道生活とは異なる「いいかげんな」世俗の価値観で測りなおす。

このような言及は女子修道院の生活、すなわち祈りの日課や聖歌、禁域の遵守、聖域などの概念が、自明にして説明無用の文化的記憶の一部であって、観客の了解を当然のごとく前提としている。さらに、文化的記憶の一部であるからこそ軽蔑の対象にもなりうることを仄めかす。この作品のテーマのひとつは「交換《エクスチェンジ》」で、もうひとつの題名は『新しい商取引所《エクスチェンジ》』である。では、この作品は「修道女」が取引対象として流通から外れていると示唆しているのか。しかしブロームは粗野な当てこすりにとどまらず、さらに巧妙なひねりを加え、女性が流通から外れるのはむしろ賢明な選択かもしれないと思わせる。この場面の前で、ふたりの女性はすんでのところでいかがわしい仕事を強要されそうになる。じつは学園とは世をあざむく隠れ蓑にすぎず、実体はあいまい宿だったからだ。

ヘミングズの『致命的な契約』では、実際に舞台で修道女たちが歌を歌う。シェイクスピアの『ハムレット』に触発された復讐劇と評されるこの作品は、メロヴィング王家の内紛に材を求め、ジェンダー、セクシュアリティ、人種の境界線を超える女復讐者の活躍を中心に描きだす。その女性クロティルダは暴力の犠牲者でありながら、黒い肌の宦官に変装し、復讐に乗りだす。修道女の歌の場面は、国王顧問官の娘アフィーリアをめぐる筋の一部である。クロテア王子は兄弟クローヴィスの恋人アフィーリアを乱暴しようとしてクローヴィスに阻止される。しかしクローヴィスはクロテアに刺され、死んだものと思われる。クロテア王子はクローヴィスの棺の上でアフィーリアの処刑を命じる。葬送行列が行われ、「悲しげで厳かな音楽」に合わせて哀悼者たちがふたつの扉から二列で登場する。片方の列は「首切り役人に先導され、ふたりの白衣の修道女が歌いながら続き、ふたりの白衣の幼い少年に手をひかれ、花冠をかぶったアフィーリア登場。そのあとに、ほかの者と同じ装いのさらなる乙女たちが続く」。

棺が置かれると修道女たちが歌う。

さあ、祝福を受けし乙女らよ、
この女神に捧げものを持て、
女神に口づけを捧げよ、
触れてそのよさがいや増すように。
女神の目から涙が落ちたその場所に
もうひとつの天国が生まれでよう。

（三幕三場一〇―一九行）

この歌は死者のための祈りとは一線を画し、キリスト教の儀礼を装いつつ、恋愛をことほぐ。つまり、修道女たちはシトー会の修道服をまとっていると思わせ、華麗な式典は疑似カトリック的な儀礼と典型的な異教の儀礼を混ぜあわせ、奇妙な聖俗混淆を生みだす。

修道女たちはアフィーリアの穢れなき美徳を擬人化する一方、哀悼者として歌い、沈鬱な行列に花を添える。修道女たちの歌に心変わりしたのか、クロテアはアフィーリアと結婚しようと決意する。

「フランスの悲劇」というクォート版の副題にふさわしく、修道女たちの存在はカトリシズムの雰囲気を視覚的に盛りあげ、歴史上のメロヴィング王朝の王妃や王女たる女子修道院長たちの遠い記憶をかすかに呼びさます。聴覚的には恋愛における女性の自発性を示唆する。修道女たちはまた、本作の根底にあるセクシャル・ポリティクスの一部である。たとえばクロテア王子の犠牲者にして復讐者クロティルダの兄は、妹の修道院入会を当然と考える。修道院は社会的に破滅した女性の名誉を保つ手段とみなされていたのだ。

舞台上でも舞台の外でも、修道女による音楽と歌は、劇作家にとって、それらに附与された多義的な意味を探る機会だった。歌において、彼女たちは模範的な貞潔を示すと同時に観衆を魅了する。かくて聖と俗の境界に揺らぎが生じ、聖なるものであったはずの修道女の歌が世俗的な慰めの源となる。

第三節　セクシュアリティと若さが勝利する

『レア王実録年代記』(一五八九頃)、『夏の夜の夢』、『賭けるならイングランド人に』(一五九八)、『アビンドンのふたりの怒れる女たち』(一五九八)、『パルナッソスへの巡礼』(一五九九頃)、『お気に召すまま』(一六〇〇頃)、『ハムレット』(一六〇〇頃)、『フィラスター』(一六〇九頃)、『新案旧債返却法』(一六二一)、『ひと月の妻』(一六二四)にも修道女への言及がある。いずれも貞潔、清貧、従順という修道生活の掟を暗黙の前提としており、とりわけ貞潔の概念についての仄めかしが多い。『夏の夜の夢』の氷のごとき貞操を体現する修道女への言及がもっとも有名だろう。作品によりニュアンスの差こそあれ、共通するのは、ロマンス、若さ、セクシュアリティが、歴史、老い、貞潔に優先される点である。「修道女らしい」貞潔は軽んじられ、女性のふるまいの手本として掲げられることはめったにない。ただし中年以降の女性や寡婦は例外である。ロマンスの対象から外れたとみなされる存在には、修道女の模範が推奨される。

囲われた貞潔が美を無為に消尽し、ロマンスの損失になるという嘆きの表象型は、シェイクスピアの『リア王』の材源となった作者不詳の『レア王実録年代記』で明らかに認められる。コーンウォール王とカンブリア王がレア王によるコーデラの勘当を話題にする。

コーンウォール王 ならば、三番目の姫の持参金には何が残されるのか、
世のひとが敬愛する、麗しのコーデラ姫には？

カンブリア王 それが、たいそう奇妙なのだ。どう考えてよいかわからぬ、
姫を修道女にしようというのでもなければ。

コーンウォール王 あわれ、かくも稀なる美が隠されるとは、
修道院の壁に囲われて。

（四五八―四六三行）

シェイクスピアは『リア王』（一六〇五頃）を著したとき、材源に顕著なこの表象型をあえて採用しなかった。ひとつには、創意工夫を凝らすシェイクスピアは表象型に頼ることが比較的少なかったからだ。より現実的には、設定をキリスト教改宗以前の古代ブリテンに移したために、材源に織りこまれたキリスト教信仰への言及を割愛できたからだろう。『レア王実録年代記』の、結婚したがらない王女コーデラが修道院に入るという筋書きは、歴史上の王女たちが修道会に入った史実を連想させる。

ただし、持参金もなく身ひとつで赴かざるをえないコーデラと異なり、歴史上の王女なら身分にふさわしい持参金を入会時に修道会にもたらしたはずであり、その持参金こそが（清貧の誓いに照らせば矛盾といえるかもしれないが）彼女たちに修道院長の権力を与える基盤となった。このような女性の権能を支える仕掛の詳細はないがしろにされ、文化的な忘却のうちに葬られる。むしろ『レア王実録年代記』で強調されるのは、美と若さを無為に衰えさせる貞潔という陳腐なイメージである。

作者不明の『パルナッソスへの巡礼』では、オウィディウスの『恋愛指南』を読みながら登場するアモレットが修道女に言及し、貞潔にまさるロマンスの魅力を説く。ステュディオーソとフィロムソスは詩想の源泉ヘリコーン

山へと巡礼の旅を急ぐ途上で、詩が男たちを誘う先は、「貞潔を頑なに守る病弱な娘や気難しい修道女」でなく「愛らしく色っぽい若い娘」だと教えられる。

修道生活の誓願を立てるという概念は、フランシス・ボーモントとフレッチャーの『フィラスター』では一般化され、純潔の愛を意味する。スペイン王子ファラモンドに言い寄られたメグラは言い放つ。

ああ、やさしくもさわやかな王子さま、
心のまわりに積もった雪が
心躍る春を語るあなたの言葉を一〇行も消し去るような、
そんな女性は修練せずとも修道女になれるでしょう。

（二幕二場八二―八五行）

通常、修道生活に入るには、厳律の遵守が求められる修練期を経ねばならない。したがって、修道女の比喩は、修練期なしでそのまま終生誓願を立てられるほど、ありえないまでに冷たく操正しい娘を示唆する。べつの場面では誓願を立てた奉献が比喩として援用され、ベラリオ（じつはダイオンの娘）がフィラスターへ寄せる慎ましやかな愛のかたちを意味する。「わたくしは誓いを立てました。乙女がいちどきに呼びかけられるすべての尊いものにかけて〔……〕いつまでもあなたさまとともにいられますようにと」。さらに、絶対に結婚しないという決意を述べる。誓願を立てることが宗教的な奉献ではなく、世俗にあっても浄らかな無私の愛への献身を意味するのだ。

ヘンリー・ポーターの『アビンドンのふたりの怒れる女』では、修道女の比喩が矮小化され、婚期を迎えた若い娘には侮辱的なまでに味気ない生活を意味するにいたる。結婚を望む姉妹マルとフランシス・ゴーシーを結びつけるのに協力するさい、フィリップ・バーンズはこう姉妹をからかう。「修道院から出ておいで、信奉者さん、慎みぶかい修道女さん」。また、彼女を「トゥのたった乙女よ、一七歳より年かさの」と称する。するとマルは言い返す。「修道女、信奉者、トゥのたった乙女、一七歳より年かさ、ひどい言いようね、ほかにないの？」。結婚願望のあるマルにとって修道女と呼ばれるのは侮辱にひとしい。修道女は世間から隔絶された貞潔の暗喩になり、つづく台詞でフランシスによりこの暗喩が鐘のない鐘楼、帆柱のない船、櫂のない小舟に譬えられる。いずれも生気を与えるものを欠く器の譬えである。

同様に、否定されるべきものとして修道女を持ちだす暗喩の例は、ウィリアム・ホートンの『賭けるならイングランド人に』にも認められる。若い女性にとっての貞潔のトポスは、模範ではなく忌避されるものとして学問、高齢、悲しみと結びつく。ロンドンの商人で高利貸しのポルトガル人ピサロには、三人の娘がおり、娘たちはそれぞれ三人のイングランド人を愛しているが、父親は外国人の求婚者と結婚させようともくろんでいる。娘たちの家庭教師アンソニーは哲学を教えると見せかけて、イングランド人たちとの恋路を助ける。娘のひとりマリーナはみずからいう。「哲学をお教えくださるですって？　わたくしは修道女にはなりません。年をとると楽しいことをあざ笑うもの。でもわたくしは若いから楽しいことが好き」。これを立ち聞きしたピサロは娘たちを叱り、マリーナの使った修道女の暗喩をくり返す。「おまえは哲学をあざ笑い、修道女にならぬと言い張る。仕掛けられたからとて財布に口づけせにゃならんのか」。

哲学の勉強は修道女になることと等置される。アンソニーの表現を借りるなら、道徳哲学の勉強にともなうのは「悲しみのお仕着せ、嘆きの似姿」である、悲しみと嘆きの換喩である「黒い《ブラック＝フェイスド》」ヴェール〔ドミニコ会の修道服だろうか〕である。このヴェールは「ため息」「涙」「祈りに費やされる暗い夜」「思索」「後悔」をも暗示する。

マリーナの台詞にもあるように〔父親の命令に従って修道院に入る『マルタ島のユダヤ人』のアビゲイルと対照的に〕、娘たちは比喩的にも実際的にも「修道女」になることを拒んで父親への反抗をあらわにする。かくて「修道女」は欲望を否定する暗喩となる。そもそも、黒いヴェールをかぶって修道院で祈る行為はカトリック色が強すぎて、娘たちが修道女になるという選択肢は事実上ありえない。これもまた否定するためにのみ修道女を持ちだす暗喩と考えてよい。

貞潔な修道女の表象型は、上記のとおり中年かそれ以降の女性、あるいは寡婦にこそふさわしい生活の暗喩とされる。フレッチャーの『ひと月の妻』では、暴君フレデリックに苦しめられたエヴァンセが彼の妃に「祈る習慣を身につけなさいませ。お妃さまのご年齢と名誉は修道院にこそ似つかわしい」とうながす。

ほぼ同時期の作品、フィリップ・マッシンジャーの『新案旧債返却法』では、寡婦レイディ・オールワースにひそかに思いを寄せるラヴェル卿は、彼女を「ご主人亡きあと、厳しくも慎ましやかな修道女の生活を送っていらした」と評する。べつの人物は彼女についていう。「あの方はいまだ修道院に籠ったままなのですか？　あの方の理性がご自分を得心させればいいのですが。ご主人の死のためにご自分を永遠に囚われの身になさろうとも、ご主人は蘇らないのですから」。

身近な男性の死にあって喪に服するために進んで「修道院に籠る」女性といえば、一種の修道院長と称される『十二夜』のオリヴィアが思い出されよう。『新案旧債返却法』でラヴェルが用いる修道女の暗喩は徳高い寡婦としての模範的な生活態度を指すものとして、めずらしく肯定的に使われる。もっともレイディ・オールワースの場合ですら、結末でラヴェル卿と再婚の運びとなるため、修道女の暗喩はいわば通過点を表わすにすぎず、カトリックとは異なり終着点にはなりえない。

第四節　貞潔な修道女の弱さ

プロテスタント信仰が国教であったイングランドでは、カトリック信徒は女性的であり、カトリシズムと女性には親近性があるとされてきた。これは、女性がカトリックの伝道師の誘惑で改宗しやすい、あるいは修道女が教義どおりに聴罪司祭に従順であるため彼らの言いなりになりやすい、という悪意に満ちた偏見にもとづく。だが、当時の大衆演劇においては、貞潔な修道女の表象型は甘言や雄弁や金銭になびきやすいという想像上の弱みを強調するかたちで大いに活用される。以下の言及をみると、貞潔と道徳的脆さのふたつの主たる表象型が対極に位置するのではなく、同一平面上にあることは明らかだ。貞潔の誓いそのものが、あまりに極端にすぎると思われたがゆえに、あらぬ疑念を招く。ひるがえって修道女の身持ちの堅さは、高いハードルを乗りこえて彼女たちに近づくことのできる男性の性的・修辞的・経済的優位の証明となる。

トマス・デッカーの『身持ちのよい娼婦　第二部』(一六〇五頃)では、表題の娼婦ベラフロントが父親をとおしてヒポリトから金銭を贈られたことを知る。第一部で善人だったヒポリトは第二部では放蕩者となり、第一部で改心したベラフロントの気を引こうとするが、ベラフロントは手厳しい。「あのひとは銀の網で貧乏人を捕まえようとする。修道女の喉をつまらせ、堕落させてしまう餌で釣ろうというわけね」。操正しい修道女も金の力でどうにでもなる、といわんばかりに。

ネイサン・フィールドの『女は風見鶏』(一六〇九頃)では、伯爵の美貌を讃えるために修道女が引き合いにだされる。結婚を希望するフレデリック伯爵にへつらうペダントいわく、伯爵は美少年ナルシスをもしのぎ、「その美しさは神に献身する修道女に罪と憧れを燃え立たせます」。神に献身する修道女は美徳を体現し、徳高い女性の典型であり、そのような女性の心にすら火をつける男の魅力の大きさが際立つ。

同様に、作者不詳の『忠実な友人たち』(一六二〇頃)では、国王が悪党ルフィナスに雄弁を止めるよう命じるさい、修道女の暗喩が使われる。ルフィナスの口のうまさゆえ「凍てつく修道女さえ、やむにやまれず、その聖なる祈りから逃れ、彼を抱擁する」。「凍てつく」という形容詞が難攻不落の身持ちの固さを表現し、同時に、ルフィナスはそのような修道女も口車に乗せるほどの悪党だと指摘している。

操正しい修道女の表象型はときに女性の手練手管の暗喩となる。フレッチャーとマッシンジャーの『一国の習慣』(一六一九頃)では、欲望に忠実な女性ヒポリタが意中のアーノルドーに迫る。もっとも最終的に、彼女の手管はアーノルドーに通用しないのだが。

わたくしが恋人にしては大胆すぎると思われるのでしたら、
あなたのものであるはずの役割まで演じているというのでしたら、黙りましょう。
わたくしの目が頬の赤さを語り、あなたとお話しするでしょう、
あなたの手に触るときも、震えながら触りましょう、
神に仕える修道女にふさわしく震えながら。

(三幕二場一五三―一五七行)

かくて貞淑な修道女像はふたたび恋愛と結びつく。これらの修道女像は、実際に誓願を破るという大それた行動と関係なく、観客の想像のなかで存在する。暗喩には修道女が守るべき沈黙の概念が織り込まれており、沈黙は相手を魅惑する手段となる。恋愛を知り尽くしているヒポリタは、沈黙が男性の欲望を抑えるとはかぎらないという前提のもとで、修道女を演じようと提案するのである。

第五節 修道女化された男性と女神ウェスタに仕える乙女

先に述べたカトリック信徒の「女性化」は、ときとして作品の登場人物の男性が貞潔な修道女の比喩で自己を表象するかたちをとる。作者不詳の『クロムウェル卿トマス』(一六〇一頃)では、英国商人の代理人としてアントワープ在住の野心あふれる若きクロムウェルが、退屈な毎日に苛立ち、ひとりごちる。「だが、クロムウェルよ、かような牛歩はおまえにふさわしくない。心は旅にでかける決意をしたのだ、修道女のごとく禁域に籠る生ではなく」。作品はクロムウェルの降盛と没落を描く。一代で成りあがって処刑台で生涯を終えたクロムウェルの数奇な運命を振り返るなら、修道女のごとき状態から抜けだし、王にとりいって修道院解体などに手を染めぬほうが、よほどよかったかもしれない。とはいえ、「修道女のごとく禁域に籠る」という直喩《シミリ》そのものは、一種の決まり文句として、女子修道院や修道女と深い関わりをもたぬまま一人歩きしている感がある。これも文化的忘却のひとつの発現であろう。

フレッチャー、フィールド、マッシンジャーの『マルタ島の騎士』(一六一八頃)では、マルタの徳高き若き騎士ミランダが、彼の捕虜アンジェロの許嫁で美しいトルコの女性ルシンダを誘惑しようとする。ミランダはみずからの欲望についてこう述べる。「むろん、わたしは赤ん坊ではない。まして修道女のように育てられたわけでもない」。実際には、ミランダはルシンダを試しているのだが、これも、男性が修道女の直喩を思いがけず自分に用いる例である。純潔を守る修道女と俗世間から隔絶した暮らしぶりを自動的に結びつけた、「死んだ比喩《デッド・メタファー》」と考えてもよいだろう。

キリスト教の修道会、その会則や機能に関係のない作品における女神ウェスタに仕える乙女への言及には、一味ちがう「修道女化」がみられる。『ガラテア』(一五八四頃)、『カテラインの陰謀』(一六一一)、『ヴァレンティニアン』(一六一四頃)、『殉教した兵士』(一六二二頃)がそうだ。ベン・ジョンソンの『カテラインの陰謀』にはシッラの亡霊がカテラインの極悪非道の一例として「女神ウェスタに仕えし乙女」の陵辱を挙げる。この嫌疑には政治的な背景があるかもしれない。くだんの乙女ファビアはキケロの最初の妻テレンティアの異父妹で、ローマでは権力を振るっていたからだ。

ほかにもキリスト教の修道女と関係のない言及があるが、歴史的というより神話的というべきだろうか。リリーの『ガラテア』では、自身もニンフの姿に身をやつしたキューピッドが、狩りの女神ダイアナのお付のニンフから、ダイアナのアラス織の壁布に恋愛の物語ではなく「女神ウェスタとその修道女たちを刺繡せよ」と命じられる。フレッチャーの『ヴァレンティニアン』では、のちにヴァレンティニアン自身にかどわかされる貞淑な人妻ルシーナの前で歌われる歌のなかで、「修道女だった麗しのカリストー」を全能神ゼウスが誘惑するくだりが披露され、この言及が芝居のなかで起きるできごとを予見させる。シャーリー(とヘイウッド?)の『殉教した兵士』では、ヒューバートがベリーナを口説くときに「修道女」をもちだす。「ヴィーナスはそなたをもてなすために、その神殿を修道女たちの息で香りづけるでしょう。ウェスタの修道女ではなく、自分に仕える修道女たちの」。このように非キリスト教文化圏に設定された作品で「修道女」という語が使われると、精確さが失われ、修道女という概念から発生する想像がいよいよ曖昧になる。

第六節　修道院制度への批判

女性の道徳的な脆さの典型としての修道女の表象型は、多くの作品にみられる。『靴職人の預言』(一五九二頃)、

『グレイ法学院録』(一五九五)、『ベドナル・グリーンの盲目の物乞い 第一部』(一五九六)、『悪魔とその母』(一六〇〇)、『身持ちのよい娼婦 第一部』(一六〇四)、『西行きだよ!』(一六〇四)、『我を知らぬ者はだれも知らぬ 第二部』(一六〇四頃)、『終わりよければすべてよし』(一六〇五頃)、『東行きだよ!』(一六〇五頃)、『キューピッドの回転おもちゃ』(一六〇七)、『錬金術師』(一六一〇)、『女の戦利品、あるいはならし手がならされ』(一六一〇頃)、『トルコ人になったキリスト教徒』(一六一二頃)、『ひと月の妻』、『北方の娘』(一六二九)、『都会の縁組』(一六三七)と枚挙にいとまがない。さらに、この表象型は冗談、言葉遊び、譬えとして利用され、再利用され、広く流通した。作品の登場人物としての修道女が比較的少ないのとは対照的である。

修道院制度への批判は、修道女と修道士や国王との関係への言及において、さまざまに表象される。なかんずく、修道院がその不可欠な一部であった中世という過去が書き直される過程において。したがって、第一部で検討した歴史文献では軽視されがちな修道女の表象型の変奏とみてよいだろう。

ロバート・ウィルソンの『靴職人の預言』では、地獄への旅人たちが黄泉の川スティクスの渡し守カロンを呼び止める。旅人のなかには「フランシスコ会修道士〔グレイ・フライアー〕の亡霊」がおり、「これほど修道女たちにさいなまれた修道士はいなかった」。さらに、「軽蔑」という人物の子どもを身ごもったヴィーナスは、彼が出産する場所を用意してくれると聞き、「大修道院か小修道院かしら?」と問う。「軽蔑」は「いや、そういう場所は偽善に満ちているから」と返す。

『ベドナル・グリーンの盲目の物乞い 第一部』で、ボーフォート枢機卿は恋敵のグロスター公がエリノア・コバムを妻に迎えると宣言したことに異議を唱える。グロスターは反撃する。「ああ、猊下はあのひとを修道女になさりたいのでしょう。あなたの「修道院に囲われし恋人」に。だが、あのひとはあなたに従ったりはしない!」。歴史文献にも散見されるように、修道女とはしばしば修道院に囲われる想われびとの同義であった。

『悪魔とその母』(『クロイドンの炭焼き人グリム』と同作品か)では、中世を書き直すという主題からして、修道女が存在するのは自然の成り行きであるが、修道女は反修道院的言説の一端を担う。作品は本書でとりあげたホリンシェッドの『年代記』を材源として、歴代国王の名前の綴りにいたるまで、おおむね忠実になぞっている。すでに帰天したはずの聖ダンストン(カンタベリー大司教ダンスタン)がこの世に戻り、七人の国王にたいする自分の影響力を仄めかす。また、ついでのように自分にまつわる噂にも言及する。アデルスタン王の姪エルフレーダを襲ったという芳しくない噂である。ここに奇妙な捻れがみられる。材源のホリンシェッドやフォックスの議論はこうだ。「修道女エルフレーダ」と関係をもつのはエドガー王である(第一部第一章および第二章参照)。一方、若き日のダンストン自身も女性との関係を断てず、修道生活の誓いを守るのに苦労した。にもかかわらず、エドガー王を咎めるのは偽善である。かくてダンストンが王に放った厳しい非難が反転して本人に戻ってくる。

　戯曲の台詞でダンストンの奇蹟や名声が披露されるときも、修道女にまつわる噂が挿入されることで、ダンストンの功績が矮小化される。たとえばケント伯レイシーは、奇蹟をおこした「そのダンストンこそ、修道女との関係について王を咎め、罪の償いを課した人物なのだろう?」と、他の登場人物の列挙するダンストンの功績を揶揄する。女性の境遇を描きだしたホリンシェッドと異なり、国王と修道女の関わりを示唆する言及は、歴史の客観的な叙述を離れて「中世らしい」ディテールとして独り歩きし、王にたいする宗教上、政治上の助言者としてのダンストンの威信を減ずる計算の一部となる。

第七節　遊興の相手としての修道女

　さて、以下の例は大衆演劇ではなく法学院の余興から採る。いかにも「修道女らしい」祈りにはひねりが利かせてある。『グレイ法学院録』が伝えるとおり、ロンドンのグレイ法学院で催された余興にはあいまい宿の女主人ルーシー・ニーグロの名が記される一方、「封臣および進貢者」の一覧はこのルーシーこそクラークンウェルの女子修道院長であると述べる。クリスマスの祝祭が始まる一二月二〇日の聖トマス祭前夜に、「王子」が戴冠し、祝祭全体を司るとされている。一五九四年はヘンリー・ヘルムズというノーフォーク出身の紳士が王子役を務めた。王子にルーシー修道院長と修道女たちが行う「義務や奉仕」が記されている。修道院長は夜の祈り(奉仕)と引き換えに「クラークンウェルの女子修道院をパープールの王子より譲り受けている。また、陛下の戴冠式の日に、燃えるランプを持ち、王子に仕える枢密院の紳士たちのために晩課の祈り《プラシーボ》を唱えるべく修道女たちの歌隊を用意する義務を課せられている」。

修道院が王子から不動産を借りる代償に、修道女たちは祈りで貴族たちに奉仕する。歴史書における修道女の二様の経済活動を一括しているのだ。ひとつが不動産事業、もうひとつが献金と引き換えの死者のための祈りである。ところが、『グレイ法学院録』に収められる余興ではカトリックの儀礼、とくに死者のために歌隊修道女が唱える祈りが、クリスマスの祝宴の余興という枠組へと転移された。その結果、修道女の祈りに本来そなわっている敬虔さが遊興の含意によって損なわれ、無礼講のもたらす放埒の文脈に置き直される。「祈る修道女」の表象型が「気まぐれな修道女」の表象型と重ね合わせられる、といいかえてもよい。女性が集団で生活するという共通点ゆえに本作以外でも一般に修道院はあいまい宿や学校と重ねられる傾向にある。

つぎの文脈でも、修道女が遊興の相手に、修道院が遊興の場所とわざと混同される。『西行きだよ!』では、とりもち役の女性が「学生とホワイト・フライアーズの修道女」の関係はよくあることだという。チャップマン、マーストン、ジョンソン共作の『東行きだよ!』では、「修道女」という語が同様の両義性をはらんでいる。サー・ペトロネル・フラッシュは破産が明るみになる前にロンドンを去る画策をし、知り合いが贔屓にしている女性を、地方の良家の淑女との触れこみで、妻ガートルードの元に小間使い兼行儀見習いとして送りこむ。仲介役の老金貸しセキュリティとガートルードのやりとりが滑稽なのは、この「淑女」の正体についての認識の違いだけでなく、「あの修道会に属する立誓した乙女」といった語の二重の含意《ドゥーブル・アンタンドル》にもよる。

フレッチャーによるシェイクスピアの『じゃじゃ馬ならし』の続編ともいうべき『女の戦利品、あるいは、ならし手がならされ』では、「修道女たちの巣」があいまい宿の意味で使用される。二番目の妻マライアが仕掛けてくる権利闘争に怒れるペトルーチオは叫ぶ。

おまえは、手ぶりや徴の品で意を表わすのか？　そういうことか、
おまえは夏に外を出歩き、大尉らを捕まえるのだな、
あるいは、郊外に聖なる土地を借りて、
修道女の巣を賄うというのだな？
（四幕四場七二―七五行）

手ぶりで意思疎通をするくだりは、沈黙の誓いを守るために修道女たちが用いた手話をかすかに想起させる。だが、なによりも、修道院への言及は明らかにきわどさを湛えている。郊外すなわちロンドン市の城壁の外には怪しげな宿が立ち並び、近隣にはかつて修道院があったという記憶が漂っている。似たような場所に建設された劇場への自虐的な当てこすりもなかったとはいえまい。

本章では、さまざまな劇作品に反復して現われる修道女への言及をとりあげた。これらの言及は、修道女の表象型をなぞり、修道女から個性を奪い、修道女の概念を一般化し、重要性を矮小化し、冗談の種にする。創立者、仲

介役、教育者、不動産所有者・管理者、施しの分配者としての修道女の社会への貢献は忘却され、修道女の自律性や、女性の信仰共同体の概念は歪曲され、わざと多義化される。全体的な調子《トーン》については、どの劇作家も代わり映えしない。

そもそも男女を問わず、霊的・宗教的な生は本質からして演劇化になじまない。とりわけ理想的な女性の信仰生活は、禁域のなかで祈りと沈黙のうちに営まれた。司祭と異なり、修道女は告解を聴いたり秘蹟を行ったりする権能をもたない。ゆえに修道士や司祭に比して、社会的な脅威とみなされにくく、悪として糾弾する必要がないとされたのだろう。

とはいえカトリック信徒にして女性でもある点で、修道女はプロテスタントの男性優位文化にあっては二重に抑圧される対象だった。修道女をくりかえし貶め、軽んじ、蔑み、顧みないことで、修道女の主たる表象型は、女性の信仰体験の尊厳と自主性を、敬虔と貞潔の美徳さえをも侵蝕する。文化的な忘却の進行にともない、演劇のジャンルでは個性を描くことに意が用いられなくなり、興をそそる、より奔放な連想を呼びうる工夫に傾いていく。いうまでもなく、女性の美徳はいつの社会にとっても尊ぶべき価値である。しかし、紆余曲折はあったものの宗教改革がひとたび成就し、イデオロギーを主張する切迫感から解放されてしまうと、女性の美徳の最たるものとされた貞潔の表象型でさえ、結婚への通過点とみなされるのがせいぜいの落としどころとなる。演劇における修道女は周縁に追いやられ、造形の手間もたいしてかけてもらえず、いわば速記でさっさと素描される。かくて修道女の記憶は演劇上の約束事にとどまらざるをえなくなる。

次章では、登場人物としての修道女を配するシェイクスピアの同時代の戯曲を検討したい。これらの作品では、修道女の表象型が書き直され、個性が加えられる可能性もあろう。演劇における修道女をめぐる、文化的記憶の継承や忘却をより包括的に検討したい。

第二章　初期近代イングランドの演劇における登場人物としての修道女の表象型

第二部第一章で論じたとおり、演劇における修道女への言及は、貞潔な女性の表象型《トロープ》と道徳的に脆弱な女性の表象型へと二分されていく。そのさい、文化的記憶を消し去り、書き換え、結果として文化的忘却を招いた。かくて、修道女の存在意義、その信仰生活のゆたかさ、共同体への貢献は、文化的忘却の犠牲になっていったかにみえる。だが、一方的にそうした現象が生じたわけではない。初期近代イングランドの演劇において、修道女が登場人物として現われるとき、一定の個性を獲得するにつれて、修道女があらためて記念されていく。

これら演劇における修道女たちは、しばしば疑似歴史劇中の重要人物として登場する。過去――とくに修道女がひとびとの精神的および現実的風景の一部であった中世や伝承のなかの過去――の歴史化への関心と相まって、修道女への注目も高まる。ここで中心になるのは、ジョン王とロビン・フッドや、アーサー王のような伝説上の英雄、カヌート王のように神話的なステイタスを得た歴史上の英雄についての戯曲である。多くの疑似歴史劇では、修道女は過去を構築するのになくてはならない一要素である。国王の想われびとであることも多い。しかし、それでも教義論争における修道女への言及とは異なり、ある程度の共感を湛えたその描写から痛烈な非難は読みとれない。

だが時間の経過とともにステレオタイプへと凝縮していくにつれ、ニュアンスに変化が生じる。登場人物としての修道女が現われる作品は、異邦の地（カトリック国）に設定され、カトリック信徒の主人公たちに照準が定められていく。これらの芝居でも、疑似歴史劇と同じく、修道女は予想にたがわず他者として周縁化される。修道女への言及だけでなく本人が登場する作品群には、『マルタ島のユダヤ人』（一五八九頃）のように有名な地中海の包囲戦を扱う疑似歴史的で、かつ異国のおおむねカトリック文化圏に設定された作品もある。

表象型に従って自己言及的に行動していると分類できる「修道女のふりをする女性」とは対照的に、修道院への入会希望の真摯さが一瞬にせよ描かれる女性は稀有といってよい。修道院内で尊厳ある生活を追求することを物語《ナラティヴ》のなかで許される女性となると、さらに稀有である。これらの女性にとって人生の岐路における重大な決断の瞬間でさえ、その決断は往々にして周囲の人物からの過小評価や嘲笑にさらされる。『ベイコン修道士とバンゲイ修道士』（一五八九頃）のマーガレットの状況が好例だろう。とはいえ、このような修道女像も、ほかのステレオタイプ化された女性に比べるならば、まだしも自発性が認められるだけましかもしれない。しかしながら、この時期、さまざまな劇場において、ステレオタイプに硬直した修道女像と自発性を有する修道女像の両方が演じられていたことは指摘しておくべきだろう。

第一節　登場人物としての修道女——変装の表象型

本章では、言及や比喩としてではなく、登場人物として戯曲に現われる修道女をみていく。演劇においてすべての登場人物は当然ながら役者が「ふり」をする役柄にすぎないが、修道女という役柄の場合はどうか。ある人物が自覚的に修道女のふりをする仕掛をとりあげてみよう。修道女にまつわる道具立ては観客の想像力を喚起しやすく、舞台上でわりあい簡単に再現できた。禁域に囲われる修道女の表象型、国王の想われびとたる修道女の表象型、王女たる修道女の表象型は、いずれも修道女ではない人物が修道女の「ふり」をするのを容易にする。女性の能動性があまり問題視されなくなっていくにつれて、修道女自身が自分とは異なる人物の「ふり」をするようすがより頻繁に舞台上で再現されるにいたる。

1　修道女のふり――『フェデルとフォーテューニオ』にみる「にせ修道女」の導入

『フェデルとフォーテューニオ』(一五八三頃)の軽快で笑劇的な味わいは、タイトルページに記されているように、「イタリア語よりの翻訳」に拠るところが大きい。原作はルイージ・パスカリーゴの『イル・フェデーレ』である。翻案のほうはロンドンで人気を博していた少年劇団が演じた。ヨーロッパ大陸の材源に由来する作品群のなかで、どのように修道女が表象されるかを吟味していこう。宗教改革以前の演劇の小道具である墳墓が、この芝居ではエリザベス朝イングランドの大衆演劇の舞台に持ちだされる。ただし、それは復活の神秘をことほぐカトリックの伝統的な祝祭劇を、わざと滑稽さを際立たせて茶化すためであると、エリザベス・ウィリアムソンは墳墓の使用を演劇の型に照らして論じている(51–52)。

二幕二場、男女の仲をとりもつ妖術遣いメデューサ、女主人公ヴィクトリア、その召使アッティリアの三人は「修道女のごとき変装で、火を灯した蠟燭を持って」教会に入る。フォーテューニオがヴィクトリアを愛するように、恋の呪術におよぼうとするが、この試みは喜劇的に蹴散らされる。興味ぶかいことに、登場人物たちは自分たちが修道女に変装していることを強調する。ヴィクトリアは「一団の修道女のように群れをなして教会に入っていきましょう」と述べ、メデューサは「礼拝堂に入るのよ、祈りを捧げるつもりのふりをしましょう」と提案する。恋の呪術には、蠟人形を用いて「汚い地獄からの下級の精霊の一味」を呼びだすという所作が加わる。仕上げに、女性たちは蠟燭を手近な墳墓に投げ入れ、はるか昔に亡くなったひとの遺骸を「こんがり焦がす」。この場面の笑劇的な様相は、ヴィクトリアを見張ろうと隠れた墓のなかから、衒学者《ペダント》が蠟燭を両手に一本ずつ摑み、口に一本くわえて頭をもたげる瞬間に頂点に達する。修道女の変装は瀆聖であり、祈りは幻惑にすぎず、儀式全体が魔女のサバトの変奏にほかならない。ほぼ同時期にレジナルド・スコットの『妖術の暴露』(一五八四)が出版されているのは偶然ではあるまい。

もっとも、これらの「修道女」は魔女とまでされるにはいたらず、せいぜいのところ思いきり肝を冷やさせられるだけだ。登場人物にも自分が役を演じているというメタシアトリカルな自覚があり、それを明言もする。揃いも揃って確信犯で自文化のなかで構築された「修道女らしさ」を演じるが、それは宗教改革以前の修道女による礼拝の残滓に拠っている。この人物たちが恋の呪術をおこなうために修道女に扮するという設定じたいが、現実の修道女たちが立てた誓願を戯画化する。のみならず、異教の愛の儀式やキリスト教の説く復活の神秘も脱神秘化する。一方、作品全体としては節操がなく諷刺の利いたイタリアの原作が毒を失い、ロマンティック・コメディと化し、英国の演劇文化に移入される。

2 母となる修道女、修道女になりたがった女性、修道女のふりをする女性
——『悪魔の訴訟』の逸脱する女性たち

ジェイムズ一世が即位した一六〇三年以降、ときに苛烈な反カトリック主義が噴出しては、やがて収束していく。一般的には、大衆演劇の舞台において宗教的な要素がより多く見受けられるようになる。女性の経験に焦点があてられるジョン・ウェブスターの『悪魔の訴訟』(一六一八頃)では、とくに修道女をめぐるさまざまな表象型が、道徳をめぐる議論の一環として現われる。批評家は本作とマーロウ作『マルタ島のユダヤ人』やシェイクスピアの『尺

には尺を』との親近性を指摘する。三作ともに修道女が印象的に登場する。たとえばデイヴィッド・ガンビーが指摘するように、『マルタ島のユダヤ人』の悪党バラバスは『悪魔の訴訟』でユダヤ人の扮装をするロメリオに悪事のプロトタイプを提供する。また両作品ともに、近親者の女性（『マルタ島のユダヤ人』では娘、『悪魔の訴訟』では姉妹）を修道会に入会させる。セアラ・ドイッチュ・ショトランドによると、劇作家たちは裁判（もしくは裁判を連想させる）場面に意志堅固な女性を配置することで、自身のいだく公正な訴訟手順への関心を表明する。『悪魔の訴訟』のレオノーラや『尺には尺を』のイサベラが好例である。

『悪魔の訴訟』は、もうじき母となる修道女アンジオレッラを登場させ、修道女の召命に疑念をいだかせる。しかし、ブルジョワ階級を中心としたこの悲喜劇では、英国の歴史上で国王の想われびとになる修道女たちと異なり、子の父親は国王や王子ではなく裕福な商人ロメリオである。フォックスやホリンシェッドでもそうだったが、ロメリオの行為は死罪に値する過ちであった。したがって本作で語られるロメリオの不始末は、自分を実際より立派にみせたがる身のほど知らずの傲慢さと罪ぶかさの証となる。

ただし悲喜劇というジャンルゆえに、最終場面でアンジオレッラとロメリオは結婚の枠組にとりこまれて収まる。シェイクスピアの『尺には尺を』では一言も発しないイサベラと異なり、アンジオレッラは警告する。「すべての潔白な乙女たちに告ぐ、守ることのできぬ脆き誓いをとおして険しすぎる天国への道を求めぬように」。これはまさしくジョン・フォックスの批判、すなわち修道生活に向かぬ若い女性が（修道服の）ヴェールをかぶることへの警告の反復である。ただ、踏み迷った末にかつての恋人に快く受けいれられた修道女の声で語られるとき、この警告にもおのれの罪ぶかさの自覚と寛大な沙汰への安堵の気持が響いている。

異国イタリアに設定されたこの芝居では、修道女アンジオレッラにかぎらず、すべての女性人物が修道院にひきこもるという表象型を標榜したがる。ことごとく筋書きのどこかで、修道院に入る、または修道服を着ると言明する。ロメリオの母レオノーラは法廷で息子が婚外子であると主張し、息子から相続権を奪い、復讐を試みる。企みが明るみにでると、罪を償うために、共犯者にして侍女であるウィニフレッドとともに修道院に入ると誓う。すでに前章でみたように、中年の女性にふさわしいとされる運命だが、本作では成就にいたらない。

一方、娘ジョレンタは兄弟のロメリオから命じられる、自分に財産を残すために修道院に入れと。この命令はのちに撤回されるが、それに先立つ五幕一場で、修道女となったジョレンタがやはり修道女となった昔の遊び相手アンジオレッラと和やかに再会する。アンジオレッラはジョレンタを「姉妹《シスター》」と呼び、ジョレンタは「さあ、あなた、世界のどこへでも、あなたのためなら」と返す。するとアンジオレッラも応じる。「わたしはあなたの影のごとくあなたを追い求めます」と。ただし、ふたりの共感は宗教的な傾倒にもとづくのではなく、ロメリオに不当に扱われた被害意識に由来する。実際、ふたりが身につけている修道服の視覚的効果は、つぎの場面で、かつてのジョレンタの求婚者たちがふたり揃ってロメリオに騙されたあげく、修道士の服装で登場することで、喜劇的に反復される。

最終場面では服装の文化的記号学がさらに追求される。アンジオレッラは「ヴェールで顔を覆い」、ジョレンタは「ムーア人のように顔を塗って」現われる。ふたりはそれぞれ「聖クララ会の白い修道女」と紹介され、ジョレンタ自身が「真実の美は魂にこそある」と教訓を垂れる。修道服らしき装いの本人が衣装の視覚的効果に注目をひきつけ、かつパラドクスを述べる。興味ぶかいことに、ジョレンタは黒い(おそらくベネディクト派の)修道服を着るだけでなく、顔まで黒塗りにする。これは人種的越境の大胆な身振りであり、ジョンソンの『黒の仮面劇』(一六〇五)で黒塗りをしたアン王妃と女官たちを連想させ、『致命的な契約』で黒い肌の宦官に変装するクロティルダを予見させる。ジョレンタは修道女を演じて「自身を覆い隠す《エクリプス》」のだが、この隠蔽がかえって自身を露呈する結果を導く。

最終的に、この三人の主要な女性人物に、教会法ではなく世俗の法律により償いが申しわたされる。「レオノーラ、ジョレンタ、そしてそこのアンジオレッラ、美しき修道女たちに告ぐ、なんじらは修道院にたいする背誓ゆえに、修道院を建てるべし」。レオノーラとアンジオレッラの背誓は明白だが、ジョレンタについては、修道服を変装に着用したことが咎められているらしい。

「修道女のふりをする女性」(にせ修道女)は顕著な演劇的表象型、つまり反演劇的な議論において悪魔のまやかしと関連づけられた修道女像に由来する表象型である。信仰篤き修道女の扮装を直接関係のない復讐の目的で意識的に利用した点で、ジョレンタの背誓は宗教の戯画化となる。かくて三人の迷える女性は罪を贖うために修道院の建立を命じられる。とりわけレオノーラにとっては、ありうるなかでもっとも寛容な判決である。同時に、すでに本書第一部でみたとおり、修道院の建立は、歴史記述に顕著な王女たる修道女の表象型である女性創立者の系譜をさりげなく喚起する。そこに女性たちへの非難の響きはなく、一五九〇年代の諷刺作品の調子とはほど遠い。リンダ・ウッドブリッジはこの変化を公衆劇場の観客に女性が増えたことに帰する(71)。また、先述のショットランドによれば、主張する女性たちを作品中で活躍させる劇作家たちは司法の改革を望んでいた(55)。

3　「ふりをする修道女」——『かたり』における女マキャヴェッリ

「ふりをする修道女」の表象型はジェイムズ・シャーリー作『かたり』(一六四〇)で強調される。カトリックに改宗したといわれるシャーリーは、修道院や修道院制度を理解しており、この理解を活用して驚くほど凝った語りを導入する。

主筋では、表題の「かたり」はジュリアーナという名の修道女(正確には『尺には尺を』のイサベラと同じく修練女志願者)をさすのだが、彼女はマンチュア公爵の娘に変装する。つまり、この芝居では、表象型がひっくり返り、前二作の「修道女のふりをする女性」に代わった、「世俗の女性のふりをする修道女」が登場する。マンチュア公爵の寵臣フラヴィアーノは自分が公爵の娘フィオレッタと結婚したくて、フェラーラ公爵の息子レオナートとフィオレッタとの結婚を阻止すべく画策する。レオナートは娘にふさわしくないと彼女の父公爵に思いこませ、フィオレッタを修道院に移し、そこから秘密裏に自分の母親の田舎の屋敷に移す。怒ったレオナートはフィオレッタとの面会を求める。

フラヴィアーノはマンチュア公爵と結託して、自分のかつての想いびとでいまは修練女志願者のジュリアーナにフィオレッタの代役を務めさせる。フィオレッタを演じるジュリアーナに結婚の延期を主張させる段取で。修道院にやってきたレオナートは偽者のフィオレッタと面会し、彼女を誘拐してフェラーラに連れてくる。ジュリアーナは雄弁と魅力でレオナートを惹きつけ、自分は身分の高い乙女でフィオレッタの代役を強いられたと告白する。そこでレオナートはジュリアーナとの結婚を決意する。

一方、フィオレッタも変装し、フェラーラに到着してジュリアーナと対決する。ついにフラヴィアーノの策略が露見し、フィオレッタとレオナート、レオナートの姉妹ドナベッラとフィオレッタの兄弟オノーリオの二組の結婚が成立する。ジュリアーナは「更生の家に送られて厳しい苦行を課され」ることとなり、「彼女の修道院への持参金」はフラヴィアーノが支払い、フラヴィアーノ自身は追放の刑に処される。

あらすじでわかるとおり、この悲喜劇はシャーリーのほかの作品と同じく定型的人物で構成されている。なかでも、フラヴィアーノとジュリアーナに体現される男女の「マキャヴェッリ」と、マンチュアとフェラーラ両公爵家に体現される「一杯喰わされる貴顕」、この二定型が目をひく。フラヴィアーノは台詞で観客を魅了する。「わたしの野心の指令で、千もの歯車がわが広き頭脳でぐるぐる回る。浅はかな為政者をコケにしては、あざ笑ってやる」。当初はフラヴィアーノが主導権を握るが、機転が利くジュリアーナは唯々諾々と従うだけの「想われびとにして修道女」では終わらない。フィオレッタのふりをしろというフラヴィアーノの無節操な提案を叱りながらも、自分にとってフィオレッタになりきることの利害得失を計算し、「公爵令嬢になれですって！　入れ替わるのはお徳かもしれない」と、レオナートとの結婚も悪くはないと仄めかす。さらに、フラヴィアーノとの交際の咎が自分にない旨について、ちゃっかりフラヴィアーノ本人から女子修道院長と公爵への保証をとりつける。甲斐あって、女子修道院長からは罪の赦免を、公爵からは了解を手に入れる。

修道院の場面(二幕三場)で、レオナートがフィオレッタに扮するジュリアーナに出会う直前、雰囲気を盛りあげるために修道女たちの歌が挿入される。レオナートの最初の反応は、妙齢の女性が修道生活に身を捧げることへの憐憫の情であり、本書で扱ったとおり、歴史記述でもなじみ深いこの心情は、この作品でもほかの男性人物により幾度となく吐露される。ジュリアーナの演技は卓抜であり、信心深さを主張しながらもレオナートにならら拉致されてもよいと仄めかす。

のちの場面(三幕三場)で、修道院から修道女を拉致した廉でオノーリオがレオナートを追及すると、「このかたりはなんだ？」というオノーリオに偽装が発覚していると知りながら、ジュリアーナはなお開きなおり、レオナートの同情を引く。その後、大団円にいたるまでジュリアーナの雄弁は変わらず、厳しい裁きを申しわたされても、「喜んで従い、それを慈悲と呼びましょう」といってのける。

ふりをする修道女が上演中に観客を楽しませる人物だったことは、ジュリアーナの語るエピローグからも察せられる。

わたしは修道女たちのもとへ、断食し、祈るために送られた、
そして痛ましき罪滅ぼしを強いられた。ハッハッハ！

彼女たちがこれ以上わたしの望みをかなえてくれることはないほどに。
でもわたしは修道女ではない――ブラック・フライアーズ〔黒い修道士〕の一員なのです。

（エピローグ五―八行）

かくて修道女役の重層性が観客をまきこむ率直さで暴かれる。ジュリアーナは想われびとたる修道女や王女たる修道女の類型を超えて、女マキャヴェッリとしての役を嬉々として演じる。「ブラック・フライアーズの者」という自己言及的な、修道女としてのアイデンティティの否認にあるように、この芝居がブラック・フライアーズ座で演じられているという楽屋落ちであり、修道女と修道士へのあてこすりを連想させるおなじみの地口でもある。ちなみに、この劇場はシェイクスピアが座付き作者を務めた国王一座の常打ち小屋のひとつであった。

本作の軽妙な口調と凝ったメタシアトリカリティには余裕さえ感じられる。反演劇・反劇場的な非難があからさまに表明された時代に比すると、演劇には身近な娯楽としての役割が期待されていく。

4 宗教改革以前のイングランドの「再＝表象」としての修道女の記憶

記憶とは想像上の過去の再＝表象《リプレゼンテーション》であり、修道女はその一部を構成していた。修道女や女子修道院にかかわる戯曲を概観すると、宗教改革以前のイングランド、あるいはそれ以前の時代に設定された戯曲の一群が目をひく。およそ四〇作品中、少なくとも一〇作品はこのカテゴリーに入る。これらの作品は、片足を悲劇、喜劇、ロマンスなど通常の演劇ジャンルに、もう片足を民話におく。その多くに伝説上の人物たちが登場する。英雄もいれば悪党もいる。たとえばアーサー王、アルフレッド王、カヌート王、ロビン・フッド、ジョン王、エドマンド王、そしてベイコン修道士とバンゲイ修道士である。

当然、ほとんどが修道院解体以前の神話化された過去に設定されている。その過去は、初期近代の文化的記憶の構築と、国家意識とに分かちがたく結びつく。むろん、これらの物語にたまたま修道女や女子修道院がとりあげられ、語りには歴史的(または半神話的)事実やできごとの連鎖が反映される。反劇場・反演劇的テクストにおける修道女と異なり、これらの修道女たちにはより自発的な行動が許される。前章で検討した引用に現われる修道女たち同様、表象型の型どおりに行動しがちとはいえ、はるかに自由度は高い。同時に多様な役割を担い、ときには芸術的・革新的な気迫みなぎる動きにでる。

修道女たちは物語の主人公に近しい存在、たいていは想われびとや恋人として登場し、ロマンティックな筋においてそれなりの重要性をもつ。国王の想われびととなる修道女、あるいは国王や王子に見初められ、実際に修道女になるか修道女になりたいと願う美しい女性という一典型として幾度となく浮上する。そして、男性の主人公との関係性によってやむなく修道院の聖域に入る、あるいはそこから去っていく。

上演された年代順におおまかに並べると、以下の作品にこういった「修道女」が登場する。トマス・ヒューズ他の『アーサーの不運』(一五八八)、ロバート・グリーン『ベイコン修道士とバンゲイ修道士』(一五八九頃)、ジョージ・ピール作とされる『ジョン王の乱世』(一五八九頃)、ヘンリー・チェトル、アンソニー・マンデイのどちらかあるいは両方の作とされる『ハンティンドン伯ロバートの死』、作者不詳の『エドモントンの愉快な悪魔』(一六〇三頃)、作者不明の手稿『トム・ア・リンカン』(一六一三頃)、T・Wによる『ソーニー・アベイ』(一六一五頃)、アンソニー・ブルワー『恋煩いする国王』(一六一九頃)、ロバート・ダヴェンポート『ジョン王とマティルダ』(一六二八)。うち四作(『ジョン王の乱世』『ハンティンドン伯ロバートの死』『ソーニー・アベイ』『ジョン王とマティルダ』)は歴史劇、二作(『アーサーの不運』『恋煩いする国王』)は悲劇、二作(『ベイコン修道士とバンゲイ修道士』『エドモントンの愉快な悪魔』)は喜劇、一作(『トム・ア・リンカン』)はロマンス劇である。

ここではアーサー王の時代(『アーサーの不運』『トム・ア・リンカン』)、エドマンド王子(のち王)の時代(『ソーニー・アベイ』)、アルフレッド王とカヌート王の時代(『恋煩いする国王』)に設定された作品を検討し、さらにジョン王/ロビン・フッドもの(『ジョン王の乱世』『ハンティンドン伯ロバートの死』『ジョン王とマティルダ』)を比較検討していく。

結果的に、宗教改革以前の時代の王をめぐる物語に現われる修道女の記憶が、チャールズ朝になるまでに時代を下るにつれて定型《フォーミュラ》になっていくことを明らかにしたい。チャールズ一世はエドガー、エグバート、アルフレッドのようなアングロ・サクソン時代の王とみずからを重ねたとされる。ダニエル・ウルフが主張するごとく、一六二〇年代、三〇年代にノルマン征服以前のルーツを掘りおこし、その物語を普及させる動きがあったとするなら、修道女の活躍する作品群をこの潮流に位置づけてもよいかもしれない(*Social Circulation*, 126)。

5 黙劇における視覚的プレゼンスとして――『アーサーの不運』と『トム・ア・リンカン』

視覚的な効果を狙って疑似歴史劇の黙劇に現われる修道女について、まずは検討したい。これらの修道女を「登場人物」と称してよいかについては疑問の余地がある。現代的な意味で人物としての充分な厚みを欠くからだ。ただし、これらの修道女はテクスト上の空疎な言及でも比喩でもなく、舞台上に俳優の身体を借りて存在する。ここで検討する二作品は、おそらく法学院で演じられたものと思われるが、劇中に挿入される黙劇にのみ登場する修道女たちは、主筋の人物の資質を表わしたり運命を左右したりする。

『アーサーの不運』はグレイ法学院とグリニッジ宮で上演されたと推測される。英国の演劇史上、早い時期に序劇と黙劇を設けた一例である。材源であるアーサー王物語と異なり、王妃ギュネヴィラは早々に修道院に隠棲する。修道院に入るのが第一幕で、アーサーとモードレッドの両者から求愛された直後であり、アーサーの最後の戦いのあとで入会するという伝統的な筋とは大違いである。

最初の黙劇では、三人の復讐の女神《フューリー》、ついで別のところから「三人の修道女が登場、歩いている。その後、観客にたっぷりと姿を見せてから、女神と修道女は二手に別れ、女神たちはモードレッドの館へ、修道女たちは修道院へと行く。修道女たちによってギュネヴォラの後悔と絶望が表わされる。ギュネヴォラの希望が断たれ、修道院に身を寄せたのだから」。黙劇の三人の修道女はある特定の人物、すなわちギュネヴォラ王妃の後悔と絶望という、寓意的・心理的特質の擬人化である。上演時には、擬人化された人物と通常の人物は造作もなく共存したはずだ。ことに、ギュネヴォラが修道服らしき装いで登場すれば、この共存にいっそうの視覚的効果が加わっただろう。

その後、「第三の場面でギュネヴォラは悩みぬき、自死を望むも、姉妹に説得されて死ぬのを諦め、修道院に入ることを決意する」と第一幕の筋書きが述べられる。姉妹アンガラトに説得された妃は宣言する。「俗世とそのあてにならぬ歓びにたいして死ぬのです。〔……〕それを達成するために、〔……〕この近くの修道院《クロイスター》に連れて行ってほしい。そこで誓願を立て、俗世を放棄するのです」。アンガラトは姉妹の覚悟を「王宮から修道院の隠遁部屋へ。なんたる違い、いちどきに生きながら死ぬも同然」と、修道生活を生きながらの死として嘆く。かくて、若い女性が俗世と隔絶した修道院に入るという表象型に含意される豊かな可能性が、もっぱら否定的で悲壮なニュアンスでしか語られない。カトリックの専売特許とみなされた女性の修道生活への抜きがたい不信が、宗教改革後の文化を深く侵蝕していたことがみてとれる。

つぎの例は、陰謀に加担する女子修道院長と国王の想われびとたる修道女が登場する『トム・ア・リンカン』である。素人作家の手になる作品で、グレイ法学院でクリスマスの余興として上演されたとされる。『アーサーの不運』同様、アーサー王物語を材源とし、宮廷につかえ、王の想われびととなる女性アンジェリカの物語である。アンジェリカはアーサー王としめしあわせ、(娘の謙虚さを気に入り、ランスロット卿と結婚させたいと思っている)父親をあざむく篤信を装い、リンカン近くの修道院に入り、一年のあいだ、王と愛を交わす。その結果、表題のトムと名づけられた男子を生むが、その子は王の命令で女子修道院長に取りあげられてしまう。リチャード・プラウドフットが歴史記述の名残を指摘するとおり、この作品の材源のひとつとされるリチャード・ジョンソン作のロマンスは、ヘンリー二世と麗しきロザムンドの物語に基づいている(xx)。本書第一部第三章で述べたとおり、ストウはほのかな余韻を感じさせる叙述でこの物語を伝えている。修道女アンジェリカは型どおりに国王との秘めごとにひきこまれた想われびとである。ここではトムの誕生直後にほぼ連続して演じられるふたつの黙劇を扱いたい。最初の黙劇には国王と女子修道院長が登場する。

第一の黙劇

「時」が幕をあげると、ベッドにアンジェリカが眠り、そのとなりに赤子が寝ている。そこへ国王と女子修道院長がひそひそ話をしながら登場。女子修道院長は赤子をベッドから抱きあげて去る。国王も、しばらくアンジェリカを見下ろしたのち、もうひとつの扉から退場。アンジェリカはそのまま眠りつづける。王が去ると、「時」は幕を下ろし、話しはじめる。

(一五〇―一五五行)

コロス役の「時」はこのあと、黙劇の内容を説明するが、黙劇では物語に不可欠の部分が舞台化される。女子修道院長は、国王の手先となって、赤子を誘拐する。

第二の黙劇も、第一の黙劇と同様に重要である。

第二の黙劇

女子修道院長、急いで登場。腕に赤子を抱き、口づけする。赤子を下におろし、離れて立つ。すると、老羊飼いが登場。赤子をみつけると、喜び勇んで取りあげ、退場する。このあと、女子修道院長は大いに喜び、その場を去る。「時」が幕をあげると、アンジェリカがベッドに起きあがり、嘆き悲しんでいる。国王はアンジェリカを精いっぱい慰めようとする。その後、「時」は幕を下ろし、以前と同じように話しだす。

（一六五―一七一行）

両方の黙劇で女子修道院長は重要な役割をはたす。第一の黙劇では、王の腹心の共謀相手として子どもの誘拐を実行する。第二の黙劇では、老羊飼いが赤子を抱きあげるのを見届けてから舞台を去る。この所作により、母親から赤子を取りあげるという心ない行為から観客の目を逸らさせる。第二の黙劇で悲劇性をはらむ母子の離別が寓意性を帯びることで、第一の黙劇で予感された悲壮感は薄まり、修道院長の「悪役」ぶりは抑制される。『アーサーの不運』と比べると喜劇的な印象さえ与える。

この一連のできごとにはシェイクスピアの『冬物語』の反響を認めたくなる。プラウドフットによると、この作品には『冬物語』『あらし』(そして『シンベリン』)への言及らしきものが散見される。それを根拠にするなら、制作年代は早くて一六一一年ごろになる。「時」の語りも『冬物語』のパロディかもしれない。(『冬物語』のアンティゴナスではなく)女子修道院長が(女児ではなく)男児を置き去りにし、羊飼いに見つけさせる。ただし、不運なアンティゴナスと異なり、クマに追われて退場するどころか、運命の展開を目撃して歓び、ゆったりとした歩みで舞台を去る。その後、筋書きは『冬物語』と同じく一六年後に飛ぶ。ふたつの黙劇はシェイクスピアの深い内面性に欠けるが、それが本作の狙いではない。女子修道院長はみずからの権威で女性主人公を聖域で匿うが、世俗の権威の手先でもある。このような行為は、統治する修道院の会員たる修道女が国王の想われびとである設定にあっては、上長としての通常の職権内に収まるというわけだ。

6 『ソーニー・アベイ』または回心した想われびとが修道女になる

『ソーニー・アベイ』における修道女の表象型は、回心した想われびとが修道院に入るという疑似歴史劇の挿話の一例である。この作品は、今日、ほとんど知られていない。知られているのは、シェイクスピアの『マクベス』の最初期の改作《アダプテーション》とされる副筋《サブ・プロット》のほうだ。コヴェントリ伯シバートとその妻エマが共謀して善良な王を殺し、懲らしめられる。題名と副題『ロンドンの乙女』が示唆するように、主筋《メイン・プロット》は国王殺しの副筋とはうって代わり、ソーニー(ウェストミンスター)・アベイをソーニーなる市民が創設し、その娘が誘拐されて試練にあい、最後に復権するまでを描く。作者について(現存する作品にみられる作風から敬虔さに大きな価値をおく)ウィリアム・ローリーをはじめ諸説ある。

『ソーニー・アベイ』とローリーの『新しい驚異、あるいは、焦らされぬ女』との類似は興味ぶかい。もっとも、ローリーが両作品の著者であるなら当然だが。どちらも場所と主題をイングランドの歴史伝承の記述から得ている。『新しい驚異』はストウの『ロンドン概観』のふたつの挿話に材を得ている。ひとつはロンドン市民による聖メアリー病院の創設、もうひとつはラドゲイト牢獄の再建と基金の寄付である。

一方、『ソーニー・アベイ』の主筋は、ウェストミンスター・アベイの起源について語るホリンシェッドのたった数行の記述を敷衍したものだ。しかも、王子に誘惑されたあげく、ハリウェル修道院で修道女になるという表象型は、「王子によるロンドンの麗しき乙女の求愛についての宮廷風の新しい唄」と「ロンドンの麗しき乙女よりの答唄」のふたつのバラッドのほか、本書第一部第三章で論じたストウの語る王の想われびとの修道女の物語を下敷きにしているかもしれない。かくて誘惑された乙女が修道女になるという表象型が反復される。

アン・ソーニーの人物像は、『ベイコン修道士とバンゲイ修道士』のマーガレットに似て、無垢でひとを疑わず忍耐づよい。婚外子を身ごもったアンの状況は、とくに父親の召使ロブスターの道化ぶりをとおして共感をこめて描かれる。ロブスターのような喜劇的な役は劇作家ローリーの十八番だった。アン・ソーニーとエドマンド王子(のち王)の筋では、歴史記述の仄めかしに肉付けがなされ、ロマンス化される。アンの造型はつねに哀愁《ペイソス》を誘う。

材源と思しきバラッドの「ロンドンの麗しき乙女」は王子の誘惑をうまくかわすので、そもそも修道女になる必要がない。一方、『ソーニー・アベイ』の女主人公アンは父親の指輪を見せられ、王子のもとにおびき寄せられる。その結果、王子の子を身ごもり、父親には勘当され、婚外子を生み、「この穢れなき修道服に身を包み、わが残りの日々を悔い改めてすり減らす覚悟です、ハリウェルの敬虔な修道女たちのもとで」と決意を語る。五年が経ち、そのあいだ「敬虔な修道女たちのもとで隠棲し、ハリウェル修道院で修道女として生きた」とされる。

「男はなんびとも、聴罪修道士でなければ、神聖なる誓いを立てた修道女と個人的に会うことはならぬ」ので、エドマンド王は修道士の服装をして、「麗しき修道女」アンに会う。エドマンドは自分のアイデンティティを明かし、アンを王妃に迎える。エドマンドの妃となって名誉を恢復したのちも、アンは自分と和解せずに亡くなった父親の魂のために祈りを捧げ、修道女としての役割を続ける。また、「わたしは生きているかぎり修道女たちに年五〇〇ポンドを喜んで与えましょう」と述べ、修道院の寄進者となる。

大都会ロンドンという設定を強調した芝居であるので、「いまひとつあか抜けない職人《アルティザン》の観客」が贔屓にするレッド・ブル座のようなロンドンの劇場で上演されたと思われる。観客は依然としてロンドンを代表する建物のひとつであるウェストミンスター・アベイ(劇中ではソーニー・アベイ)と、解体されて久しいハリウェルの女子修道院をめぐる物語を楽しんだにちがいない。これらの建物は市の西部と北部の歴史的建造物であり、いずれも宗教改革以前の時代の記念碑でもあった。

7 『恋煩いする国王』または想われびととなる修道女

アンソニー・ブルワーの『恋煩いする国王』では、修道女に身も世もなく恋い焦がれる国王という感傷的な物語が展開する。時代設定はアングロ・サクソン時代のブリテン、材源はジョン・スピード『グレート・ブリテン帝国の歴史』(一六一一)である。主筋の舞台はウィンチェスターで、おおむね材源で紹介されるアルフレッド(作品中ではアルレッド)王が妻のために修道院を建立する挿話をなぞる。

外的・内的証左から、この戯曲がジェイムズ一世王のニューカッスル訪問(一六一七年四月から五月)を祝う余興として制作、上演されたとする説がある(が、最近の研究では根拠に疑義が呈されている)。内的証左はジェイムズの著作との表現上の類似であり、これが修道女をめぐる悲劇的な主筋にかかわる。イングランド王アルレッドとデンマーク王カヌータスはそれぞれ名君と暴君の典型とされる。アルレッド王を讃える一方、カヌータス王(恋煩いする国王)を引き合いにして、統治者が情愛に溺れる危険を戒める意図が見え隠れする。初期近代イングランドの演劇において、想われびとたる修道女の表象型がもっとも大きく扱われた例である。

想われびとたる修道女の筋の材源として重要なのは、マホメットと美しきアイリーンの物語である。ブルワーはおそらくウィリアム・バークステッドの物語詩『ヒレン、または美しきギリシア人』(一六一一)を修道女カーテスムンダがカヌータスの愛を受け入れるまでの前半に使用し、リチャード・ノールズの『トルコ人の歴史概観』(一六〇三)を後半に使用したとされる。ただし、作者のブルワーは材源にない要素をふたつ盛りこんだ。バークステッドと異なり、カヌータスの宴会をカーテスムンダが求愛に応じる前に置き、彼女の背教に説得力を与えた。また、ノールズと異なり、カヌータスによるカーテスムンダ殺害を王がおのれの自制心をひけらかすための処刑でなく、偶然のできごととしている。

これらの相違は、修道女にカヌータスの誘惑に反応する心理的な道筋を与え、かつカヌータスを為政者または武人の価値観に復帰させないように、意図的に作者が材源から離れたために生じたと思われる。ノールズの物語に登場する王と異なり、カヌータスはカーテスムンダが亡くなってからも依然として恋煩いが治らず、彼女のせいで、為政者および武人として致命的な打撃をこうむる。加えて、ブルワーの戯曲は英雄たる修道女の表象型をなぞり、カーテスムンダに一定の自発性を与える。とはいえ、想われびとにして修道女たる彼女の不名誉を拭い去るにはいたらない。

冒頭、イングランド軍はウィンチェスターでデンマーク軍に敗れ去る。イングランド王エゼルドレッドは亡くなり、王弟アルレッドは逃亡する。カーテスムンダは仲間の修道女たちとともにウィンチェスター・アベイの聖域に逃げこむが、彼女ひとりを残して全員が惨殺される。デーン人の侵略者に抵抗する歴史記述の「英雄たる修道女」の表象型が活用され、カーテスムンダは力強く信仰を宣言し、死して貞潔を守ると述べる。カヌータスは彼女を打ちすえようとするも、なすすべがない。

殺すと脅されてもカーテスムンダは怯まない。なおもカヌータスはジョン・フォードの『あわれ彼女は娼婦』(一六三二)を先取りするかのように、「おまえの胸を切っ裂いて、見せてもらおう、かくも驚異の的たる貞淑な女の心臓とやらを」と脅す。ところが威勢よく凄んでみせたのもつかの間、カーテスムンダの魅力という「稲妻に打たれ」、イングランド征服そっちのけで彼女を自分の幕屋に連れていく。

「あの女が神聖なる祭壇のそばにいるのを見たとき、神々がわたしを彼女に導き、わたしの魂をあの女の魂に寄り添わせた」。カヌータスの言葉は被創造物を創造者よりも優位に位置づけるがゆえに、世俗的であると同時に冒瀆的でもある。また、彼女は「女の姿をした天使だ。ダイアナよりも貞淑で、氷の国フリジアの雪よりも冷たい。だが、わたしを熱く燃やす」。宴会のあと、カーテスムンダは誓願を破って、背教の徒となるみずからを恥じつつ、ついに王の求愛に屈する決意をする。「〔偉大なる王、〕あなたさまは誓いをお守りくださいませ。わたくしはみずからの誓いを破ります。頬を赤らめ、降参します、〔……〕いまや穢れなき乙女があなたさまのものに」。
「カーテスムンダへの愛にわが力のすべてを費やす」と宣言したカヌータスは、あらゆるできごとを意に介さなくなる。もはや姉妹の死にさえ心動かされない。「イングランドは征服され、わが戦はすべて終わった。カーテスムンダを勝ち得たのだから」。一年が過ぎ、三幕二場では、カーテスムンダの口づけで目を覚ました王が酒と踊りを所望する。武人としても国王としても恥ずべきふるまいにおよぶカヌータスを憂うる従者たちは、カーテスムンダこそ堕落の元凶とみなす。イングランド軍進撃の報せに、廷臣がカーテスムンダを王から引き離そうとして、もみ合いになり、カヌータス王は誤ってカーテスムンダを刺してしまう。

いまわの際の台詞で、カーテスムンダは死を受け入れる。「あなたさまの美しき愛のためにわたくしは神への信仰を捨て、あなたさまの手により正当な死がくだされました」。英雄たる修道女の役割をふたたび担うかのように、誓願を破った報いとして泰然と死を迎える。作品の終盤近く、アルレッド王でさえも幕引の台詞でカーテスムンダの名前を口にせずにはいられない。「さあ、顔をあげるのです、カヌータス王、すべて晴らされました。生まれたばかりのわれわれの新しき愛の前に、カーテスムンダを死にゆだねたまえ」。

8　時代の変化とともに調子の異なるジョン王／ロビン・フッド劇
——『ジョン王の乱世』『ハンティンドン伯ロバートの死』『ジョン王とマティルダ』

三編のジョン王／ロビン・フッド劇『ジョン王の乱世』『ハンティンドン伯ロバートの死』『ジョン王とマティルダ』の主題は似通っている。『ジョン王とマティルダ』の材源は通常『ハンティンドン伯ロバートの死』とされる。一五八九年から一六二八年のおよそ四〇年間で、（マティルダ自身と女子修道院長を含めて有名無名にかかわらず）同じ筋書きの修道女たちを描く調子《トーン》が大きく変わってきたことを確認しよう。

初期近代イングランドの演劇と歴史の関わりは複雑だ。演劇は、年代記などに依拠し、それらを模倣し、改訂し、再利用し、潤色し、融合した。結果として文化的なインパクトはきわめて大きく、創作が現実に影響を与えることすらあった。連想が寓話として生きつづけ、多くの場合、「記憶の場《リュー・ドゥ・メモワール》」に貼りついた。スウィンステッドやダンモウなど、イングランドを舞台とした歴史劇における女子修道院の所在地は、なんらかの文化的価値を有していたと思われる。アダム・フォックスによると、ロビン・フッドとゆかりの地誌的なランドマークは、じつは一六世紀以前に遡ることはできない。これは一六世紀にロビン・フッド物語が流通しはじめ、地域の民話においてロビンの場を確保したことを反映するのではないか。カークリーズにあるロビンの墓についても同様であろう(250)。ここで論じる『ハンティンドン伯ロバートの死』とその前編『ハンティンドン伯ロバートの没落』の人気に後押しされ、エセックス州リトル・ダンモウの教会にある一五世紀前半のエリザベス・フィッツウォルターの墓が、伝説の麗しきマティルダ、あるいは乙女マリアンの墓として再発見されたのである。

マティルダ(マリアン)を含めてアウトローたちが大衆の信心のなかで英雄に昇格したのに反比例するかのごとく、国王たちは庶民の水準にまで貶められた。ことにジョン王の評判は王を中傷するバラッドのせいで地に落ちた。一方、これとは対照的に、第一部第一章でみたように、ジョン・フォックスは、ジョン王を原《プロト》プロテスタントの旗手にしてローマ教皇の好敵手として、裏切り者の修道士による暗殺の犠牲者として描いた。物語に附された木版画も、時代錯誤的だがプロテスタントの殉教者として王を描きだす。

ロビン・フッド劇はジョンの評判を落とすのに一役買った。とくにジョンによるマティルダの扱いと彼女の悲劇とが、ジョン王の制御しがたい欲望の換喩となり、いかに国王として不適格かを暴く仕掛に転じる。

『ジョン王の乱世』の作者についてはジョージ・ピールをはじめ諸説ある。シェイクスピアの『ジョン王』(一五九六頃)との関連はいまだ明らかでない。女王一座に上演され、一五九一年、クォート判で出版されている。視覚的な効果、舞台演出上の柔軟性や類推的《アナロジカル》な構造はこの劇団が演じたほかの作品と共通する。スペインの無敵艦隊アルマダ襲来前後に書かれ、愛国的プロパガンダ劇のひとつであるが、ジョン王を暴君と殉教者の両方として描くため、視点が定まらない。

J・W・サイダーによると本作の歴史的機能はふたつある。第一に、ジョン王の治世をエリザベス一世の治世と類似するものとして表象し、第二に、イングランドのローマ教会との訣別(解放)を、ジョン王の始めた偉大なる事業の頂点として表象する。この二点に加えて、本作が宗教改革以前のイングランド全般の再＝表象であり、舞台上において修道士や修道女がどのように記憶されるかの再記述である点を指摘しておきたい。戯曲中の反カトリック的な戯言は、露骨ないかがわしさを示し、疑いの余地なく修道院制度に異議申立をする。頽廃したカトリックの修道士や修道女は当然、財産を剝奪されるべしとするジョン王は、国王至上法(一五五九)の条項をなぞり、ジョンの兄でリチャード獅子心王の「私生児」フィリップ・フォーコンブリッジに指示する。

大修道院《アベイ》、回廊《クロイスター》、小修道院《プライオリー》を掠奪せよ。
彼らの金銭をわが軍の用途に転用せよ。
わが国で権利をもちうるのに
ローマ教会にすがって正義と法を
求める者は、わが国でどんな地位についていようとも、
国家にたいする謀反人とみなすべし。
イングランドの敵として処刑すべし。

(二幕四場一一六五—一一七一行)

この指示にフォーコンブリッジは浮かれて返す。「うずうずするわい。修道士や修道院長の金袋にもぐりこみ、やわ肌の修道女たちと楽しんで、小賢しい修道士どもとどんちゃん騒ぎとまいろう」。かくて勇んで修道院を掠奪して回るこの場面を、シェイクスピアは自作の『ジョン王』では採用していない。長櫃《ながびつ》に隠れていた修道女がみつかる場面は、修道士とねんごろな修道女という反修道院主義の論客が好んだ比喩を視覚化し、舞台化した代表的な例だろう。この場面は作品の材源であるホリンシェッドには登場しない。むしろ、日頃からジョン王が示してきた修道士や修道女への軽蔑にたいするホリンシェッドの言及を、劇作家が独自に敷衍したものと思われる。

フォーコンブリッジはスウィンステッドのフランシスコ派の修道院に赴き、修道士に修道院長の隠し財産のありかへ案内させる。すると、あろうことか、長櫃から修道女が出てくる。「これは何だ？　聖なる修道女か？　おれの見るかぎり、顔のつるんときれいな修道女が修道院長の富のすべてか？　これが女子修道院の守る貞潔なのか？」とフォーコンブリッジは叫ぶ。

笑劇はこれで終わらない。修道女アリスの出てきた長櫃から、今度は修道士がみつかる。あまつさえアリスはべつの年配の修道女の貯金でわが身を解放してほしいと嘆願し、他の修道女の強欲の罪まで暴露する。

フォーコンブリッジは「〔修道女の〕衣装簞笥《だんす》は煉獄」「修道士の長櫃は修道女の地獄」などと軽口をさんざん叩いたのち、「いっそ回廊を燃やしたほうが、これ以上、罪をつくるよりいい」と、修道女や修道士たちを一網打尽に捕らえよと示唆する。ジョン王の治世の国家的危機を描く主筋に比するなら些事にすぎぬとはいえ、ジョンと教皇との対立が形と場《ディスプレイス》を変え、フォーコンブリッジによってこてんぱんに叩きのめされる中世後期の信心のデフォルメされた戯画となる。神学的に重要でかつては広く受容されていた煉獄が「修道女の衣装簞笥」に矮小化されたといってもよい。

『ハンティンドン伯ロバートの死』は『ハンティンドン伯ロバートの没落』とともに海軍大臣一座で上演された。かくてロビン・フッドは「牧歌の伝統に位置づけられ、プロテスタントの英雄として接収され、高貴な出自の原プロテスタント信徒」へと変身をとげる。ロビンの物語は、ロイス・ポッターによれば宗教改革後の教会観を支持するために再利用される。一方で、作者(のひとり)マンデイの意図は主流派の文化にカトリック的価値観を紛れこませることだった、とする近年の研究もある。チェトルとの共作とみなす証拠もあるが、作品のほとんどをマンデイが単独で担当したとされる。少なくとも修道女の表象に照らすかぎり、マティルダの筋はマンデイの作とみてよい。また、本作がロバート・ダヴェンポート『ジョン王とマティルダ』の執筆にどのような影響を与えたかもここで検討していこう。

『ハンティンドン伯ロバートの死』では、ジョン王の望ましからぬ求愛にあい、マティルダはヒューバートに嘆願する。「わたくしをダンモウ・アベイに逃がしてください。そこで生涯を修道女として終えたいと望みます」。また、ジョンの「炎のような欲望も、わたくしが神聖なる乙女として誓願を立てたと知ったなら鎮まるでしょう」と述べ逃亡の手助けをしたヒューバートには「あなたのこの善き行いのために、日々、多くの祈りをわたくしのロザリオで数えましょう」と返す。かくてマティルダは、男性の求愛を避け、修道院に身を寄せるという表象型を丁寧にたどる。信者のために祈りをもって仲介者の役割をはたす自覚もある。その意味で、彼女が思い描く修道生活は、宗教改革以前の時代の模範を映している。

続いて、マティルダと女子修道院長は並んで修道院の外壁に立つ。女子修道院長はジョン王に抵抗していう。

わたくしどもにこそ理《ことわり》があろうというもの、男どもが群れをなして、
信仰篤く貞潔な女性を駆りたて、追い回すご時世ですから。

ジョン王、ご自分がなにをなさろうとしているのか、とくとお考えくださいい、
この国からの追放のお咎めを冒してまでも。
殺人者や罪人は聖域により保護されることを認められています。
ましてや、困っている身持ちの固い乙女たち、
敬虔な乙女たち、誓願を立てた修道女たちにも、
そのささやかな特権が認められてしかるべきです。さあ、おやめください、おやめなさい。
神のものなる聖キャサリン〔カタリナ〕がわたくしの操を守ってくださいますように。
これほどの危機に遭遇したことはたえてございませんでした。

（二一二九―二一三八行）

女子修道院長は聖域の特権と、その特権を侵害した者にたいする追放の罰を堂々と述べるが、その威厳も後半の台詞でいささか損なわれてしまう。かつてデーン人の侵略に身を挺して立ちむかった勇敢な修道院長の例にならうどころか、おのれの身の安全に心を砕き、おのれの操を守るべくいかにもカトリック的な聖キャサリンに願いをかける。しかも、そのあと、ヒュバートとジョン王によって「ベリーの修道士」との親しさを槍玉にあげられ、面目をつぶされる。

ヒュバート　陛下、女子修道院長は嘘をついております。
聞くところでは、ベリーの修道士の何某とやらが、
週に一度、やってきて、ともに楽しくすごすとか。

ジョン王　ヒュバート、案ずるな。その修道士とこの女は、

いずれ最悪でも、わが道具になってくれようから〔……〕。（二二三九―二二四三行）

実際は、聴罪司祭の務めとして修道院を定期的に訪問しているにすぎない「ベリーの修道士」の活動を、ヒュバートとジョンのやりとりはわざと曲解してみせ、宗教改革以前の女子修道院長と聴罪司祭との親しさへのあてこすりにすり換える。聴罪司祭の定期的な訪問は、トリエント公会議の結果、カトリック教会が修道女を以前以上に厳しく男性聖職者の監督下におき、禁域内に囲いこむための方策であった。かくて修道女のジェンダーが前景化されるが、これは教義論争においても、歴史記述においても、現実の修道女の身の処し方においても、修道女と修道士（司祭を兼ねることも少なくなかった）とが不可避的に分断されたことと軌を一にしていた。プロテスタントとの教義上の対決を迫られた公会議は、司祭つまり男性聖職者の特権的地位を再確認し、その反動として修道女のジェンダー化を推し進めた。折あしく、禁域外で自由に活動できる修道会の創立をめざしたメアリー・ウォードは、いわばジェンダー的逸脱のゆえに裁判にかけられ、投獄されたのである。

修道女と聴罪司祭の関係をめぐる同様のジョークが、初期近代イングランドの演劇にちりばめられている。上記の『ジョン王の乱世』では修道士と修道女の笑劇的な挿話、ベン・ジョンソンの『錬金術師』（一六一〇）では猥雑な絵への言及、『我を知らぬ者は、だれも知らぬ 第二部』では修道士と修道女の看板絵への言及として。このように随所にみられる世俗的なイメージに阻まれて、初期近代イングランドの舞台上で、修道女が深刻な役や悲劇的な役を演じる余地はまずなかったと思えよう。しかし実際のところ、以下に論じるマティルダやその他の修道女たちは、個々の劇作家の力量しだいで、深刻な役や悲劇的な役にもなりうることを証する。

謹厳実直なマティルダは素行のよろしくない姉妹たちとは一線を画するが、身近な修道女たちの性的な危うさが、彼女でさえどのような目でみられるかを規定する。マティルダが修道院に入ってまだ間もないが、少なくとも父は娘を「聖なる修道女」と呼んでいる。それでもジョン王はベリーの修道士を女子修道院長と結託させて、王の愛を受け入れよとマティルダを説得するよう命じる。

いまやわたしはダンモウ・アベイにいる美しき修道女を愛している。
女子修道院長はおまえを愛し、おまえは彼女を楽しませる。
さて、おまえたちふたりで、この愛らしいご婦人を
説得し、王の愛を受け入れるように仕向けてくれれば、
嘆願を叶え、ダンモウ・アベイには
年一〇〇マークを与えよう。
（二二六一―二二六六行）

国王にとっても修道士にとっても、誓願を立てたいというマティルダの望みは、さらなる刺激剤にすぎない。修道士は叫ぶ。「聖なる修道女、うらわかき修道女、しかも淑女」。王妃さえもジョン王の欲望についていだいていない。「教会も、礼拝堂《チャペル》も、大修道院も、女子修道院も王の放縦の前では容赦されないでしょう」。作品の冒頭で「放縦」を体現するのは悪党ドンカスターだ。「バーカムステッドの麗しき修道女を捕らえ」、乱暴したと白状して憚らない。しかもこれとて悪事のほんの一例でしかない。

ここでマティルダが「修道士と修道女」に挟まれて登場。道徳劇の約束事を思わせる象徴的な人物配置である。ふたりはマティルダを誘惑しようとする。女子修道院長は悪魔との交歓を思わせる台詞を吐く。文化的想像力のなかで、ときに修道女のイメージが魔術的な色彩を帯び、悪魔との交歓という剣呑な問題にかぎりなく接近する。修道女と魔女の異種融合は『フェデルとフォーテューニオ』における修道女のふりをする女性たちの笑劇的な呪文で

確認ずみだが、この場面でも同様に修道女が魔女扱いをされて揶揄される。

修道士と女子修道院長に国王の寝床に行くように促され、彼らの裏切りに気づいたマティルダは、一種の悪魔祓いを試みる。

聖水を。祝福されし修道女たちよ、助けたまえ。
ふたりの地獄に落ちた霊が、修道服を身にまとい、
わが穢れなき貞潔を危うくしようとする。
そして第三の悪魔がわが魂を欲しがり口を開け、
恐ろしい形相でわたくしを脅えさせる〔……〕
（十字架をとりだす）
わが罪のために十字架刑に処せられたあの方の名において、
この祝福されし印で、おまえたちに告ぐ。
去れ、おぞましい悪魔ども、出処へ戻れ、
失せてしまえ、悪魔ども、わたくしにつきまとうのを止めよ。（二五二九―二五三三行、二五三六―二五四〇行）

不可視の存在を呼びおこすがごとき「第三の悪魔」への言及や、マティルダの十字架をかざす仕草は、演劇的な効果を充分に醸しだしつつ、カトリックのれっきとした儀式である悪魔祓いを連想させる。そのうえ、マティルダと女子修道院長はともに修道服をまとっており、マティルダが望むほどには、少なくとも外見上、ふたりは異なって見えないかもしれない。この悪魔祓いはマティルダの自発性を示すと同時に、皮肉にも、女子修道院長との外見

の類似《アナロジー》ゆえにマティルダ自身にも不埒の汚名を着せる行為になる。
　さらにマティルダは貞潔の危機を嘆き、みずから反修道院制度のレトリックを用いる。

貞潔はいずこで真に保護されましょう、
聖職者が無垢な者を包囲するご時世にあっては。
乙女はいずこで聖域によって保護されましょう、
情欲夫人《レディ・ラスト》が女子修道院を支配するご時世にあっては。
ああ、嘆かわしや、おまえたちふたりは偽りの聖人、
悪魔の化身、悪魔のごとき偽善者。
頭巾をかぶった修道士と、ヴェールをかぶった老修道女が
卑しいとりもち役になりはてるとは！　あさましい物言いで、
清き乙女の穢れなき耳を襲うとは！
ああ、嘆かわしき時代、いっそ死んでいたほうがまし。
（二五五二―二五六一行）

　当初、マティルダは修道院が欲望と世俗権力からの避難場所であると考えていたものの、実際には試練の場であることに気づく。高潔な女性と思っていた修道院長は、反演劇的テクストが俳優たちになぞらえる「悪魔の化身」にほかならず、窮地にある彼女を救ったのはマティルダ自身の機転であった。この葛藤を劇作家は緊迫感ある場面に仕立てあげた。終生誓願を立てる状況にない新参の女性主人公が称揚される一方、久しく神に奉仕しているはずの古参の修道士や修道女の悪だくみが暴かれる。

修道院では象徴的なスペクタクルも展開される。マティルダは願いどおり死を迎える。本作に通底する毒殺のモティーフは、まずはロビン・フッド、つぎにマティルダ、最後にジョン王を対象にくり返される。終盤近く、マティルダの葬式の場面では、ウィンザー城を包囲中のジョン王のもとに彼女の亡骸が運ばれる。付き添いの修道女のひとりがラテン語の銘「善き愛、善き貞潔、善き名誉(Amoris, Castitatis, & Honoris bonos)」の入った白い旗を掲げている。同じ芝居のなかであっても、裏切り者として描かれた女子修道院長の表象と並んで、まったく異なる型に属する修道女の表象が共存する。記憶は、文化的に構築された修道女の表象型をひとつならず内包し、それらが舞台上に再現されて、さらに流通する。

衣装の文化的記号学に照らすと、ロビン・フッドの珍しい「緑の葬式」とマティルダのひとしく珍しい「白い葬式」はみごとに釣合いのとれた対照をなす。ジーン・マキンターによると、舞台上のマティルダの亡骸が片づけられ、葬送行列が登場するまでの短い時間で、彼女に白い衣とかぶり物(乙女の花嫁にふさわしい髪型と貞潔の花冠)をつけさせることが可能だった(122–123)。舞台上の修道女たちがまとう黒色《ブラック》、灰色《グレイ》、茶色《ブラウン》の修道服らしき衣装にしても、その視覚的効果は充分に計算ずくであったと思われる。

本作は、やはり修道女や修道院が登場する『ベイコン修道士とバンゲイ修道士』と同じ海軍大臣一座のものだったと思われる。そのため、一座が「修道女らしき」衣装を持っており、疑似歴史劇に使い回した可能性はある。マンデイが作者だとすれば、神学校を内部から知っており、ストウの改訂や翻訳『フェデルとフォーテューニオ』に加え、ロビン・フッド劇を執筆するさいに修道女の表象型をあえて盛りこんだことになる。

『ジョン王とマティルダ』は、時代がくだって一六二八年、ヘンリエッタ王妃一座に上演され、舞台でマティルダを演じたと称するアンドリュー・ペニクイックの前文つきで一六五五年に出版された。だれが大衆劇場の舞台上で修道女役や修道女になりすます役を演じたかの資料はめったにないが、これはその稀な例である。ジャンルを問わず、修道女の役はしばしば歌をともなった。儀礼的なスペクタクルに携わったり、象徴的な機能をはたしたりすることが多かったからだ。

『ハンティンドン伯ロバートの死』と同じ主筋をなぞってはいるが、『ジョン王とマティルダ』では反修道院制度的な色彩はかなり抑えられている。修道女たちの不名誉を是が非でも喧伝すべき理由はもはや失われ、過去に呑みこまれた。この戯曲は修道女の英雄的な記憶の再生装置である。前述の二作品に比べて、カトリシズムやそれが連想させるものとの親和性を示し、カトリック的な表象にわりあい寛容である。とくに儀礼的な面を多とし、女性の感情を情緒的に色づけて前面に押しだす傾向がある。マティルダが修道院に入る前から、ジョン王は彼女の美しさを宗教的な暗喩を用いて褒めそやす。「栄えある司祭服をまとう輝く聖なる司祭のごとく」美しいと、カトリックのミサの装飾を連想させる台詞で。

『ハンティンドン伯ロバートの死』との大きな違いは、女子修道院長の人物造型である。こちらの劇でも、女子修道院長はマティルダとともに胸壁に現われ、ジョン王に立ちむかうが、『ハンティンドン伯ロバートの死』でとは異なり、裏表がなく清廉潔白である。ふしぎなことに、彼女の役割は縮小され、台詞も少ない。マティルダを引き渡せと迫る王に抵抗する台詞は、わずか数行にすぎない。「わたくしたちにはわかります。母なる教会と和解なさった国王は、そのような破廉恥なことをなさらないと」。ローマとの訣別や教皇からの破門ではなく、カトリック教会との和解が強調される。この女子修道院長には王と交渉する手札がない。聴罪司祭との不適切な関係も示唆されない。まして、女子修道院長が修道士と結託してマティルダを誘惑する場面などない。

あらたな威厳を与えられた女子修道院長は、従来のように、反面教師として道徳的な教訓を垂れることもない。むしろ終幕まで貞潔の手本である。この場面で着目すべきは、マティルダの父フィッツウォーターの態度であろう。当時、大陸の修道院に娘を送りこんでいた現実のカトリックの父親たちの決断を想起させる。実際、旧家の子女の海外流出への懸念から、政府はこれを問題視していた。フランスからカトリックの妃を迎えて共感をもっていたはずのチャールズ一世でさえ、早くも一六二五年、罰則の設定に踏みきった。

本条例によれば、いかなる子女も「小修道院、大修道院、女子修道院、カトリックの大学、コレッジ、学校またはイエズス会の運営する修道院に入る、居住する、教育を受ける意図あるいは目的で」海外に送ってはならないとされる。娘が召命を得て海外の修道院で誓願を立てるとき、一般には、カトリック家庭の母親もまた修道女と同じく、司祭と共謀しているという文化的な憶測が流布していた。その意味で、父親の関心を示唆する点は特筆に値するといえよう。

この作品でもマティルダの亡骸が葬送行列のかたちで舞台にあげられる。煉獄の信心の廃止はすでにヘンリー八世の治世であった一五三〇年代には叫ばれたが、死者の魂のために祈る習慣は一夜にして忘れられたわけではない。エリザベス一世の治世中も、葬送行列が町でも舞台上でも練り歩いた。『ハンティンドン伯ロバートの死』では、ジョン王に彼の罪を思い起こさせるため、マティルダの亡骸が舞台中央に置かれたままだったが、本作ではマティルダの父フィッツウォーターがジョン王と離反貴族との和解をとりつけたところで、マティルダの亡骸が運びこまれる。ト書きはつぎのとおり。「国王と貴族のほうへ、女子修道院長が先導して、マティルダの棺が乙女らに運ばれて入場。棺架には「信仰と貞潔へ」との銘がある。マティルダの亡骸はその手に薔薇と百合の花冠をささげた王妃につきそわれ、そのあとに若きブルース、ヒュバート、チェスターやそのほかの紳士が揃って喪服でつき従う」。そこに葬送行列の意味を説明する歌が響きわたる。「死の仕業をみよ、ここにひとりの殉教者にして乙女を横たえし」。

マティルダは「穢れなきマティルダ」「比類なきマティルダ」とマリア崇拝を思わせる呼称を与えられ、宗教的ニュアンスを湛える葬送行列によって彼女の「信仰と貞潔」が記念される。国王におのれの罪を悟らせた女性マティルダは、英雄たる修道女の表象型への先祖返りといえるかもしれない。しかも、本作では表象型を生まじめにならざるだけでなく、その表象型を要らざる注意を喚起せずに反復しうる定番の約束事へと成型していったのである。

第二節　隠遁の表象型——危機に遭って修道生活に入る女性たち

これまで登場人物としての修道女の機能や、過去の再＝表象の演劇的仕掛としての修道女の利用について論じてきた。つぎに、俗世を棄てた修道院への隠遁あるいは修道院からの追放が、演劇的・情緒的・心理的危機から逃れるすべがほかにない女性にふさわしいとされる、「隠遁の表象型」を扱いたい。最後に、修道院への入会を阻まれる女性という隠遁の阻止の表象型が、どのような段階を経て定番の約束事になっていくのかを検討したい。

1　隠遁の表象型の戯画——『エドモントンの愉快な悪魔』

『エドモントンの愉快な悪魔』は隠遁の表象型を戯画化する。主筋と、物語のほぼすべてがこの仕掛に依拠する。作者不詳のこの喜劇は、修道院制度を詳細に理解したうえで、それをひっくり返し、喜劇的な効果を醸しだす仕掛に充ちている。若い恋人たちが怒れる父親の妨害を乗りこえて初志をつらぬくという趣向において、ローマ風新喜劇を思わせる。父親アーサー・クレアは娘ミリセントを恋人レイモンド・モンチェンシーから引き離すために、三か月間、娘を見習い修練女としてチェストン女子修道院に入れようとする。そして時期を見計らって連れだし、自分がより適切と思うフランク・ジャーニンガムと結婚させる気でいる。しかし父親のもくろみはあっさり覆される。レイモンドはケンブリッジ大学の自分の個人指導教師ピーター・フェイベル、フランク自身とミリセントの兄弟ハリーの助けを得て、ミリセントを修道院から連れだし、彼女と結婚する。「まことの恋結びが乙女と修道女を帳消しにする」とミリセントにいわせて。

　娘を修道院に入れるという所作は、父アーサーにとって篤信の行為でなく時間稼ぎにすぎない。それでも、娘を神への奉仕に捧げる父親の修辞はお手のもので、娘を「神に奉献するつもりだ」と悪びれずに宣言する。娘は娘で修道生活への適性をまったく示さない。アーサーの友人にして共犯者フランクの父親レイフ・ジャーニンガムも、ミリセントを修道院に入れるのが「あの娘の父親とわたしのあいだの謀りごと、ちょっとした仕掛、悪知恵」であることは百も承知だ。宗教的・霊的意味をすっかり空疎にすることで、修道女である状態をその場しのぎのたんなる小細工に貶めてしまう。小修道院長《プライオレス》と名前のない修道女は例外だが、他の登場人物はだれひとり敬虔さとまともに向きあわない。悔悛、祈り、断食、鞭打ちなどを、修道生活の戒律に従って説明する小修道院長の指示は、ミリセント自身だけでなく、ビルボ、フランク、ハリーといった傍観者たちの物言いによって、いちいち判で押したように損なわれる。

　それでも世俗の登場人物たちは、修道生活の戒律を尊重するふりをするのがうまい。たとえばフランクは召命を受けた修道女を連れだすに際して、良心の呵責を装う。

なんたることか、お考えください、
隠遁者にその誓願を捨てさせるなど。
傷ついた、悔い改めた魂を、
断食と祈りでつねに苦行し
その思いは、瞳とおなじように、天に向けられており、
かくも熱意をもって身を捧げし乙女を

俗世に引き戻すなどと。ああ、不敬虔な行いよ！
教会法に拠るなら、そんなことは不可能だ、
教会からの特免なしには。

（三幕一場七六―八四行）

フランクは修道生活に身を捧げることの意味や、修道女を還俗させるには教皇からの特免が必要なことも知っているらしい。ただ、いかにも義憤に駆られたとみえる抗議も、じつは観客の興味をそそり、旧世代を嗤いものにし、修道院制度をからかって笑いをとるための伏線にすぎない。教師のピーター・フェイベルが率先して修道女を冗談の域にまで引きずりおろす。自身はウォルサム・アベイのヒルダーシャム修道士に変装し、教え子レイモンドにはベネディック修練士のふりをさせ、チェストン修道院の訪問者に仕立てあげる。レイモンドは「修道女の乙女《ナン・メイド》」ミリセントに面会し、自分のアイデンティティを明かし、ふたりは告解のかたちで愛を打ち明けあう。

ミリセント　わたしは大切な霊的おとうさまに告白します。
貞潔で清純な愛が罪とおっしゃるのなら、告白せねばなりません、
あなたと三年間も罪を犯しております。
レイモンド　だが、あなたはそのことを悔い改めていますか。
ミリセント　神かけて、できはしません。
レイモンド　　　　　　　　　　赦しを与えはしまい、
その甘い罪を、赦しうる罪ではあるが。
その代わり、千もの口づけを償いの苦行としよう。

それから巡礼に出かけるよう命ずる。（三幕二場一〇五―一一二行）

巡礼とは、エンフィールド・チェイスの山荘にミリセントを移し、エンフィールドの司祭に結婚式を挙げてもらう計画をさす。罪の告白、悔悛、償いから罪の赦しまで、告解の言語がおおむね正確にたどられる。宗教改革前の秘蹟の記憶がテンプレートとなり、その上にまったく世俗的な愛が成立する。レイモンドによると、ミリセントは「霊においては乏しくても肉体においては――ふくよかでゆたか」である。かくて偽りの修道士と修練士、それに「ふりとしての修道女」が出会い、修道院制度を茶化し、すべての仕掛を悪ふざけに変える。ミリセントは「輝かしき天使のかたち」で現われた「精霊」の幻影を見たと語り、なおかつこの幻影を自分に修道院を去るように誘うレイモンドに譬える。キリスト教の殉教者が抗った悪魔の誘惑と、女性神秘家のもとに聖なる花婿として顕れるキリストの両方のパロディとみなすことができよう。

一六〇二年ごろの作とされ、一六〇八年の初版出版以来、五〇年足らずでクォート判六版を数えたこの作品は、ベン・ジョンソンが『悪魔はとんま』(一六三一年出版)のプロローグで「愛しい歓び、エドモントンの悪魔」と呼ぶのでもわかるように、けっこう人気があったらしい。召命のない修道女が修道院に入れられるという定番の表象型を意識的に利用する、あるいは隠遁の表象型を嘲弄する典型的な作品である。これこそフォックスが糾弾した表象型にほかならない。

国王一座の演目として長く上演され、一六〇八年五月八日に宮廷で上演され、エリザベス王女とプファルツ選帝侯フリードリヒの結婚の記念祝賀として一六一二年から一三年のクリスマス・シーズンに宮廷で上演された二〇作品のひとつだった。たびたび再版され、劇団の財産演目としてレパートリーに留まった。初期近代イングランドの演劇における、あからさまに修道院制度を揶揄する喜劇として、同時代作品における修道女の表象型のひとつの基準を示すといえよう。

2　現世を放棄し、聖域に保護を求める――『あわれ彼女は娼婦』にみる隠遁の表象型

修道院への隠遁という仕掛は、極端なストレスにさらされた女性人物たちの軌跡をたどるのに役にたつ。悲嘆、後悔、恥辱の重荷を背負った女性たちが修道院の門を叩き、現世を棄て、聖域に身を寄せる。じつをいうと、俗から聖への移動を舞台化することじたいが矛盾をはらんでいる。修道生活の召命という内的な確信の表明は演劇になじまないからだ。ゆえに演劇において、修道院への入会は、男性との関係性を築く可能性をもって流通していた女性人物が、その状況から身を引くというかたちで可視化される。前述のとおり、修道女の表象型が認められる多くの作品は、中世あるいは中世以前のイングランドを舞台とするが、異邦（のカトリック国）や古典のギリシア・ローマ世界に設定されているものもある。

ジョン・フォード作『あわれ彼女は娼婦』の舞台は、一七世紀初めのイングランドにとっては憧憬と嫌悪の相半ばする異国とみなされたイタリアである。愚かだが無害な婚約者バーゲットを事故で殺されたフィロティスは、おじリチャーデットの助言に従って修道院に入る。おかげで本作に蔓延する暴力を唯一まぬかれる女性となる。寄辺なき身となり苦労を強いられる姪の若さを不憫に思い、リチャーデットは彼女にクレモナの修道院への隠遁を提案する。「おまえの魂の誓いを立て、敬虔のうちに神に仕える修道女になりなさい」と。また、修道女の生活を「天国への道」と讃える。

とくに敬虔ではなかったフィロティスだが反論せず、こう宣言する。「ならば、この世にさようなら。世俗の想いよ、さらば！　貞潔の誓いよ。おまえを歓迎しよう。わたしはおまえに身をゆだねよう」。おじの台詞「おまえの一時間ごとの祈りでわたしのことを祈ってくれ」は、ハムレットがいわゆる「尼寺の場」でオフィーリアに語る

台詞を連想させる。さらに、「乙女として死ぬことは聖人として生きつづけるのと同じだ」とする彼の言葉は、宗教改革以前の修道生活の理想、すなわち禁欲と祈りに捧げられた善き生涯を想起させる。

しかし、『あわれ彼女は娼婦』にかんする批評文献では、上記の場面への言及は少ない。修道院への隠遁は、ある意味で、筋のうえで必要なくなる人物に名誉ある退場をうながす便利な仕組であるからだ。だがそれにとどまらない。作者フォードの「前衛的な率直さ」、つまりパルマの宮廷に蔓延する欺瞞と暴力を正視し、とりわけそれらが女性たちの人生におよぼす破滅をきわだたせる工夫の一環として、修道院が前景化されるのではないか。同時に、『ハムレット』や『ロミオとジュリエット』のようなシェイクスピア作品の響きが認められるが、その響きあいこそがフォードの問題意識とシェイクスピアのそれとの相違をかえって明らかにする。フィロティスは女性の過酷な運命からの安全な避難場所とみなす、イタリア風の慣習を受け入れ、修道院に入ることを決意する。ところが、次章で論じるとおり、ジュリエットは修道院に逃れよとのロレンス修道士の忠告に耳を貸さず、ロミオとの死を選び、材源であるイタリアの短篇物語《ノヴェッラ》と袂《たもと》を分かつ。

シェイクスピアと異なり、フォードは選択可能で名誉ある生き方として修道生活を提示し、宮廷の女性たちが直面する困難への共感を示す。修道院は当時の「王党派にちなむ表象型である隠遁の表象型」(Sanders, 32)にぴたりと寄り添い、女子修道院はもはや忌避ではなく歓迎の対象となる。回廊で修道女が捧げる祈りの恩恵は、本人とその親族にもおよぶとされ、貞潔な生が憚ることなく称揚される。この相違は、シェイクスピアとフォードという劇作家の資質の相違に帰せられるだけでなく、一五九〇年代後半から一六三〇年代にかけての文化的風土の変容にもよる。従来の舞台にあっては、修道生活が女性の人生選択としては無視にひとしい扱いを受けたのにひきかえ、一六二〇年代、三〇年代には、ジュリー・サンダーズらの指摘どおり、舞台上の女性の表象一般にみられる変化を映しだす扱いへと変わる。同時に、隠遁の表象型は宮廷における無力な女性の哀れを滲ませ、舞台上の女性人物を前面に押しだす工夫ともなる。以下に、修道院への隠遁という敬虔な願いを拒まれた女性たちが、意に反して世俗の生活へと引き戻されるさまを描いた作品をみてみよう。

3　挫かれた隠遁の表象型の流布——『肖像画』

『肖像画』(一六二九)、『姉妹』(一六四二)などでは、女性が修道生活に寄せる希望が挫かれる。被害を受けた女性の美徳を強調するこの表象型は、チャールズ朝の作品において増殖する。

『乙女の殉教者』(おそらく一六二〇年にレッド・ブル座で上演)のようなフィリップ・マッシンジャーの芝居には、カトリック的な要素が色濃く認められる。国王一座のために書かれた『肖像画』は、女性の主体性と嫉妬や虚栄心の心理を探求する。核にあるのは貞淑な妻の肖像画であり、妻が操を失えば絵が黄色、やがて黒へと変色するとの触れ込みだ。本作で描かれる対トルコ戦争は、やはり修道女が中心となるブルワーの『恋煩いする国王』と同じく、ノールズの『トルコ史概説』に材を採っている。いずれの芝居も妻への愛に溺れる為政者を描きだす。ただし『肖像画』で問題となるのは、妻を溺愛する王ではなく、ボヘミアの騎士マタイアスの妻ソフィアが表明する隠遁の表象型である。

オスマン・トルコの侵略に抵抗するハンガリー軍に身を投じた夫マタイアスの留守中、妻ソフィアは誘惑者たちに夫の不貞を吹きこまれ、芽生えた嫉妬心が肖像画を黄色く染める。それを見た夫は妻を疑う。夫と再会したソフィアは国王に嘆願する。「あの方の寝所からの離別を望みます。わたくしは残りの人生を祈りと黙想に捧げたく存じます」。しかし大団円でその願いはかき消される。老廷臣の言葉がその場のひとびとの心を代弁する。「これまで生きてようやくひとりの善女が現われたというのに、その女を些細なことで修道女になどさせるものか。それぐらいなら、先に回廊を壊してしまえ」。

修道女にさせるくらいなら回廊を破壊するという冗談は、修道院解体へのあてこすりであろう。時代がくだったため、このような言及を忍ばせても問題ないと劇団が判断したのかもしれない。女性の修道生活により寛容な風土を示唆するといえなくはないが、修道院に隠棲したいという女性の願いをまじめに受け止めた発言ともいえない。

第三節　表象型を逸脱する

一五八〇年代半ばから一六四〇年近くまでの初期近代イングランドの演劇作品における、「変装としての修道女」の表象型、「想われびととなる修道女」の表象型、「隠遁」の表象型を検討してきた。ここで、なんらかの意味で表象型を逸脱していると思われる作品に目を転じよう。『ベイコン修道士とバンゲイ修道士』では、外的な事情により挫かれた隠遁の表象型が、真摯に愛を棄てた女性主人公に名誉ある現世復帰を許す装置として機能する。マーロウの『マルタ島のユダヤ人』では、「変装としての修道女」の表象型が示唆する修道女の資質を革新的に利用することで、道具にすぎなかった女性が回心者となる道筋をたどる。最後に、修道女の多様な表象型が『チェスの試合』(一六二四)にとりこまれていく過程を確認する。

1　棄てられた愛の回復——『ベイコン修道士とバンゲイ修道士』にみる挫かれた隠遁の表象型の変形

修道院に入る女性人物は、ときに決意をひるがえしての還俗を強いられる。こうしたモティーフは『ベイコン修道士とバンゲイ修道士』や『ムッシュー・トマ』(一六一五頃)などにみられる。『ベイコン修道士とバンゲイ修道士』では、筋の要請に従い、マーガレットは一度は諦めた愛に戻っていく。この芝居が表象型からの逸脱《アウトライアー》といえるのは、マーガレットの心変わりがうまく捌かれて、彼女の忠誠心や貞潔が疵なく保たれるからだ。

『ベイコン修道士とバンゲイ修道士』のマーガレット役は少年俳優にとってはなかなかの大役で、台詞は二八四行余になる。エドワード王子の役と並び、恋人レイシーの役(一五〇行余)を上回る。レイシーの手紙を受けとり、たった五行で修道女になる決意を表明してから、「修道女の服」を着てはじめて舞台に現われるや四二行を話し、そののち七行で誓願を撤回し、朝食を求めるレイシーに三行で返事をする。修道女の身なりでいるあいだの台詞は、彼女のすべての台詞の五分の一以下にとどまる。

マーガレットの忠誠心を試すために送られたレイシーの手紙を読み、彼女はつぎのように宣言するが、これには観客も意表をつかれる。

この世は虚栄とみなしましょう。
富は塵芥、愛は憎しみ、喜びは絶望。
わたくしはすぐに麗しのフレイミンガムに行き、
大修道院で髪を切り修道女になります、
神にわが愛と自由をゆだねて。

(一〇場一五八―一六二行)

これまでの彼女は機知に富み、古典神話からの引用ができ、レイシーを愛するも自分の身分の低さを意識し、エドワード王子に試されても恋人レイシーのために死ぬ覚悟を表明してきた。しかし、篤い信仰心や修道生活への傾倒はまったく感じられなかった。

ダニエル・セルツァーにいわせると、修道院に入るというマーガレットの決心は「大仰すぎて笑える」。さらに、「マーガレットの決意を大言壮語で飾りたてた台詞で語らせて、作者グリーンは修道女になるのは愚かなこととやんわりと匂わせる」という(xviii)。しかし、マーガレットはレイシーのためにレイシーとともに死ぬ決意を語るときにも、「大言壮語」といえる台詞を口にする。彼女は愛を試されるたびに、中世以来の女性像、忍耐づよさの代名詞グリセルダよろしく、言葉を尽くして忠誠を表わす。

作品の筋の要請しだいで、修道院入りを一瞬の躊躇もなく即断したかと思うと、つぎの瞬間には、滑稽の域に達するほどの速やかさで翻意する。結婚という選択肢を奪われた以上、マーガレットとしては修道院に入るという選択肢を選ばざるをえない。その後、結婚という選択肢が戻ってきて、「神かレイシー卿か」の二者択一を迫られるが。そのつど、その瞬間において、一貫して真摯さは変わらない。

本書ですでに検討したが、国王や王子に見初められ、修道院に逃げこまざるをえない女性は、しばしば史実にもとづく作品に登場する。よって、エドワード王子に横恋慕されるマーガレットの試練そのものは珍しくはない。ただ、マーガレットはたんなる避難所として修道院に入ろうと決意するのではない。まして、想われびとたる修道女の表象型にあるように、修道院を恋人との逢引の場とするためでもない。それでも、エドワード、レイシー、そしてマーガレット自身が用いる古典の引用から、ほかの修道女の登場する作品同様、望ましからぬ求愛者による脅迫のモティーフが根底に流れ、不安な雰囲気を醸しだす。かくて、マーガレットの修道女になろうという決意にそれなりの説得力が加わる。

しかし、修道院に入るという彼女の決意は、ほかの登場人物から称賛ではなく死を惜しむかのごとき哀悼の言葉をもって迎えられる。「金髪」「百合のような両腕」「クリスタルの肌」など、彼女の美しさには冒頭の王子をはじめ、主要な登場人物のほとんどが触れている。そのため、「マーガレット、頑固に誓願に固執するな。おまえの美を独居室に埋めてはならぬ、イングランドでも名高きその美を」という父親の言葉や、「わたしへの侵害だ。かほどの美を独居室でうずもれさせるとは」というレイシーの非難に、信憑性が加わる。宗教改革以前の時代に、歴史上の修道院の台帳に記された遺言書には、一族の女性が修道院への入会を希望する場合に与えられる備えの記録が散見される。修道女になるのが当然の選択肢のひとつと認識されていた時代ゆえの慣習である。こうした認識と本作での反応とは大きく異なる。

マーガレット自身は「髪を切って修道女になる」という表現を用い、友人、父親、恋人レイシーもこの表現をくり返す。金髪を切るという表現が愛の無駄遣いまたは愛の死を表わす換喩になる。マーガレットが迫られる二者択一「謹厳な修道院か宮廷か」「神かレイシー卿か」「修道女になるかレイシー卿の妻になるか」の答えが明らかに後者であるこの物語で、修道生活を選ぶなら観客の期待を裏切ることになる。それでも、ロバート・W・マスレンの主張、「レイシーが彼女を棄てたとき、英国のプロテスタントの観客は、彼女がヴェールをかぶ〔り修道女にな〕る選択に拍手を送ったとは考えにくい」(181)には異議を唱えたい。本書第一部第三章のストウのくだりで論じたとおり、宗教改革以前の過去の伝統的な宗教や半分埋もれた記憶に、自覚の有無はともかく、なんらかの情緒的・審美的・懐古的な共感をいだく観客がいたのはほぼ確実であろう。

ついにレイシーとその仲間が修道院に入ったマーガレットと対面し、レイシーは別離を告げる手紙がじつは彼女を試す手段であったと明かす。しかし、ここで従順にレイシーのもとに戻るのではなく、マーガレットには三行ほどの抵抗の台詞によって、「マーガレットは誓願を立て、もはやそれを破ることができません」と最後の最後に述べる余地が与えられる。作者グリーンは修道女になるまでの長い過程を単純化し、マーガレットの誓願の霊的意味をことさら追求も説明もしない。実際には、修道女を志す女性は、まず修道志願者《ポステュラント》、ついで修練女《ノヴィス》として一定の期間をすごし、その後、貞潔、従順、清貧の有期誓願を立て、立誓修道女になり、そして何年かのちに、覆すことのできない終生誓願を立てる。

たいていの修道女の登場する戯曲は、こうした長期にわたる過程をあっさり簡略化して憚らない。修道女の内面を重層的に探求する『尺には尺を』でさえ、修道院におけるイサベラの厳密な立場（志願者なのか修練女なのか修道女なのか）は詳らかにしない。苦しい愛の試練を課した張本人を責めもせず、マーガレットはレイシーの愛をふたたび受け入れる。

肉体は脆いもの。レイシーさまはおわかりです。
魅惑的なお顔をお見せになるとき、
なにがあろうと、わたくしはいやとは申しあげられません。
乙女の心の修道服よ、さあ脱ぎましょう。
それが運命の望むところとわかったいま、麗しのフレイミンガム、
そして聖なる修道女の方々、さようなら。
わたくしにはレイシーさま、あの方がわたくしの夫になってくださるのなら。
（一四場八六―九二行）

レイシーに抵抗できないさまを表わす語彙は、神には抵抗できないと語る中世の幻視者を連想させる。貞潔の印である修道服を着た女性が「乙女の心の修道服よ、さあ脱ぎましょう」と叫ぶとき、独特の魅惑が生まれる。マーガレットの率直だが唐突な「肉体は脆いもの」という台詞は、ウォーレンの「女性の本質とはかくありき。いかに神に近くあろうとも、男の腕のなかで死ぬのが好きだ」という台詞で回収され、ロマンティックな筋が結婚で収束する喜劇的な結末にたどりつく。このあと、マーガレットは朝食について三行だけ話すにとどまり、以前の家庭的でひとに安心感を与える役割に戻る。
『ベイコン修道士とバンゲイ修道士』では、隠遁の表象型はマーガレットの道徳的潔癖を表わし、女性の貞操を

守る手段となりえた。しかし、彼女の決意は女性の共同体での祈りの生涯につながらず、ロマンティックな筋書きを盛りあげるための暫定的な障害にすぎない。その意味で、マーガレットの決意には説得力がないが、それでもグリーンは彼女を観客の共感を呼びうる人物、修道院に入るときも去るときも、それなりに思慮ぶかく、気性のまっすぐで真摯な人物として描いた。

2　道具から回心者へ――『マルタ島のユダヤ人』

『ベイコン修道士とバンゲイ修道士』も『マルタ島のユダヤ人』も、当代一流の劇作家たちがその円熟期にさしかかるころに書いた作品である。ロバート・グリーンはそれ以前に『アラゴン王アルフォンソス』を仕上げ、マーロウは『タンバレン大王　第二部』で大当たりをとっている。二作品ともに興行師フィリップ・ヘンズロウがかかわり、大衆に受けた。同時期（とくに一五九二年から九三年）にストレンジ卿一座に上演されていた可能性もある。

女性主人公が修道院に入るという筋が『ベイコン修道士とバンゲイ修道士』と『マルタ島のユダヤ人』の両方の物語の中心にある。どちらの劇でも恋人たちがオウィディウス風の「メタモルフォーズ」という言葉を不適切に用いて、女性たちの選択を訝《いぶか》る（ふりをする）。前者ではレイシーが「この変身《メタモルフォーズ》はどこから、ペギー〔マーガレットの愛称〕?」と問う。後者では、マタイアスによれば、アビゲイルは「不可思議にも修道女に変身した《メタモルフォーズド》」。

女性たちはそれぞれ「忍耐づよいグリセルダ」と「ユダヤ人の娘」というステレオタイプを具現する。しかし相違もある。前者では、マーガレットは修道院を出て還俗する。その決意がなければロマンティックな物語が結末に向かえないからだ。一方、後者では、アビゲイルは父親バラバスの計画に従い、宝物を奪い返すために修道院に入るふりをするが、その後は、（『ベイコン修道士とバンゲイ修道士』のマーガレットのように）還俗せよと命ずる父のシナリオを拒む。片や『ベイコン修道士とバンゲイ修道士』でマーガレットのたどる真摯な変節の奏でる主旋律、片やアビゲイルのように本物の修道女になり、同輩の修道女全員とともに毒殺されるという変奏は、両作品の観客に強い印象を与えたにちがいない。

『マルタ島のユダヤ人』のアビゲイルはわれわれの興味をそそる。ユダヤ主義と反ユダヤ主義、カトリシズムと反カトリシズム、修道院制度と反修道院制度のはざまで苦しめられる女性である。はじめ、父親の財を回復するために偽装して修道院に潜入するが、その後、キリスト教に改宗し、本物の修道女になる。彼女が最初に修道院に入る状況は、隠遁の表象型を茶化す『エドモントンの愉快な悪魔』に似ている。父娘ともまったく召命への献身を感じさせない。「ユダヤ人の娘」であるアビゲイルは修道女のふりを演じることに何の躊躇もない。父バラバスは彼女に演技指導をする。バラバスによると、「偽りの召命は目に見えぬ偽善よりよほどまし」。アビゲイルは「偽りの召命」を忠実に演じ、女子修道院長にまことしやかな嘘をつく。「一生を悔い改めてすごしたいのです。あなたの修道院の修道女となって。わがもがきあがく魂をあがなうために」。

恋人マタイアスはアビゲイルが修道院に入ると聞き、「不可思議にも修道女に変身した」と呆然とする。せめてもの腹いせなのか、彼女の身体的な魅力を名残惜しそうに列挙し、だから彼女は「祈りでくたびれはてるより、愛の物語にふさわしく」、「厳粛なミサにあずかろうと真夜中に起きるより、親しい恋人の腕に抱かれるにふさわしい」と屁理屈をこねる。プロセルピナやダナエへの遠回しな連想もはたらき、聖域としての修道院の概念を転倒させる。修道院が危険から逃れるための聖域ではなく、マタイアスはアビゲイルの「不可思議な変身」そのものを一種の刺戟と捉えているようだ。友人ロドウィクに、「その女が君のいうほど美しいなら、訪問に行く価値がありそうだ」といわしめるほどに。多くの作品にあるように、美貌の修道女にたいする（男性の）反応は、本書の序章冒頭で紹介したように、ヨーロッパ大陸観光の一環として若き修道女を訪問し、その珍しさに感嘆すると同時に、（彼らの視点からは）無為に費やされる美を惜しむ男性観光客の反応と重なる。

ロドウィクとマタイアスの決闘を仕組む父親の裏切りを知ったとき、アビゲイルは自発的に修道女になる決意をする。しかし彼女が主体性を発揮するといえ、実際にはその主体性のおよぶ領域はきわめて限られている。『ベイコン修道士とバンゲイ修道士』のマーガレットと同じく、恋人との（生死は問わぬ）別離が修道女になるきっかけのひとつとなる。つまり情緒的な危機に加えて、父の極悪非道を知り、絶望して修道院の門を叩くのだが、真の召命の動機としては不純である。すぐに修道士を呼び、かつての自分をふりかえる。「わたしの考えは脆く頼りなく、わたしはこの世の愚かさにつながれておりました」。だが、「悲しみの代償としての経験」をとおして気づく。「わが罪ぶかき魂はあまりにも長いあいだ、致命的な不信心の迷路を歩いてまいりました。永遠の命を与える御子から遠く離れて」。

皮肉にも彼女の言葉や態度は父バラバスの演技指導を想起させるため、舞台上では本物と偽物の相違がわからない。そのうえ、彼女には事態を変える力がない。父親に悔い改めを促しても、父親は自分がマタイアスとロドウィクを殺害した事実を隠蔽しようとして、娘を含む修道院の全員を毒殺するという決意をいよいよ固めるだけだ。修道女全員の毒殺というモティーフはマーロウの発案らしく、材源は見つかっていない。もっともパーク・ホーナンによると、ユダヤ人の追放以前に、マーロウの故郷カンタベリのユダヤ人街のひとびとが修道院に飲食物を差し入れたという事実はあった（*Christopher Marlowe*, 40–41）。実際、バラバスの極端な殺戮行為の背後にある作者の意図については、そのあまりに過激な残虐さと荒唐無稽な途方もなさに戸惑う現代の批評家のあいだで、いまも議論が絶えない。たとえばブライアン・ウォルシュは、この芝居で現代人の理解を超える「要《かなめ》の疑問」のひとつとして、「バラバスが自分の回心した娘を含めて大勢の修道女を毒殺するとき、観客はこの途方もない仕業を笑ったのか、それとも恐れおののいたのか？　あるいは、大胆さや狡猾さを讃えると同時に、悪事を糾弾したのか」と問う（68）。ラグレッタ・タレント・レンカーは、「アビゲイル殺しは初期近代文学のもっともグロテスクでブラックな場面である」がゆえに、かえって「滑稽であると解釈されることが多い」と推論する(71)。

『ジョン王の乱世』にも認められた反修道院制度が作品の通奏低音である。イサモアは「修道女たちはときどき修道士たちとお楽しみなんだろう?」と口さがなく、バラバスも似たような軽口を叩く。しかし、もっともひどいのは、アビゲイルの死に立ちあうバーナダイン修道士の台詞である。アビゲイルは父親の救済と回心を願いつつ、「わたしがキリスト教徒として死んだことを証してほしい」と述べて亡くなるが、バーナダインは「ああ、しかも乙女のまま。それがおれを何より悲しませる」と混ぜっ返す。修道女アビゲイルは、自身が「霊的お父さま」と呼び、魂の慰めを求める聴罪司祭そのひとに、たんなる搾取の対象とみなされる。あまつさえ、修道士は聴罪司祭としての守秘義務すら弁えず、瀕死のアビゲイルが告解で話した内容をおのが利益のために使う。

作中のキリスト教徒たちは揃いも揃って俗物で、軽蔑にも値しない。そのせいか、アビゲイルが改宗してキリスト教徒として死ぬことを是とすることじたいが反ユダヤ的で、まるで場違いで愚かしくさえ思える。制度化された宗教は揶揄され、道徳は存在しないも同然だ。真摯な決意で入った二度目の修道生活でも、アビゲイルは臨終にいたってなお心ない冗談にさらされ、内的な敬虔を表わす機会をことごとく奪われる。作品に蔓延する苛烈なシニシズム、人物造型の一貫性の無視、驚嘆すべき行為遂行性《パフォーマティヴィティ》ゆえに、内的な敬虔さが充分に表現される余地はなく、「真の」召命が「偽りの召命」によって損なわれてしまう。

3　『チェスの試合』におけるさまざまな修道女の表象型の融合

道徳的に問題のある修道女が登場するトマス・ミドルトンの『チェスの試合』は時事的言及の多さで有名な作品でもある。「世俗の女イエズス会士《ジェズイテス》」を自称する黒の女王《ブラック・クイーン》のポーンは、カリスマ性あふれる女性指導者メアリー・ウォードがモデルとされる。「女イエズス会士」という呼称は、宣教や教育に従事する女子修道会の設立を試みて失敗したウォードの苦闘を揶揄するものだが、この試みを頓挫させた主因は、トリエント公会議で厳格さが強められた女子修道会の禁域制度の遵守であった。

「誤謬」は、前口上で、イグナティウス・ロヨラの亡霊に「黒の女王のポーンを演ずる世俗の娘」のことを伝える。このポーンは黒の司教《ブラック・ビショップ》のポーンの機敏な共犯者として、白の女王《ホワイト・クィーン》のポーンを誘惑し、白の女王のポーンの代わりに自分が黒の司教のポーンのベッドにもぐりこみ、ベッドトリックを仕掛ける。

もっとも、このポーンと歴史上のウォードとの親近性は自明ではない。少なくとも、黒の騎士《ブラック・ナイト》がスペイン大使ゴンドマール伯、太った司教《ビショップ》がスパラート司教デ・ドミニスであるといった露骨なわかりやすさはない。ただ、チェスの試合そのものが白(=善)と黒(=反キリスト)の道徳的葛藤を表わす視覚的な寓話として機能するのは確かだ。白の女王のポーンは、実在のバッキンガム公夫人キャサリンやボヘミアのエリザベス王妃の似姿というよりも、真の信仰と女性の敬虔の擬人化というべきだろう。同じく、黒の女王のポーンもまた、歴史上のメアリー・ウォード(やイサベラ大公夫人など)をモデルとしたというよりも、文化に浸透していた不誠実な修道女のイメージによる造型が大きいといえるだろう。

それでは、かくもゆるやかに流通する人物像を、ミドルトンがいかなる修道女への言及を介して劇中に接収していったのかを検討しよう。イグナティウスの亡霊が尊大な口調で命ずる。「おまえの女子修道院長アルドグンドやキュヌグンド」やそのほかの弱小の聖人はさっさと身を引き、自分に祝日を譲るがよろしいと(すでにイグナティウスは一六〇九年に列福され、二二年に列聖されていた)。

この言説は嫌われ者のイエズス会士ロヨラの霊的傲慢を示すだけでなく、本書第一部で検討した王女たる修道女たちを聖人の座から引きずりおろす。黒の女王のポーンは、黒の司教のポーンが「彼の若く御しやすくおとなしく従順な娘たちをその懐で、親しき懐で大事にする」聴罪司祭であると示唆する。これはイエズス会の聴罪司祭と修練女たちの関係を報告するという触れ込みの、リチャード・ロビンソンの『ポルトガル、リスボンの英国女子修道院の解剖』にひとひねりを加えたものだ。また、黒の騎士のポーンは「修道女たちの果樹園にあるサビナビャクシンの木」のとある効能に言及し、歴史記述に頻出する道徳的脆弱さの表象型をもちだすのだが、これに負けじと黒の騎士もつづく。

これは彼の娘ブランチと娘ブリジットから、
彼女たちのホワイト・フライアーズの安全な避難場所から。
これはふたりの心優しい慈愛の姉妹から、
ブルームズベリの内臓のあたりの。
これら三つはドリューリー・レインの女子修道院から。

（二幕一場二〇〇—二〇四行）

かつてカルメル会の修道院だったホワイト・フライアーズは、一六九七年ごろまで、逃亡者、債務者、娼婦の温床だった。「ホワイト・フライアーズの娘」という呼称は娼婦と同義語であり、ドリューリー・レインもこの職業と結びつけられていた。ホワイト・フライアーズという特別行政区そのものが、いかがわしい女性を連想させる言葉遊びだったといえよう。かつての女子修道院のあった場所は胡散臭い行為を連想させ、囲われた女性の修道生活そのものの特性が伝統的に醸しだす不安を映しだした。一五七〇年代から九〇年代の反劇場のテクストにもあるとおり、劇場とジェンダーの交差点に配された修道女は、演技や誘惑に長けていると根拠なく決めつけられ、女性の修道生活の真剣さに疑義が呈された。修道女や修道院の記憶は抹消され、娼婦や娼館に置換される。しかし、それとて常套的な約束事となっていき、さしたる非難の対象にもならず、不安の原因にもならなくなる。

チェスの試合の頂点で、黒の騎士は女子修道院内での放縦を描写する。「女子修道院の廃墟の生け簀から六〇〇〇もの赤子の頭が見つかった」とアウグスブルク司教のニコラス一世への手紙を紹介する。これはジョン・フォックスの『迫害の実録』のスキャンダルの描写を想起させる。この芝居の修道女は悪の共犯者にとどまらず、みずから悪の教唆におよび、巷に流布する修道女の悪しきイメージをその身に引きよせ、汚名をいっそう強調する。

同時代人による本作の修道女たちへの注釈はいくつか散見される。ジョン・ホルズはゴンドマールが「ドリュ－リー・レインの女子修道院からの手紙」を話題にしたことや、イエズス会士と女性たちの近しさを隠蔽したことに言及する。トマス・ソールズベリは「黒の女王のポーンは世俗的な女イエズス会士」であり、「白の女王のポーンは淑女で、修道女になれとせっつかれるも難を逃れた」と報告する。ホルズもソールズベリも修道女とイエズス会士の親密さをあげつらう。白の女王のポーンという修道女になることを拒む女性にこそ、皮肉にも貞潔の表象型があてはまる。しかも興味ぶかいことに、ミドルトンは白の女王のポーンを高潔さの模範として描くのにとどまらず、黒の女王のポーンに騙されて道を誤らせている。本作は、悪を唆す者から唆される者まで相互に作用を与えあう多様な修道女の表象型をとりこみ、善悪の度合にはっきりと濃淡のある修道女の寓意を観客に伝えるのに成功したといえよう。

第三章でも触れるように、シェイクスピアや同時代の劇作家の作品には、異教とキリスト教の思考習慣との「異種混淆《ハイブリディティ》」が顕著に認められる。たとえば、ウェスタの女神に仕える乙女とキリスト教の修道女を融合させた古典世界の修道女は、このハイブリディティの具現化である。こうした再＝表象は修道女の他の表象型と共存しうる。初期近代イングランドの多くの戯曲が失われている現状では、全体像のまったき回復はもとより望むべくもない。それでも演劇で表象される修道女像が文化的・集合的な記憶に依拠することは、一定の確度をもって推測できる。

また、新しい記憶を不断に生産するメカニズムが作動していることも。

この記憶はつねに信頼に値するとはいえず、一貫性も期待できない。演劇というジャンルの特性上、つねに娯楽性が一義的に追求されるとはいえ、ときに諸条件がうまく絡みあって、革新的で芸術性の高い作品として結実する。史的事実と集団的記憶と劇作家の創造性が混淆しつつ生みだす「修道女」は、現実には一度も存在しなかった宗教改革以前のイングランドの一部、あるいは近くて遠い異邦の文化の一部を構成する。実際には慎重な扱いを要請する宗教的なこの主題にとって、前者にあっては時間的な遠さが、後者にあっては空間的な遠さが安全弁として機能しつつ、特定の作品が再利用されたり、修道女の登場する複数の作品が同時期に上演されたりする。宗教改革が安全な過去へと退いていくにしたがい、修道女の表象型はいよいよ論争的特徴を失って、よりなめらかに丸みが増し、無害で常套的になっていき、より自然に物語の筋に貢献し、筋に溶けこんでいったのである。

第三章　シェイクスピアにみる修道女の表象型

第一節　シェイクスピアはいかに修道女をとりこんだか

　第二部の本章では、初期近代イングランドの演劇において修道女の表象型がどのように流通したかを検討するにあたり、主としてシェイクスピアの戯曲をとりあげたい。

　劇作家たちは文化的に入手可能な一連の表象型《トロープ》に依拠し、結果的に、文化における修道女の表象型のさらなる流通に貢献した。共有する過去から記念すべき人物として甦らせるか、無視によって文化的忘却の闇に葬りさるか、ステレオタイプにして使いまわすか。さまざまな可能性があった。シェイクスピアの演劇には人間の内面を描きだす傾向があり、修道女の表象型を扱うにあたっても、ほかの劇作家にはないひとひねりが加えられる。実際には、この些細なひねりがしばしば大きな差を生む。そこで本章では、シェイクスピアが想像力を介して過去から継承した修道女や女性の信仰生活の象徴的な価値を、自身の審美的および創作上の必要に合わせつつ、いかに活用し接収していったかを論じたい。

シェイクスピアの戯曲の約三分の一に当たる一三作品ほどは修道女を間接的な言及として、あるいはべつの方法で活用する。『リチャード三世』、『夏の夜の夢』、『ロミオとジュリエット』、『ヴェニスの商人』、『リチャード二世』(一五九五頃)、『から騒ぎ』(一五九八)、『お気に召すまま』、『十二夜』、『ハムレット』、『冬物語』(一六一一)、以上の一〇作品で、修道女や女性の信仰生活にかかわる間接的な言及がある。さらに『まちがいの喜劇』(一五九二頃)、『尺には尺を』、『ペリクリーズ』(一六〇七頃)、および長篇詩『恋人の嘆き』(一六〇九―一〇)は修道女を主要登場人物のひとりとする。

ところで、シェイクスピア自身の宗旨を解明する試みにはさほど意味がないと筆者は考える。イアン・ウィルソンは積極的にカトリック説を展開し、パーク・ホーナンはもともとカトリックだったシェイクスピアが時流に呑まれて信仰を捨てたと主張する。しかし、シェイクスピアの作品が読者や観客に語りうることがらから、作者の信仰についてなんらかの結論にいたることはむずかしい。そもそも本書の目的は、シェイクスピアの信仰を確定する教義上の証拠を探すことではない。

それでもシェイクスピアは、(強欲な枢機卿は例外だが)悪意にみちた反カトリック的な描写を避けるがゆえに、他の同時代作家たちとは一線を画する。この点は後述する修道女の表象の議論において確認したい。シェイクスピアがカトリック的な価値についてある程度の知識を有していたことは、作品から推察できる。ただ、あらためて留意しておくべきは、その作品ではあくまで演劇的効果が宗教的な内容よりも優先され、物語の筋の奇想がカトリックにまつわる比喩表象《イメジャリ》よりも優先されるのであって、その逆ではないことである。ビアトリス・グローヴスが論じたように、一般にシェイクスピアの宗教関連の言及には大きな幅があり、「ほとんど月並みであるので(大方の観客にとって)受け入れやすかった」ことを忘れてはならない(Shell, *Shakespeare*, 116; Groves, 30–31)。同様のことが修道女への言及にも当てはまる。大半はさりげなく無造作になされるのだが、文化的記憶にいまだ生きつづける修道女の表象型と観客との親近性を前提としている。

本章では、シェイクスピア作品における暗喩あるいは登場人物としての修道女に焦点を当てる。これら捉えどころのない人物像は、シェイクスピアの女性表象のなかでも処理がむずかしく、批評においても充分に顧みられてきたとはいえない。だが、この系譜を丹念にたどるなら、ジェンダー、ジャンル、および宗教の複数領域におよぶ興味ぶかい布置が浮かびあがるのではないか。

この仮説に立って、シェイクスピアによる修道女の利用をふたつの側面から探りたい。一方で、霊的養成の教父文学における修道女の相反する見解と比較し、教父文学が称揚する象徴的価値がシェイクスピアの世俗的ジェンダー関係の複層化につながったことを確認したい。他方で、シェイクスピア作品における修道女の登場を、本書第一部で確認した歴史記述における修道女の表象型に照らして読みあわせたい。必要に応じて同時代の戯曲と比較し、シェイクスピアの修道女の描写に独自性があるか否かも検討したい。

さらに、シェイクスピアと文化的記憶との関連に着目する。具体的には、女性の修道生活のかたちで中世へのノスタルジアの残映がテクストに痕跡をとどめているかを探りたい。まず女性の嘆き《フィーメイル・コンプレイント》の詩『恋人の嘆き』、つぎに一五九〇年代の作品、ついで中期の作品群『十二夜』『ハムレット』『尺には尺を』、そして最後に『まちがいの喜劇』とロマンス劇をとりあげる（『まちがいの喜劇』は初期作品だが、ロマンス劇との類似からここで扱う）。

第二節　修道女の象徴的価値——『恋人の嘆き』

「かつて甘やかに鳥がさえずっていた、雨ざらしの朽ちはてた聖歌隊席」（ソネット七三番）の「かつて」という一語に、エイモン・ダフィに倣って「宗教的な過去を危険なほどに肯定する［作者の］解釈」を読みこむのはいささか強引かもしれない（Duffy, ‘Bare Ruined’, 53）。しかし、この明らかにカトリック的な（祈る修道女の）表象型を利用することで、シェイクスピアは視覚的にも聴覚的にも、哀愁を帯びた、中世の修道生活のノスタルジックな記憶を呼びさます。この手の引喩に訴えている事実そのものが、自身と文化を共有する読者の能力を前提とする。ここでいう読者の能力とは、聖歌隊席で歌隊修道女が聖務日課の祈りを歌うようすを思い描く想像力を意味する。初期近代の読者にとってはむずかしいことではなかった。依然として中世的な世界観を受け入れており、中世的な感性で見聞きしていたからだ。

一般論として、シェイクスピアは同時代に流通していた修道女をめぐる象徴的な価値に依拠していた。たとえば『尺には尺を』におけるクララ童貞会《マイノリーズ》のごとく特定の女子修道会に言及するとき、それらを厳密な指示対象という以上に文化的象徴として活用する。宗教改革後のイングランドにおける修道女像の希薄な含意を考察するにあたり、教父文学の称揚する修道女の象徴的な価値を思い起こすべきだろうか。これら象徴的な価値がシェイクスピア作品のなかでどのように現われるかを読み解きながら、修道女像が宗教改革以前の匿われた聖域から俗世の舞台へと移されたときに、なにが起きるかを見てみよう。

シェイクスピアは歴史、概念、記憶の各領野において、修道女が担わされる両義性や矛盾を表象型に変貌させただけではない。定型というべき表象型をさらに発展させ、まったく異質で創造的なものに変貌させるすべにも長けていた。演劇的・物語的な状況を詩的に表現するさい、深みを与えるために修道女を独創的に用いた。一例として、シェイクスピアが「女性の嘆き」のジャンルを探求する過程において、誘惑された修道女を罪びととして登場させる技巧を検討する。ここで論じる『恋人の嘆き』は一五九〇年代の慣習どおり、『ソネット集』のあとに収められている。

『恋人の嘆き』は寄辺ない修道女の表象型を想像力ゆたかに発展させ、霊的生活の戒律を遵守しない観想修道会の修道女像を遠回しに浮きあがらせる。美しい若者に捨てられた「移り気な乙女」の嘆きという枠の物語では、若者による求愛の手練手管がことこまかに紹介され、演劇的な効果を盛りあげる。若者の口説きの効力を最大限に示す実例として、「誓願と献身で」縛られ、「修道院という駕籠に」閉じこめられた、「いと聖なる評判高き、神に身を捧げし修道女」が挙げられる。若者があまりに魅力的だったので、修道女の「〔若者への〕熱心な愛(religious love)が宗教の目(religion's eye)をつぶした」のだと。「気まぐれな修道女」の表象型のあからさまな反カトリック的プロパガンダではなく、作者の精妙な言語表現のおかげで、はるかに洗練された詩的ニュアンスを伝えうる。

教父文学の、たとえばアルルのカエサリウスによる六世紀の修道女のための戒律は命ずる。修道女は男性にみだらな視線を送ってはならない。みだらな視線はみだらな魂の先ぶれになるからと。であるなら、ここで語られる修道女は、視線を神のみに向け、愛を神のみに捧げねばならぬところを、視線を若者に向け、結果として愛までも若者に捧げる過ちをおかしてしまった。それがゆえに、清らかな視線「宗教の目」を「つぶし」てしまった。

修道女の物語は語り手の乙女にも波及する。乙女のアイデンティティが、宗教改革以後のみならず宗教改革以前の視点からも、問題視されることになる。『恋人の嘆き』全篇は、「移り気な乙女」が(司祭を連想させる呼称)「わが父」と呼ぶ「尊敬すべき男」に向けて語られる。川西進が指摘するように、この趣向はカトリックの告解の秘蹟を想起させる(48–49)。プロテスタントの改革派により拒絶されたこの秘蹟は、トリエント公会議以降、カトリック教義における重要性を強めていく。罪は神との断絶状態であり、罪の告白は神との和解に向けての告解の秘蹟の一段階だった。しかし、このプロセスは罪びとが罪を深く悔いていないと機能しなかった。神との和解は、三つの段階、すなわち痛悔、告白、罪の償いを経由して達成されたからだ(厳密にいうと、告解の流れには、究明、痛悔、決心、告白、赦し、感謝、償いの七つの局面がある)。

ところがこの世俗の「わが父」は、罪びとを赦すことも罪を償わせることもない。その後、明らかになるが、乙女は罪を悔むどころか、饒舌で自己弁護に余念がない。彼女の口の端にのぼるや、修道女の転落の物語も究極の自己弁護に聞こえてくる。神に身を捧げし修道女でさえ誘惑に屈したのだから、わたしが屈するのになんのふしぎがあろうか、といわんばかりに。詩の結末はひらかれており、最終的な結論は明示されない。よって、「女性の嘆き」のジャンルそのものを骨抜きにするにひとしい。最後の詩行にいたってなお、罪びとたる乙女は、誘惑する若者の魅力が「和解をはたした乙女をあらたに堕落させる」やもしれぬ、と夢想する。かくて修道女は乙女と分かちがたく結びつき、身をもちくずす女性の典型となる。この修道女像には、（フォックスの推奨する「神聖なる結婚」を拒む）乙女をいかがわしい女性と同定する宗教改革の女性恐怖症と、女性を原罪から生まれたとみなす教父アウグスティヌスの不可避的にジェンダー化された女性観とが、絶妙の塩梅で混淆する。

修道生活が女性に一定の自主性と権能を与えたことはすでに述べた。その一方で、修道女には、女性本来の弱さゆえに神への従順に求められる可塑性というジェンダーを超えた理想と、女性ゆえの身体特性を背負ったジェンダーの限界という、互いに矛盾しあう要請と疑念からなる両価性《アンビヴァレンス》が突きつけられた。女性の修道生活への奨めには、ジェンダーに中立的な要請とジェンダーに偏向的な要請が同時に含まれていた。この相反する要請こそ、シェイクスピアが『尺には尺を』において修道女の表象を詳述したさいに、結果的にみごとな手さばきで主題化することになる。

シェイクスピアが教父文学を読んだか引用したかは論点ではない。より重要なのは、その作品のなかで、自身の生きる文化に流通するカトリック的な思考習慣とその他の思考体系とをつなぐ、聖なるものと俗なるものとをつなぐ、ビアトリス・グローヴスいわく「取捨選択的な創造的統合」を達成したその手法である(31)。つづくシェイクスピア作品の解釈では、死者の魂のための祈りなど、宗教改革以前のカトリックの教義や信心の勤めが公式に廃されていた事実を念頭におきつつ、シェイクスピアが歴史、概念、記憶の融合・拡散・相違の運動から醸成される未踏の領野を拓こうとしていたことを確認したい。

第三節　初期作品から『十二夜』まで

一五九〇年代には世俗的なカトリックの復興運動が進展したと、ヘレン・ハケットは主張する。カトリックの信心業への言及がエリザベス一世の宮廷で確認されるのを根拠として、ハケットはこの現象をスティーヴン・グリーンブラットのいう「五〇年効果」に帰する。ヘンリー八世時代の宗教改革以降、一定の時間を経て民衆文化や文学に現われたカトリックの表象型は、年長の世代にはノスタルジックに、若い世代には新鮮に映っただろう(Hackett, 161; Greenblatt, *Hamlet*, 248–249)。もっとも、中世のカトリシズムと反宗教改革のカトリシズムとでは異なる脈絡と内実を有する。両者をひと括りに論じる是非は再検討せねばなるまい。いずれにせよ私見では、現存する同時代の劇作家たちによる大衆向けの戯曲における修道女の表象型《トロープ》の活用状況に照らしてみるかぎり、ハケットの仮説にまったく問題がないとは断言できない。

たしかに、それ以前の一〇年間(一五八〇年代)に比して、修道女への言及のある戯曲の数は増えている。しかし、大半は修道女を主題とする教父文学の価値観に沿ってはおらず、感傷的に郷愁を誘うでもなく、特段の創意に富んでいるともいえない。すでに宗教改革者の手になる演劇などで修道者への揶揄や中傷はひろく流布しており、その意味で『ジョン王の乱世』に登場する大修道院長の長櫃《ながびつ》から現われる修道女、『ハンティンドン伯ロバートの死』の不道徳で不誠実な女子大修道院長や修道女は、以前からの表象型の延長線上にある。しかしシェイクスピアに限るなら、修道女の表象型が確認できる作品の過半数にあたる八作品が一五九〇年代のものであり、そのいずれにも露骨に反カトリック的な含意は読みとれない。

予想に反して、シェイクスピアの歴史劇に修道女の表象型は稀にしか現われない。初期から中期にかけての作品ではわずか二篇にとどまる。『リチャード三世』と『リチャード二世』に一箇所ずつあり、いずれも哀愁《ペイソス》の表象型を下敷きにしているが、登場人物が語りの内容を自分の頭の抽斗からとりだしたかと思わせる説得力がある。イングランドがカトリックだったさほど遠くない過去にあって、修道女や女子修道院は歴史に存在の痕跡を刻んでいた。したがって、シェイクスピアが審美的に中世イングランド世界を再創造するにあたって、修道女や女子修道院の表象を駆使したのは、きわめて妥当な判断であった。

1 「涙にくれる妃」と「祈る修道女」——『リチャード三世』

「涙にくれる妃」と「祈る修道女」。『リチャード三世』にみられる哀愁と献身という対をなす女性表象に含まれる対照性は、教父文学が唱道してきた修道女の相反する霊的価値にも通じる。興味ぶかいことに、シェイクスピアはこの芝居において材源から離れて、わざわざ修道女への言及を挿入している。四幕四場で、いたいけな甥たちの幽閉、さらには暗殺をも辞さず、ついに僭主となったリチャードは、つぎに亡き兄エドワード四世の娘エリザベスとの結婚をもくろむ。これにその母である王妃エリザベスは激怒し、息子たちの殺人者リチャードへの反抗も辞さない。「わたくしの娘たちはといえば、リチャード、彼女たちは祈る修道女にします。涙にくれる妃ではなく」(四幕四場二〇一―二〇二行)。

シェイクスピアは材源から離れて、「祈る修道女」の表象型をエリザベス妃に語らせ、暴君リチャードに昂然と頭をもたげさせる。いたずらに哀愁を誘う受動的な「泣く修道女」の表象型を退けるこの台詞は、これまで確認された種本の王妃とリチャードの会話には見あたらない。リチャードの圧政に逆らい歯止めをかける女性の力に光をあてたシェイクスピアは、本書第一部第三章でも触れたエドワード・ホールの『ランカスター、ヨーク両名家の和合』が描きだす優柔不断なエリザベス妃像を真っ向から否定する。ホールは「涙を流す無垢な修道女」という典型的な哀愁の表象型を紹介するが、シェイクスピアはエリザベスが喚起する修道女のイメージを、ひたすら涙にくれる無力な女性ではなく、祈りによって貢献する凜とした女性で置き換える。

では、エリザベス妃の台詞のヒントはどこから得たのか。やはり種本であるホリンシェッドを参照したかもしれない。ホリンシェッドが引用する、サー・トマス・モアによるエドワード四世の子どもたちについての解説には、国王の七女をめぐる記述がある。「ブリジットはその名前にちなんだひと（聖ビルギッタ）の美徳を体現し、ダートフォードという観想修道会で誓願を立て、戒律を遵守し修道生活を送った」。史実と併せて読むならば、王妃の台詞はいよいよ暴君にたいする毅然としたレジスタンスの響きを獲得する。

シェイクスピアがエリザベス妃に与えたのは暴君に抵抗する自由にとどまらない。修道女となった王女たちの祈りというとりなし（宗教改革以後の英国では公的に廃された役割）の功徳のおかげで、無残な死を遂げた幼い王子たちの魂がすみやかに天国に送られ、彼らの記憶が永遠にとどめられる可能性、というきわめてカトリック的な配慮を裏打ちする自由さえ与えた。修道女たる王女たちは特権的な乙女の状態を保持し、教父たちが称賛した女性の弱さを力に反転させる逆説のメカニズムを作動させる。台詞のなかで祈る修道女の表象型を描きだすことで、王妃は娘たちに純潔の完徳状態を保証する。王妃の台詞のなかで一瞬にせよ浮上する「祈る修道女」の表象型は、もうひとつの読み《オルタナティヴ》の幻影を呼びさます。この読みはしかし歴史上のテューダー王朝の設立という主要な語り《マスター・ナラティヴ》に逆行する。史実では、王妃の娘エリザベスとリッチモンド伯の結婚が王朝の礎となったのだから。

2　「女子修道院に御身を隠せよ」――『リチャード二世』

『リチャード三世』と同じく『リチャード二世』でもシェイクスピアはこれまで確認されている材源から離れ、

寄辺なく悲しむ修道女という哀愁の表象型を入れこむ。といっても、例によって彼ならではのひとひねりを加えることを忘れない。王位を追われたリチャード(二世)は、感動的な別れの場面で、妻に指示する。「汝はフランスに行くがよい。かの地で修道院に匿われるのだ。われわれの神聖なる生命は来るべき世界の王冠を勝ちとらねばならぬ」(五幕一場二二—二四行)。おのれを慕う妻をやさしく気づかい、彼女に修道院への隠棲をうながし、彼女の霊的救済を確保する。同時に、夫に修道院へと送られるうら若き王妃の醸しだす哀愁は、この場面の切なさをいっそう際立たせる。しかし次行で、リチャードは豪華絢爛な言葉の使い手の名に恥じず、殉教の神聖なる言説を大胆にも接収し、「われわれの神聖なる生命は」と、少なくとも言葉のうえでは自身と妃を殉教へといざなう。

ただしこの脈絡では、リチャードの万事に勝る自己憐憫にみちた「王冠」への未練が滲みでる。さらにリチャードの願望をこめた予想が披露される。この後、王妃が世俗的な語り手《ストーリーテラー》に、すなわちオルシーノ公爵が『十二夜』で巧みに描写した、手仕事にいそしむ民話の老婆たちにも似た、あの印象的な語り手に変貌するであろうと。ひとときも手を休めずに歌い語る典型的な女性の語り手については、マリーナ・ウォーナーの著作に詳しい。「汝、わが嘆かわしき没落を語れ。聴き手が涙を流して床につくように」(同四四—四五行)。つまり、妃に記憶の貯蔵庫《メモリー・バンク》を成立させる物語の蒐集者かつ維持者の役割をあてがうのだが、禁域の静寂に匿われた修道女にふさわしく祈りと沈黙によってではなく、共同体における活気あふれる井戸端会議のなかで、王たるわが境遇を情感たっぷりに語り聞かせて記念せよと告げるのである。

換言すれば、リチャードが神とではなく王たる自分自身との関係性において王妃に割り振る役柄は、修道女からおしゃべり婆《ゴシップ》さんへと横滑りする。興味ぶかいことに、いずれの役柄にもジェンダーの偏向がかかり、女性の脆弱さそのものを介して、いわば迂回路を介して女性の権能が強化される。とはいえシェイクスピアが表象型を用いるさいに最優先したのは、あくまでリチャードの自己憐憫にみちた言語的ご都合主義の強調であって、教父たちの教えにもとづく霊性の一貫性のある理解でなかったのは、もとより言を俟たない。

3　弱き修道女の不在――『ジョン王』

修道女への言及を加えることで、シェイクスピアは歴史劇のなかで中世のイングランドを再構築する。しかし同時代劇作家の前例には倣わず、教皇に楯ついた国王が題材であるにもかかわらず『ジョン王』では奔放な修道女の表象型を採らなかった。前述のとおり、シェイクスピアの材源であると広く信じられている『ジョン王の乱世』では、修道女アリスが大修道院長の長櫃にひそみ、修道士ジョンが修道女の戸棚に隠れる艶笑譚が劇化され、反修道院制度的な視座から懇切丁寧な解説が加えられる。他方、シェイクスピアはこれらの逸話をいっさい採用せず、宗教改革者が多分に創作したとおぼしき修道女の罪業にも拘泥しない。もっとも、修道士の不誠実さのほうはいくらか残している(Shell, *Shakespeare*, 11–12)。

『リチャード三世』や『リチャード二世』でわかるように、中世イングランドを舞台とする歴史劇に出現する修道女の表象型は、当の話し手がいかにも使いそうな範疇に属し、それゆえに説得力がある。また、だからこそ道徳的という以上に審美的に適切な瞬間に、カトリックの過去を想像力に訴えて再構築するのに有効にはたらく。アリスン・シェルがシェイクスピアにおける宗教全般の様相について述べるこの一面は、修道女の表象型活用にもあてはまる。

4　ウィリアム・ペインター『悦楽の宮殿』と『ロミオとジュリエット』

初期の作品で、はるかな地域、はるかな時代のカトリック文化圏の舞台を具現するさい、シェイクスピアは女性主人公の軌跡の周縁に女子修道院をいわば素描し、ヨーロッパ大陸の材源への負債の痕跡をうかがわせる。しかし、その痕跡さえロマンスの語りの勢いの前にやがてかき消えていく。カトリックのヨーロッパ諸国とプロテスタントのイングランドとを、歴史と物語とを巧みに結びつけるのが、大陸の短篇物語《ノヴェッラ》の翻訳や翻案である。これらの翻訳や翻案の反響はカトリック国に設定された作品に顕著に認められる。

当時、人気を博したウィリアム・ペインターの『悦楽の宮殿』をとりあげよう。多くの研究者が認めるように、シェイクスピアが『ロミオとジュリエット』を執筆するにあたり、この翻訳コレクションを参照したのはほぼまちがいない。ペインターの材源はカトリック文化圏のものだが、大陸の「物語《ヒストリー》」を翻訳するさい、本書第一部の歴史記述で確認されたものと同種の修道女の表象型をペインターが利用している点が興味をひく。すなわち、みずからを傷つける修道女（「アマドーとフロリンダ」）、想われびとになる修道女（「ラミア、フローラ、ライス」）、そして悲嘆にくれて修道女になる恋人（「ロミオとジュリエット」）などだ。

ペインターにも歴史記述から接収したという自覚はあったらしい。自分の著わす「物語《ヒストリー》」は、歴史記述を尊重していると強調し、歴史《ヒストリー》の事実に抵触することも国王の尊厳を損なうこともないと弁明している。ペインターは歴史好きのイングランドの読者にはなじみ深い表象型を援用し、大陸の修道女をいわばイングランドに帰化《ナチュラライズ》させる。ペインターが大陸から輸入した修道女のイメージが、やがて劇作家たちによって再利用される。

これらの翻訳は貞潔を守る女性に理想的な人生の軌跡を提示する。すなわち修道女になり、神に信頼を寄せよと。「アマドーとフロリンダ」では、操正しきフロリンダはアマドーの求愛から逃れるためにおのれを傷つけ、のちに修道会に入会し、イエスという天上の夫を得る。「ロミオとジュリエット」では、公爵の聴罪司祭という立場ゆえにヴェローナの霊的権威であるロレンス修道士は、フランシスコ会の男子修道院における重要な場面を仕切り、ロミオの死後はジュリエットに助言する。「ある女子修道院に彼女を連れていこう。ときがたてば、そこで悲しみをやわらげ、心を休めることもできよう」。

シェイクスピアの『ロミオとジュリエット』と『から騒ぎ』は、この大陸風の約束事をかすかに響かせつつ、徐々に悲劇を加速させる、ジュリエットとヒアローが人生最大の危機に見舞われたときに、聖域たる修道院という表象型がたち現われる。シェイクスピアのジュリエットの愛の終着点(＝死)の代替《オルタナティヴ》となるのは、トリエント公会議以降のカトリック教義に定められた厳格な禁域内の、神に捧げられた修道生活である。しかもシェイクスピアの『ロミオとジュリエット』に近い類話の大半では、女主人公は一様に修道院に入るのを拒み、敢然と死を選びとる。

実際に修道院に入り、修道女として亡くなる女主人公に出会うには、マスッチオの『イル・ノヴェリーノ』(一四七六)まで遡らねばなるまい。もっとも、女主人公が修道院に入るのは夫が処刑されたあとだが。シェイクスピアのもうひとつの材源であるアーサー・ブルックの『ロウミアスとジューリエットの悲劇的な物語《トラジカル・ヒストリー》』(一五六二)では、修道士がこう誓う。「まもなく用意するとしよう／どこかの修道院に、彼女のために、静かな場所を／彼女が余生をそこですごし／ときとともに、あるいは智慧をもって悼む胸のうちを測り／苛まれる魂に追放された安らぎを呼び戻せるように」。教訓めいた序文「読者へ」で「迷信ぶかい修道士たち(生まれついての不貞の道具)」への非難を怠らないブルックだが、この場面になると語りの哀愁に浸っているのか、いつもの修道士への非難など二の次になる。

ブルックやペインターと異なり、シェイクスピアは瞬間の緊迫感を優先させ、女子修道院が差しだす観想の慰めを説明する余地をロレンス修道士に与えない。ロレンスはキャピュレット家の納骨堂で発見される危険に脅え、ジュリエットに修道院という聖域に逃れようとうながす。「さあ、おいで、おまえを片づけよう、信仰篤い修道女の会に」(五幕三場一五六―一五七行)。だが、ジュリエットは聞く耳を持たない。世俗的でエロティックな価値観が前景化されるや、聖域としての修道院はあっさりと背景に退き、ドラマの怒濤のごときエコノミーがジュリエットを死に追いやる。

ところで、若い女性を女子修道院に「片づける」という表現は、修道院制度についてのより微妙で皮肉な視点が、とくに上演において思わぬ方向に肉付けされる余地を残す。ジェイムズ・N・ローリンによると、エイドリアン・ノーブル演出の公演(一九九五)では、修道士役のジュリアン・グラヴァーが一目散に納骨堂の扉から外に走り出ながら、この台詞を叫ぶことで、あられもない臆病さと不誠実さを露呈させる破目になる(Footnote to 5. 3. 159)。

5 糾弾からの聖域としての修道院——『から騒ぎ』

シェイクスピアは『から騒ぎ』で、修道士が窮地に陥ったヒアローを匿う便法として女子修道会への入会を提案し、手短にその利点を解説することを許している。かりそめの死を装い、クローディオの猛省をうながす策が「うまくいかぬときは、娘を隠せばよい、その傷ついた評判にもっともふさわしいように、世を離れた修道院に、万人の目、舌、頭、侮辱を避けて」(四幕一場二三九—二四二行)。修道会への入会は別系統の避難経路としてさりげなく言及される。それでも、苦しむ女性が逃げこむ聖域たる修道院の表象型に触れていることに変わりはない。しかし、とくに非難にさらされた無辜の犠牲者を匿う修道院という概念は、歴史記述や同時代作家の戯曲に比べると、はるかに型破りで、はるかに個性的であり、聖域に保護を求める女性を貶めるあけすけな意図も認められない。

6 「祈りと瞑想に生きる誓い」——『ヴェニスの商人』

『ロミオとジュリエット』と『から騒ぎ』では、女主人公に修道院生活を勧めるのに最適な人物として修道士が配されるが、『ヴェニスの商人』では、女主人公ポーシャ自身が巧みにこの表象型をわがものにし、率先してネリッサとともに「乙女として寡婦として生きる」(三幕二場三〇九行)意志を表明する。詳細まで宣言する。「わたくしは天にひそかな誓いをたてました。祈りと観想のうちに生きることを、ここにいるネリッサだけにともなわれて〔……〕」。二マイル先に修道院があります。そこにわたくしたちは身を寄せましょう」(三幕四場二七―三二行)。もちろん、この「修道院に身を寄せる」に、修道女として召命を受けての入会の意味はなく、女子修道院での静修を意味するにすぎない。

とはいえ、この宣言にそれなりの重みがあればこそ、ポーシャは家の者を欺き、男装し、夫を助けにヴェネチアの法廷に赴くことが可能となる。この宣言に疑義を呈して計画を危うくする者などいない。作者はポーシャの計略を補うかのように、五幕一場の伝令の報告で締め括る。「あのかたはさまよい、聖なる十字架のところにきては跪き、祈っておいでです。しあわせな結婚のときをすごせますようにと」(同三〇―三二行)。実際、伝令の報告するポーシャは、同行の修道女たちにともなわれて旅をする女子修道院の院長よろしく、「敬虔な隠遁者」(同三三行)とネリッサのふたりに付き添われていた。

修道院に入る女性の表象型はカトリックの信心の勤めになじみのある世界の一部であった。祈る修道女の表象、巡礼の習慣、結婚を控えた女性が静修に入る慣習、これらすべてが文化の構成要素として受容されていた。むろん、ここで援用される表象型そのものが根拠のないでたらめであり、ごくさりげなく披瀝されるので、観客の記憶に明示的に残ることはほとんどない。にもかかわらずこの表象型は芝居の深層構造に嵌めこまれており、ポーシャが「しあわせな結婚のとき」に向かって、「祈りと観想」ではなく自身の才覚に恃んで歩みを進め、ついには目的を達成するのに必要な一要素となる。

7　「氷のごとき貞潔」――『お気に召すまま』と『夏の夜の夢』

氷のごとく貞潔な修道女の表象型に属する言及といえば『夏の夜の夢』が思いうかぶ。中期の傑作ロマンティック・コメディ『お気に召すまま』も然り。『お気に召すまま』のシーリアは戯れにこの表象型を（男性の）オーランドにあてはめる。「あのひとは処女神ダイアナ像の唇をもっている。冬の修道会の修道女だってあんなに信心深く口づけしやしない。まさに貞潔の氷を宿しているというわけね」（三幕四場一四―一六行）。この表象型は女主人公ロザリンドとその従姉妹シーリアが交わす気楽なかけあいのなかで登場する。シーリアはオーランドに惹かれる従姉妹の冗談に調子を合わせ、尾ひれをつけて引きのばし、ロザリンドの軽口を凌駕する。オーランドの男性性を犠牲にするおまけを付けて。

シェイクスピアが修道女の表象型をこのように活用しえたのは、当時のイングランド文化に薄く広く滓のように沈殿し、民衆の記憶を支えていた教父文学の説く貞潔の観念を、卓越した言語センスによって掬いとっていたからではないか。男性を修道女になぞらえ、女性化するという趣向は、シェイクスピアの同時代作家による戯曲にはめったにみられない。例外のひとつは、フレッチャー、フィールド、およびマッシンジャーの共作とされる『マルタの騎士』だろうか。それとて、高徳の若き騎士ミランダが修道女のごとく育てられたという噂を否定する台詞がある程度だが。

『夏の夜の夢』では、結婚を差配する家父長の決定に異を唱える娘に、アテネの法律がくだす罰として、ことさらに悲壮な印象操作で彩られた修道生活が描かれる。「永遠に影さす回廊に閉じ込められ、生涯、石女《うまずめ》の修道女として生きられるか、冷たく実を結ばぬ月へと聖歌をかそけく歌いつつ」（一幕一場七一―七三行）。シーシュスは教父文学が修道生活に寄せる賛美を知らぬでもないらしく、「はやる血気の手綱を絞り、かくのごとき乙女の巡礼を忍ぶは三倍も祝福されし者なり」（同七四―七五行）と述べている。しかし、修道生活を結婚の代替案として呈示することで、前者への表層的な評価をあっさりと裏切る。父に背く娘ハーミアに「永遠に影さす回廊」に生涯とどまる運命を仄めかし、修道生活への奉献に死の比喩表象《イメジャリ》を忍び込ませるからだ。

家父長は娘に死または修道生活の二者択一を突きつけて、おのれの選んだ婿との結婚を迫り、娘を支配しようとする。修道院での生は生の否定にほかならず、結婚での幕引きがお約束の喜劇の女主人公にとっては、そもそも考慮の埒外にある選択肢である。修道女の姿はおぼろげな亡霊のごとく過去から呼びさまされるも、あえなくかき消される運命にある。シーシュスのもって回ったような修道生活への非難は、本書序章の冒頭で述べたように、シェイクスピアの（プロテスタントの）同時代人たちがヨーロッパ大陸の修道院で若い修道女たちに会ったときの、好奇と憐憫ない混ぜの両義的な反応と響きあう。

8 ヴェールをぬぐマドンナ──『十二夜』

シェイクスピアの修道女の表象型はごくありきたりのものとみえて、実際には、過去すなわち「アナザー・カントリー」を創造するプロセスに不可欠な要因である。さらに範囲を拡げて、初期から中期の喜劇にみられる女子修道院での生活への潜在的・間接的な言及、換言すれば女性だけの自給自足の共同体やそうした生活にたいするノスタルジアへの言及をも含めるなら、この範疇に数えられる例はけっして少なくない。『恋の骨折り損』のフランス王女と女官たちの宮廷、『夏の夜の夢』で妖精の女王タイティニアが語るインドの少年の母親との思い出、ヘレナがハーミアに想起させるふたりのかつての親密さ、『お気に召すまま』のほぼ全篇を通じて維持されるシーリアとロザリンドの友情などなど。これらのイメージはジェンダー関係に緊張を生みだす。この緊張は、喜劇の常道である祝祭的な結末への収束にせよ、未決のままの放置にせよ、なんらかの対応を要請し、女性の役割をめぐる宗教的な二項対立の議論を反映する。ただし現代の上演においては、無条件に女性の連帯を連想させるものが、修道院の禁域で祈りに身を捧げる女性の共同体とはかぎらない。ゆえにこれら潜在的・間接的な言及はしばしば脱宗教化されて女性同士の絆として描かれる。

宗教的な二項対立と戯れる『十二夜』は、シェイクスピアのカトリック説を主張する批評家たちにとって情報の宝庫だった(Lecercle)。修道生活への希求は、兄を亡くしたオリヴィアの選択、すなわち「男性を見るのも、男性とつきあうのも」(一幕二場三六—三七行)避けるという決意に認められる。さらに兄の死を悼みつつも、家を切り盛りし、「修道女のようにヴェールをかぶり、歩を進める」(一幕一場二七行)という決意にも。実際、ヴェールをかぶったオリヴィアは女子修道院長を連想させなくはない。もちろん世俗的な枠組に置換されて。融通のきかない執事、読み書き能力に優れた侍女、複数の召使、居候の叔父、これら雑多な人間の住まう家を管理運営する貴族の女性として、男性の支配から独立した自己充足的な共同体を統轄する権威ある女性として。ちなみにアベラールは、二重修道院での女子修道院長と男子修道院長の関係性を王妃(女王)とその執事の関係性に擬え、二重修道院における女子修道院長(たいていは貴族の出自)の職能の高さを匂わせる。もっともエロイーズはこの修辞を真に受けず、男女の修道者を分離して同一の敷地内に住まわせる二重修道院制度は、男子修道院長が女子修道院長を監督する隠れ蓑にすぎないと反論する。

オリヴィアによる表象は同時代の戯曲によくある硬直しがちな表象型と一線を画し、たとえばダグディルの歴史文献に散見される中世の女子修道院の良好な運営を思わせる。オリヴィアがゲルトルーディスに代表されるヘルフタ女子修道院長たちに匹敵する賢明な経営者であることは、セバスチャンの驚きから伝わってくる。もしオリヴィアが正気でないのなら、「家を差配し、従者に命令し、業務を受けては返し、手早く処理し、万事とどこおりなく、思慮ぶかく、沈着な物腰で対応できるはずがない。わたしが見るかぎり、あのひとはそうしている」(四幕三場一七—二〇行)。道化フェステはオリヴィアを「マドンナ」(一幕五場三七行以降)と呼ぶが、この称号はたとえば、ガリレオの娘マリア・チェレステ・ガリレイ修道女の手紙などで明らかなように、一六、一七世紀のイタリアでは女子修道院長の尊称であった。もっとも道化からすれば、女主人オリヴィアの召命の真剣さを茶化す意味合いもあろう。

オリヴィアの運営の特徴は、家の秩序維持を目的とした、彼女と彼女に仕える侍女マライアの協力体制にある。ふたりは女子修道院の修道院長と修道女の関係をなぞるかのように、家の秩序を保つべく協働する。しかし喜劇の要請と物語の進行に合わせ、同性間の協働は異性愛の牽引へと重心を移さざるをえない。ふたりの関係の両義性はディンフナ・キャラハンなどに指摘されている(26-48)。マライアは偽りの手紙を考案することで、オリヴィアの身体性を揶揄して、女主人を裏切る。そして最終的に、オリヴィアは彼女のいわばジェンダーを逸脱した判断力をも制御しうる男性(セバスチャン)を得て、ジェンダー的な常態を恢復する。

オリヴィアが「修道生活」から転向する決定的な瞬間は、文字どおりヴェールをぬぐ瞬間だろう。シザーリオに扮したヴァイオラと対面し、オリヴィアは提案する。「カーテン(＝ヴェール)を開け、肖像(自分の顔)をお見せしましょう」(一幕五場二〇四―二〇五行)。宗教改革期の偶像嫌悪の観点からは、「修道女」オリヴィアがみずからの容貌をイコンに見立てて描写するという趣向は、偶像愛好、すなわち伝統的なキリスト教徒がおとめマリアやその他の諸聖人の肖像に捧げた崇敬を思わせずにはいない。とするなら、肖像を見せるという彼女の行為は、それまでの発言に照らして解するならば、かえってカトリックの聖人や聖画の崇拝にたいする冒瀆へと反転しうる。

(ヴァイオラ扮する)小姓のシザーリオが届けにきたオルシーノ公の求愛の言付けを、オリヴィアは「神学」(同一九三行)または「教義」(同一九六行)に譬え、そっけなく「異端」(同二〇一行)として却下する。一方、オリヴィアがヴェールをとって肖像(顔)を見せても、シザーリオ(ヴァイオラ)は懐疑的だ。崇拝するどころか、宗教改革者の視点を用いてからかい、技巧を凝らしすぎて人工的で、むしろ神に背く表象ではないのかと仄めかす。「すばらしい出来栄えです。神がすべてをお創りになったのなら」(同二〇七行)。オルシーノの筋書きに則った求愛の修辞法に合わせ、オリヴィアは自分の外見の魅力をひとつひとつ列挙する。

禁域での生活を放棄する瀬戸際にあって、オリヴィアは宗教的な二項対立のせめぎあう境界線上をかろやかに歩み、つかの間の葛藤ののち、シザーリオ(ヴァイオラ)の魅力に屈する。「そんなに慌てずに。そっと、そっと──、主人のほうが目当ての男性でもなければ。これはどうしたこと? これほど早くに疫病にかかるとは? この若者の優れた資質が気づかぬうちに、神秘的に忍びより、わたくしの目のなかに這いこんだのです」(同二六三─二六八行)。これは双方を痛撃するアイロニーである。オリヴィアは修道女としての生活を諦めるのだが、その恋の対象は彼女にとって手に入れようのないものなのだから。

かくて「修道女」オリヴィアがシザーリオ(ヴァイオラ)に進んで誘惑されるという表象型は、しばし注目を集めるもあえなく無効化される。オリヴィアの自己愛が、カトリック女性の選択肢であった修道生活への願いの真摯さを脅かす。しかも、彼女の愛の選択が社会的・性的に曖昧なシザーリオ(ヴァイオラ)であるため、オリヴィアは男性の助け手というプロテスタントが理想とする女性像となりえない。目まぐるしく転変する状況にあって、オリヴィアの物語は道徳的に頼りない修道女の表象型を接収しつつ、人物に魅力的な個性を与えると同時に、少年俳優の身体をもって、愛する相手との結婚という幸せな結末をうち砕く。喜劇の約束事はかろうじて維持され、劇的緊張は生き別れの双子の再会と認知という力業の奇想をもって、比較的あっけなく解消される。劇作家は世俗的なるものと神聖なるものの衝突がもたらす不整合性の追求に関心があったのであって、結果そのものには無関心だったと思える。

第四節 『ハムレット』から『尺には尺を』まで

『ハムレット』『尺には尺を』『恋人の嘆き』は、ジョン・ケリガンによれば、いずれも告解を連想させる独白《モノローグ》を巧みに利用する(39–41)。私見では、この三作は女性の宗教的な生への関心も共有する。ハムレット自身も女子修道院の美点に精通しているようだ。宗教改革発祥の地ヴィッテンベルク大学の学生であるから、神学と法学に精通し、修道生活の詳細に明るいのも当然かもしれない。

1　隠語としての女子修道院ふたたび――『ハムレット』

有名な独白「あるべきかあらざるべきか」の直後、祈禱書を読んでいるとおぼしきオフィーリアをみかけたハムレットは、彼女に呼びかける。「ニンフよ、おまえの祈りのなかでわたしの罪のために祈りたまえ」(三幕一場九一―九二行)。「修道院へ行け」(同一二二行)と彼女に命ずる三〇行近く前に、すでに自身の罪の赦しのために祈ることを懇請し、オフィーリアをとりなし役に見立てている。

修道院とあいまい宿の互換性を秘めた両義性については、とくにJ・Q・アダムズやドーヴァー・ウィルソンが「修道院」を「あいまい宿」の隠語とみなす解釈をうちだして以来、多くが語られてきた。一方で、フィリップ・エドワーズ、G・R・ヒバード、アン・トンプソンとニール・テイラーら近年の主要な『ハムレット』の校訂版の編者は、この台詞に先立ってハムレットがすべての生殖の根絶を願い、性的な営みへの嫌悪を言明していることを重視し、「修道院」を字義どおりに、すなわち性的純潔を維持する場という本来の意味に解釈すべきだと考えている。

にもかかわらず、修道院とあいまい宿を同定する定番ともいえるこの解釈は、多分にその意外性と煽情性ゆえに、現在でもひろく流通している。歴史記述が構築した修道女の表象型の記憶の貯蔵庫《メモリー・バンク》については、本書の第一部で論じた。修道院とあいまい宿の互換性が着目されやすいのは、文化にあまねく浸透し、すみずみまで蔓延した「気まぐれな修道女」または修道院における放縦の表象型が、現代の批評家にも少なからぬ影響を与えたからといえるのではないか。

しかしながら、文化的記憶に蓄積された表象型が、一方で硬直や忘却につながる場合もあれば、他方で審美的な観点から独特の命を吹きこまれ、修道院や修道女を記念してことほぐ場合もある。ここでは第二クォート版と第一フォリオ版で五回、第一クォート版では八回も反復されるハムレットの命令が、字義どおり、修道院における女性の共同生活へのノスタルジアと解釈できることに着目したい。

修道院に行くなら、オフィーリアはありのままでいられる。乙女のままで生き、一〇〇パーセントの救済の望みのうちに生きていけばよい（本書序章一五頁を参照）。そうなれば、「天と地のあいだで這いつくばる」（同一二八行）ハムレットのごとき輩を「信じ」（同一二八行）、「罪びとの作り手」（同一二二―一二三行）になるよりも、社会においてははるかに優れた貢献ができるというものだ。ハムレットの男性嫌い《ミサンドリー》の結婚観は、横暴な夫や死と隣り合わせの出産といった不確定の危険にさらされるよりは、修道院に入って貞潔を守る人生を勧める教父たちの教えに呼応する。「修道院へ行け」というオフィーリアへの指示は、ハムレットの考えでは、愛するひとを修道院にゆだね、理想的な状態に保たせることで、ひとつの結婚を根源としてデンマーク全土を汚染している穢れから彼女を救いだす試みなのではないか。もっといえば、ハムレットのオフィーリアへの指示の根底には、「祈る修道女」オフィーリアのとりなしにより、自身が罪から救済されたいという痛切な願望があると考えるならば、自身の救済をオフィーリアに賭したという解釈も成立するだろう。

一般に、『ハムレット』は記憶に焦点をあてた芝居だとされる。時代錯誤を承知でいえば、宗教改革の一連のできごとがトラウマ的であるため、文学でも歴史学でも、近年の研究は世俗的な視点から「文化的記憶と歴史的トラウマが接触する境界面」を探ってきた。修道院解体のさなかとその後の元修道者たちにおけるＰＴＳＤ（心的外傷後ストレス障害）の症状を詳細に吟味し、歴史と物語の交叉点を考えていくうえで示唆的な研究成果を導きだした例もある（Cunich, 227–238）。

ハムレットはオフィーリアに「ニンフよ、おまえの祈りのなかでわたしの罪のために祈りたまえ《リメンバード》」と呼びかける。そこに仄めかされる祈る修道女の表象型は、狂乱の場でオフィーリアの口ずさむ巡礼などのカトリック的なモティーフを思わせる歌などの切れ端と響きあう。狂気に陥ったオフィーリアはローズマリーの象徴を承知しており、王や王妃ら周囲のひとびとを「心にとどめて」(四幕五場一七四行)とうながす。ローズマリーの花言葉に絡めたかのごときオフィーリアの歌と身ぶりは、祈りによって死者の記憶をとどめるという修道女の役割を想起させ、ほかの登場人物にもこの役割の継承を暗に奨める。

最後の歌は、(歌詞では特定されないが)父親とおぼしき男性の死を悼み、祈りで締め括られる。「彼の魂に神のご慈悲を。すべてのキリスト教徒の魂にも。[神に祈ります。]神がみなさんとともにいますように」(同一九四―一九五行)。宗教改革後、死者のための祈りが禁止された事実に照らすなら、きわめて大胆な言説であると、アリスン・シェルは示唆する(*Shakespeare*, 106–119, esp., 111–112)。もっとも、正気を失った女性の口から語らせることで、その転覆的な含意はかなり弱められる。死者の煉獄での苦しみを短くする祈りの効用が廃された文化においては、この文句が聴き手の立ち位置に応じて、一方ではカトリックだったさほど遠くはない過去へのノスタルジアをおぼえさせただろうし、他方では意にも介されずあっさりと看過されただろう。

シェイクスピア作品にみられる修道女の表象型の背後には、修道女の祈りという機能がつねに見え隠れする。先行する場では修道院に行けと命じられたオフィーリアが、狂気の場では修道女のとりなし役を演じていると解釈できる。では、狂乱の場はなぜあれほど強烈に想像力に訴えかけるのか。第一に、哀愁あふれる女性が醸しだす哀れな光景が胸を打つからだ。第二に、うつろなまなざし、切れ切れの言葉、ぎこちない手ぶり身ぶり、錯綜する記憶は、彼女の経験したトラウマ的な喪失をありありと想起させるからだ。

修道女が心身症《サイコソマティック》の症状を示したことに、たとえばロバート・バートンは気づいていた。バートンは「乙女、修道女、および寡婦」が憂鬱《メランコリー》にかかりやすいと主張し、大著『憂鬱の解剖』第三版（一六二八）にわざわざあらたな項目を加えている。さらに、当時の直近の歴史が証するところでは、修道院解体で修道院を追われた修道女や修道士の多くが心的外傷後ストレス障害に苦しんでいた。

いうまでもなく、歴史上の修道女を単純に創作上の修道女と並べて論じることはできない。ましてや、ほんの一瞬、それも狂気の混沌のなかで、祈る修道女の表象型を担った創作上の人物にすぎない女性なのだ。しかしひとたびシェイクスピアの手にかかるや、オフィーリアの狂乱の場がもつ圧倒的な情緒への訴求力が、喪失、悲嘆、無力といった含蓄に在ることがあらわになる。それは同時に、舞台上で適切に個性の肉付けがなされた戯曲の登場人物が、薄れゆく記憶のなかでおぼろに思い出される最近の歴史の文脈にあてはめられる過程でもあった。精神に錯乱をきたした女性に祈らせることで、宗教改革以前の教義的な重みを台詞から戦略的に減殺してもなお、オフィーリアの祈りが共鳴する聴き手に働きかける余地が残っている。

2 『尺には尺を』——教父文学との関わり

修道女をめぐる主題を前面に押しだす『尺には尺を』は、とりわけ本書で精査する価値のある作品といえよう。議論は二部に分かれる。まずは作品を霊的養成についての教父文学の観点から検討し、ついで本書第一部で論じた歴史文献に即して検討する。この作品が提示する解釈の可能性を吟味していくうえで、ふたつの読みを並列で記したい。

『尺には尺を』では、シェイクスピアは材源から離れて、女主人公イサベラをクララ童貞会の修道院への修練女志願者とした。イサベラとの会話で名前のない修道女（聖フランシスコの女性形のフランシスカという修道会ゆかりの名がト書きにのみ認められる）が述べるところでは、この修道院は俗世界から隔離された禁域を厳格に遵守する。トリエント公会議でさらに強化された修道院の戒律遵守が、シェイクスピアの念頭にあったのだろうか。イサベラの名前は、フランス王ルイ九世(聖ルイ王)の姉妹イザベルにちなんでいるのかもしれない。ロンシャンにクララ童貞会を設立したイザベルは、不屈の精神でみずからの修道会のための新会則を申請し、会則の第二改訂版はイザベル・ルールと称されている。

現存する中英語のイザベル・ルールは、教皇ボニファティウス八世による改訂を経て、ロンドンのオールドゲイトにあったクララ童貞会の修道院で使用されたと思われる。この規則によると、修道女は訪問者との面談にさいして少なくともふたりの立ち合い人を求められる。だが、『尺には尺を』で述べられるふたつの規則――男性と話をするときは顔を見せない、および、男性に顔を見せているときは話さない(*The Rewle of Sustris Menouresses Enclosid*)――についてはとくに言及はない。シェイクスピアは史的なイザベル・ルールに手を加え、さらなる禁域の強化や男性の目からの修道女の隔離を示唆し、顔を見せているときは聴覚的な抑制によって視覚的な露出を帳消しにする。歴史的精確さよりも演劇的効果が優先された結果、ありえないほど厳格な会則が希求されたのである。

批評家たちは、本作と歴史とのつながりを特定するという抗しがたい誘惑にかられてきた。クララ童貞会はロンドンのオールドゲイトのそば、マイノリーズと称される地区に修道院があった(Seton, 72-73)。ストウが個人的な追憶を混ぜこみ、情感たっぷりに紹介した女子修道院である(本書第一部第三章七七―七八頁参照)。シェイクスピアが住居を定め、活動していた地域からも遠くない。イサベラがこの修道院で修練女を志願するという設定を思いついた一因かもしれない。一方、イサベラの名前はシェイクスピアの親戚で、故郷ストラットフォード＝アポン＝エイヴォン近くのロックソール修道院で修道院長だったイサベル・シェイクスピアにちなんでいる、と指摘する批評家たちもいる(Richmond, 35-36; Milward, 'Religion', 116)。ついでながら、ロックソール修道院についてはダグデイルの詳細な報告がある(本書第一部第四章九三―九四頁参照)。

上記の可能性やその他の可能性が、シェイクスピアの創作であるイサベラのなかにゆるやかに流れこみ、互いに支えあい、象徴として最大限の効果をあげている。さらに、イサベラの敵であるアンジェロの名前には、教父アンブロシウスの『貞潔なるひとびとについて』の「貞潔はひとを天使にする。それを実行するひとはなんびとでも天使であり、それを失うひとは悪魔である」を連想させる皮肉な響きが聞き取れるのではないか。もちろん、アンジェロという名前はアンゲロス(伝令)すなわち代理人を意味し、義務を遂行できなかった堕天使の含意もあることはいうまでもない。

イサベラは修道院の会則を正しく守り、教父文学の霊的養成の教えに従うが、そうすればするほど二重に皮肉な効果を招きよせる。第一に、大団円で結婚という円満解決をうながす悲喜劇の要請に逆らうことで、戯曲の最後を未決のまま終わらせる。第二に、ジェンダーに縛られた理想とジェンダーを超えた理想のあいだで板挟みになった修道女が、期せずしてあらわにする会則や養成の限界を予見させる。

教父文学が修道女に期待したのは身体的純潔の維持だけではない。霊的純潔の証として家族の絆を捨てることをも求めた。したがって修練女志願者たるイサベラが、兄の生命とひきかえに自分の純潔を危うくするのを拒否することは、非の打ちどころなく正しい決断であった。しかし、悲劇的な含意が喜劇的な筋書きを少なからず圧迫するこの悲喜劇にあって、イサベラは自身が避けたいと願ってやまぬロマンティックな女主人公の役割をほとんど逃れえない。彼女が陥る苦境は、彼女が遵守せんとする修道会会則の内在的な矛盾をあぶりだす。ジェンダー的に偏向する性的純粋さと、ジェンダー的に中立な愛徳《カリタス》の理想とのあいだに、どうやって折り合いをつけるのか。

理想化された修道生活が課する過剰な拘束へのイサベラの憧憬は、彼女をしだいに抜き差しならぬ窮地へと追いこんでいく。過剰な拘束を望むことじたい傲慢であって、修道女にふさわしくないと解釈されるだけでなく、アンジェロのこれまで眠っていた欲望を呼びさます。新参者の修練女志願者イサベラが、すでにして充分に厳格なクララ童貞会が遵守している会則よりも「より厳格な束縛」(一幕四場四行)を熱望すると、そのあまりに過激に響く宗教的言辞は疑念を生む結果となる。限度を知らぬ霊性の希求は異端の温床としてカトリック側にもプロテスタント側にもひとしく警戒されたのである(Kessel, 162)。

実際、イサベラの駆使する陶酔的な殉教の言説はみずからを乙女殉教者の列に加えると同時に、皮肉にも本人の望まぬ関心のかたちをとって跳ね返ってくる。「たとえ死刑を宣告されていようとも、鋭い鞭の痕をルビーのごとく身に纏いましょう」(二幕四場一〇〇―一〇一行)。修道女と乙女殉教者という二重の受苦のイメージは、本人の意図せぬエロティシズムを生み、謹厳実直なはずのアンジェロの情念に働きかける。アンジェロは堅苦しい道徳観の持ち主で、公爵の留守中にウィーンの法律を容赦なく適用せんとするが、これまた皮肉なことに禁忌の魅惑に溺れるかのごとく、イサベラの極端な言説にかえって想像を逞しくし、興奮をおぼえる。

そこへ修道士に変装したウィーン公爵が現われる。イサベラは公爵を聴罪司祭だと思いこみ、彼の指図するままベッドトリックに協力する。霊的養成に定められた行動規範に則って。トリエント公会議後、修道女や女性神秘家は霊的指導者といっそう緊密な連携をとるようになり、霊的指導者はしばしば彼女たちの同輩、友人、そして教え子となった(Kessel, 162)。修道女と聴罪司祭兼霊的指導者は、しばしば双方向において操作的な関係になりやすかった。修道女を対象に禁域制度が厳しく徹底されると、聴罪司祭が修道女と聖俗双方の権威とのあいだに立って、前者の保護者、後援者、代弁者とならざるをえなかった。

『尺には尺を』の同時代の例としては、一六〇四年に始まるジャンヌ・フランソワズ・ドゥ・シャンタルとフランソワ・ドゥ・サールの協力関係が挙げられる。シャンタルが創立した聖母訪問会は禁域制度に抗議した活動修道会だ(Ranft, 115–117)。しかしこの芝居では、修道士に扮する公爵はいわば詐欺を働いており、罪びとの魂をかき乱し、(偽りの)告解へと誘う。それでもプロテスタントの教義によると、心からの自責の念を呼びさますのであれば、彼が聖職者でなくても問題にはならない(Kerrigan, 40)。

皮肉なことに、イサベラが公爵と結託することで、「修道院」の二重の含意《ドゥーブル・アンタンドル》が脱隠喩化《アンメタファー》される。イサベラは修練女志願者《ポステュラント》から周旋屋《プロキュレス》となりはてる。「聴罪司祭」にたいする従順という修道者の美徳を実践した結果がこれである。すると、イサベラはもうひとつの修道者の美徳である、愛徳《カリタス》を実践し、アンジェロの命乞いをする。イサベラがアンジェロの罪にたいして報復でなく赦しを選んだことは、自己愛から神への愛へ、あるいは至高の善である悪の赦しへの前進《プログレス》を示唆する。

ところで教父文学では、こうした霊的動態《ダイナミズム》は修道女ではなく修道士の養成の特徴である。前述のとおり、修道女はすでに純潔の体現であるから霊的完成形すなわち完徳の状態にあるとみなされ、完徳をめざす動態的な霊的登《とう》攀《はん》はそもそも期待されていない。とくに興味をひくのは、イサベラの動態的《ダイナミック》な霊的前進が、逆説的に、修道女を教え導くと称する教父文学の男性中心的な言説の限界を露呈することだ。イサベラが教父文学の教説に従うなら、あるがままの彼女にとどまらねばならない。一方、悲喜劇的な筋書きの要請に従うなら、彼女は在りかたを変えねばならない。しかし後者の要請に従うなら、乙女たる修道女に定められた役割から逸脱する危険をおかさねばならない。

(アンジェロに言い寄られる志願者)イサベラと(アンジェロに捨てられた許嫁)マリアーナは、人類という共通の家族のなかで姉妹関係《シスターフッド》を分かちあう。この関係性はイサベラがマリアーナの嘆願に耳を貸し、彼女とともに公爵の前にひざまずいて、マリアーナのためにとりなしをするときに肯定される。イサベラの行為は、彼女が自分とマリアーナとの由々しき類似を(不承不承に)認めることを意味する。それより以前に、マリアーナは公爵に謎かけをして、彼から彼女の正体をめぐる質問をひきだす。彼女は妻か、乙女か、寡婦か、という質問だ。マリアーナ自身、アンジェロに捨てられ、ベッドトリックでイサベラの身代わりとなってアンジェロと床をともにするので、妻でも乙女でも寡婦でもない。マリアーナの答えはすべて否定形であるが、イサベラが自身のアイデンティティについてこれらの質問に答えるとすれば、すべて肯定形になろう。イサベラは（人間の男性ではなく）キリストとの関わりにおいて、妻であり、乙女であり、寡婦であるからだ。

イサベラの乙女として志願者としての特権的なアイデンティティは、マリアーナの身体が彼女の身代わりとして差しだされることを前提としている。イサベラの（修道女としての）完全な状態は、マリアーナがいわば堕落を買ってでることで維持される。捨てられ、周縁化されたマリアーナは、顔を隠し、沈黙したまま、たんなる肉体すなわち「無（nothing）」（五幕一場一七六行）へと貶められる。マリアーナにいかに多くを負っているかを考慮に入れるなら、イサベラのとりなしはいかにも形式的でそっけない印象はまぬかれえない。

一方、イサベラの視点に立つならば、マリアーナはアンジェロとやがて結婚するという契約を交わし、彼への愛をつらぬき、進んで身代わりになったのであるから、犠牲者ではない。さらに、誠実な志願者であるならなおさら、イサベラは特定なひととの友情を避けるべしという、教父の指導を守っているのかもしれない。理論的には、友人や親戚より匿名の罪びとのためにとりなすほうが、たやすく公平性を保つことができるとされていた。ゆえに彼女のいささか説得力を欠くとりなしが、修道女にふさわしいとみなされてもふしぎはない。しかし演劇的な整合性の観点からは、イサベラの性格を解釈するうえで、ちょっとした難問を生じさせる契機となる。

最終的にイサベラの修道生活への献身は、悲喜劇の図式《スキーマ》に彼女が加えられることで無効にされる。イサベラは志願者から妻へと転落せねばならない。あまつさえ、修道女という過去の遺物たる文化的構築物は沈黙を強いられ、芝居の最終場面からあっさりと抹殺される。妻という存在によって上書きされて。しかし、ここで疑問がもちあがる。修道女が妻に上書きされる、と安心して決めこむことはできるのか。シェイクスピアはイサベラが妻になることを明示せずに幕を下ろしているのだから。

なによりも注目に値するのは、公爵の遠慮がちな求婚に最後までイサベラが返事をしないまま芝居の幕がおりることだ。法的に有効な結婚の定義となる、両者の合意の欠落を暗示するからである。これは、一二世紀に教皇アレクサンデル三世が採用した結婚における合意の理論であり、一七五三年まではイギリスにおいて決定的な教義だった(O'Hara, 10–11)。シェイクスピアは宗教的な価値をとりいれることで、最後のイサベラの(批評家のなかでは)解釈が分かれる沈黙に、修道生活への不敵な回帰を読みこむ余地を残している。男性である公爵の言葉に返事がないのは、ジェンダーによる分離を映しだす、戯曲冒頭の(登場人物の)名もなき修道女の指示を、この期におよんで遵守しているからとも解釈できる。「(男に)顔を見せているときは話さない」(一幕四場一三行)規則どおりに。

最終的には、服従する妻であるにせよ、従順な志願者であるにせよ、あるいはそのどちらでもないにせよ、イサベラには避けがたくジェンダーがつきまとう。信仰と疑念、救済と逸脱、この微妙に侵犯しあう聖俗の問題に本作が慎重に探りを入れるにつれ、イサベラの言動は文化と演劇の約束事としてのジェンダーとジャンルにいよいよ解決のむずかしい緊張をもたらさずにはいない。

3　『尺には尺を』——歴史との関わり

つぎに、イサベラを歴史書、とくにフォックスやストウが描く修道女と突きあわせてみよう。といってもフォックスやストウがシェイクスピアの材源だったと提案するのが狙いではない。むしろ主眼は、初期近代イングランドの文化に流通する修道女の表象の脈絡に、『尺には尺を』を置き直すことにある。あからさまに宗教的な係留地から切り離され、世俗文化のただなかに放たれた修道女は、相矛盾する反応をひきおこす触媒となる。第一部で論じたように、歴史記述には修道女や修道院への言及が山ほどあるが、フォックスのプロテスタント擁護の議論も、ストウの大方は非分析的な記述も、修道女や修道院の記憶そのものの保存に専念する一貫した組織的な企てにはほど遠い。この曖昧さにもかかわらず、いやだからこそ、フォックスやストウではゆるやかに特定できる修道女の表象型が、たとえば『尺には尺を』のような、かならずしも修道女や修道院を記念する意図があるわけではない戯曲でも、ある程度までは認められるといってよい。

歴史に登場する名家出身の権力を有する女子修道院長に遠くおよばぬだけでなく、イサベラの身分にはいささか曖昧なところがある。芝居の冒頭近くで、名のない修道女はイサベラにルーシオの呼びかけに答えなさいとうながす。自分とは異なり、イサベラは「まだ誓願を立てていない」(一幕四場九行)というのがその理由だ。兄クローディオは「今日、わが妹は修道院に入り、そこで志願の認可(approbation)を受ける」(一幕二場一五八―一五九行)と明言し、ルーシオはイサベラを「この修道院の修練女(novice)」(一幕四場一九行)と呼ぶ。当のイサベラは「女子修道会(sisterhood)の見習いの身(probation)」(五幕一場七二行)を自称する。ほかの登場人物の発言も曖昧模糊として掴みどころがない。副院長(司祭)は彼女を「まもなく女子修道会(sisterhood)の一員になる、あるいはもうなっているやもしれぬ」(二幕二場二二―二三行)と推測し、召使はあっさりと「イサベルと申す者で修道女《シスター》」(二幕四場一八行)と取り次ぎ、公爵は「若き修道女《シスター》」(三幕一場一五二行)と呼びかけるなど、めいめいが彼女に適当な名称を与えている。いずれにせよ、だれもが一致して彼女の「修道女らしさ」を認めていることには疑問の余地がない。

志願者(aspirant, postulant)はたいてい、修練女(novice)になる許可を得るに先立ってしばらく修道院で暮らす。ゆえに修道会の会則に親しんでいると考えてよい。前述の中英語のイザベル・ルールによると、おそらく戯曲冒頭の志願者イサベラは、支給されたてのウールの長衣《カートゥル》と(誓願を立てた修道女の黒いヴェールではなく)白いヴェールを纏っていたであろう。であるなら、修道会に入会するさい、象徴的な再=着衣の行為という新参者の最初の儀式を経験したことになる。その後、修練長のもとで教育を受けて修練を積み、寝食や勤めにかかわる修道生活の厳格な規律に慣れ、一年後に誓願を立てる。

志願者という立場上、会則について一定の知識があることを考慮に入れるなら、イサベラの開口一番の突拍子もない台詞「そして、あなたがた修道女に、これ以上の権利はないのですね?」(一幕四場一行)は無意味に聞こえる。だが、この台詞は召命に従おうと熱望するがゆえの発言であった。たたみかけるように最初の問いの趣旨が説明される。「わたくしはより多くを求めるのではなく、むしろよりいっそう厳格な束縛を望む者として伺っているのです。修道会に、聖クレアの盛式立誓修道女の方々に」(一幕四場三―五行)。

イサベラはクララ童貞会の厳格な戒律を喜んで守ろうとする。これを歴史記述書で執拗に反復される警告、すなわち修道院は召命の足りない未熟な候補者を受け入れてはならぬという警告と考えあわせると興味ぶかい。既述のごとく、『迫害の実録』の序文に「修道女(nun)」の語が初出するのは、つぎの警告においてである。「なにを奉ずるかを識別し選択する良識を充分にそなえた年齢に達する以前に、うら若き乙女は修道女のヴェールをかぶるなかれ、誓願を立てるなかれ」(本書第一部第一章三二頁参照)。フォックスの懸念は教会の刷新と修道院制度にひそむ悪弊の是正という彼の課題の反映である。会則についての充分な知識や明確な召命の自覚は、イサベラの修道生活への適性の証左となる。フォックスならイサベラを彼の分類する「気まぐれな修道女」ではなく「修道女にふさわしき貞潔」の鑑として(しぶしぶながらも)認知しただろう。

軽薄なルーシオでさえイサベラの道徳的な高潔さを疑わない。最初の呼びかけの「めでたし、乙女よ、汝が乙女なら――薔薇の頬がそのまことを吹聴しているが――」(一幕四場一六―一七行)でルーシオはやんわりとからかっているものの、イサベラのアイデンティティを確認してからは、とくに彼女の貞潔を疑うようなふざけた駄洒落を飛ばしはしない。換言すれば、イサベラの召命そのものが嘲りの対象になることはない。ルーシオはイサベラに向けてつづける。「[あなたを]天国において聖人になった方とみなしますよ、この世を捨てた方ですから。不滅の魂です。真心から話しかけられるべきお方。聖人同然に」(一幕四場三三―三六行)。(プロテスタントの殉教者と異なり)「[……]その唯一の理由というのが、厳粛に立てられた貞節の誓い」(本書第一部第一章三七頁参照)を理由に列聖された修道女にたいするフォックスの非難と比べるなら、この台詞に含まれる肯定的な意味合いは明らかだ。しかしイサベラ自身がルーシオの主張を冒瀆的であるとにべもなく却下する一方で、アンジェロはイサベラの魅力に惑わされた自分自身に聖人の暗喩をあてはめ、「ああ、狡猾な敵め、聖人を釣るために、べつの聖人を釣針の餌につけるとは」(二幕二場一八四―一八五行)と自嘲する。

初期近代の記述から特定できるいくつかの修道女の表象型は、相互に排除しあうとはかぎらない。たとえば、哀愁の表象型、英雄たる修道女の表象型、王と修道女の表象型、女預言者たる修道女の表象型、とりなし役として祈る修道女の表象型などは共存しうる。司祭や修道士の物語と異なり、修道女の物語を特徴づけるのは、感受性への鮮烈な訴求力である。当然ながら、修道女のジェンダーと大いに関係がある。事実として哀愁の表象型は教会史や古物研究のテクストに頻出する。

第一部ですでに指摘したが、エドワード・ホールの『ランカスター、ヨーク両名家の和合』にみられる「修道女」の稀少な使用例を再掲しよう。英国王ヘンリー五世の治世二年目に通過した法案をめぐり、「太った大修道院長は苛立ち、傲慢な小修道院長は眉間に皺をよせ、貧相な修道士は悪態をつき、無垢な修道女は涙を流した」と、修道女の表象に込められた哀愁が示唆されたのだった(本書第一部第三章七〇頁参照)。ルーシオがイサベラに勧めるのは、まさにこの「無垢な」涙を流す修道女の、哀愁あふれる表象型を演じることなのだ。いかに意に染まなくとも、ひざまずいて、アンジェロのガウンの裾に「すがりつく」ように、とルーシオは典型的な嘆願者の姿勢を推奨する。このようにシェイクスピアは、初期近代イングランドの文化的記憶に流通する修道女の表象型を巧みにとりいれた。それはとりもなおさず、迫害される無垢な女性を具象化して想像力をかきたて、権力と無縁だと思われる清浄な存在の苦悩によって、観客の感受性に訴えることであった。

志願者イサベラの魅力にいまだかつてないほど衝撃を受けたアンジェロは、イサベラの身体という「聖域」を「破壊」したい(二幕二場一七五行)という自身の欲望に怖れおののく。女子修道院と修道女を聖域とみなす発想は、哀愁の表象型と英雄たる修道女の表象型の両方に関係する。とくに古代ブリトン人の修道女や修道院が敵対するサクソン人の暴力に、あるいは、サクソン人の修道女や修道院がデーン人の暴力にさらされる描写にみられる表象型である。

ストウの『イングランド年代記』に修道女がはじめて登場するのは「ブリトン人とサクソン人」の部分である。ロンドン司教ヴォディンはサクソン人のヘンギストの手にかかり、ケント州中の教会が掠奪され、修道女が犠牲になった(本書第一部第三章七二頁参照)。同じくストウは、後代の事例として、貞潔を守るために自傷も厭わなかった(サクソン人の)修道女たちを英雄と讃えた。「貞潔が美に優先された稀有なる模範」という欄外の注釈つきで。英雄たる修道女の自傷行為の表象型は、兄の命とひきかえにアンジェロに貞潔を捧げるか、原始教会の殉教を連想させる拷問に堪えるか。イサベラに突きつけられた究極の二者択一を裏打ちする。しかしイサベラはいっこうに怯む気配がない。「鋭い鞭の痕をルビーのごとく身に纏いましょう。みずからを死にいたらしめるまで打ちすえて」(二幕四場一〇一—一〇二行)。イサベラのこの台詞は、自虐的な鞭打苦行をのぞき見するごとく、聞く者の劣情をそそると同時に、英雄たる修道女の表象型を包摂している。この表象型は人為的な構築物であり、歴史の書き換えの典型例である。この表象型を英国プロテスタント史に接収するとは、すなわち「ノルマンの頸木」に屈する以前の初期(アングロ・サクソン)教会の穢れなき無垢を恢復することにほかならない。

戯曲の終幕でイサベラが公爵の求婚を受けたか拒んだかについては、さんざん議論されてきたが、国王とその想われびとまたは妃になる修道女または元修道女の表象型という脈絡でとらえるなら、あらたな潜在的要素が透けてみえる。ストウの著作には「修道女(religious votary)」であったかもしれないエドワード殉教者王の母親や、「彼の王国でもっとも神聖なる娼婦」とされるエドワード四世の想われびとが登場する（本書第一部第三章八一頁参照）。教皇の特免状を得て、立誓修道女と結婚する王の記録は枚挙にいとまがない。この表象型は、フォックスとストウがともに報告する、ノーサンバランド王エグフリドの妃エゼルドレダの物語にも認められる（本書第一部第三章八〇頁参照）。かくてイサベラは「神聖」にして「娼婦」という、為政者に求愛される修道女がかかえる矛盾の体現者となる。結婚か召命かという選択は相互排除的な二者択一ではないのかもしれない。

「喉を伸ばして大声で世間にふれてまわりましょう。おまえがどんな男かを」（二幕四場一五四―一五五行）とアンジェロの悪行を暴こうとするイサベラの諫言は、女預言者たる修道女の表象型を喚起する。もっとも「世間」に真実を述べる機会を与えられぬまま、最後に沈黙するイサベラは挫折した女預言者といえるかもしれない。それでも彼女の率直さは、果敢にもときの教皇に正面切って苦言を呈し、カトリック教会にその没落を警告した幻視家たちとの親近性を感じさせる。

筋金入りのプロテスタント護教論者で愛国心に燃えるフォックスでさえ、自著でたびたび名指しするビンゲンのヒルデガルト、スウェーデンのビルギッタ、シエナのカタリナ（本書第一部第一章四八―四九頁参照）には、原《プロト》プロテスタントの女預言者として、改革の先触れとして、自国教会の歴史のなかにそれなりの場を与えざるをえなかった。とはいえ、さすがに手放しで称賛するのは気が進まなかったのか、ほかの作者たちの評価を引用してお茶を濁している。しかしながらイサベラはといえば、これら幻視家にして女預言者たる修道女たちに与えられた権威は与えられない。

イサベラに残された道はひとつしかない。とりなし役として自分を差しだすことだ。とりなしは修道女の霊性の中核をなす重要な機能であった。修道院解体以前の文化において、祈りの専門家であった修道女と世俗のひとびとの相互協力の象徴といってよい。修道院の創設者は自分の魂のために修道女が祈りを捧げてくれることを期待した。

たとえばストウは『イングランド年代記』で、シャフツベリとウィンチェスターの女子修道院の創設をアルフレッド王とその王妃の功績に数えている。また、自分が創設したフォントヴローの女子修道院に埋葬されたヘンリー二世に倣って、自分が創設した女子修道院に埋葬されるといった表象型も頻出する。『イングランド年代記』では、たいていは王の死後、生前の功績が最終的に列挙される。たとえば王侯貴族や名士、スティーヴン王、ジョン王、エドワード三世、ヘンリー五世はそれぞれクルー、ゴッドストウとロックソール、ダートフォード、サイオンを創設または再建した。ストウの『イングランド編年史』では、ゴッドストウの女子修道院内部にある、ヘンリー二世の愛人ロザムンドの墓をめぐる興味ぶかい逸話が語られる。これらの記述はすべて修道女の祈りの疑いなき効力にもとづく。

イサベラ自身もアンジェロが慈悲をみせれば、彼のために祈ると提案する。「真実の祈りを、祈りは天国にまで昇り、そこに入るでしょう、夜が明ける前に。囲われた魂が捧げる祈り、世俗ではないものにその心を捧げた、断食をする乙女からの」(二幕二場一五四―一五九行)。さらに「わたくしの毎朝の祈りといたしましょう」(二幕四場七一行)とも。とりなし役として祈る修道女の表象型は、古来より由緒正しい系譜につらなる。だからこそ、イサベラの祈りの約束は、K・E・マウスいわくアンジェロにイサベラが差しだせる「もっとも効き目のある賄賂」である(Introduction, *Measure for Measure, The Norton Shakespeare*, 2016)。にもかかわらず、アンジェロから期待どおりの反応をひきだせない。イサベラは祈りの効能を訴えて、伝統的なとりなし役や記憶の保管者を務める修道女の系譜に、ともすれば自意識過剰気味に自分を布置するのだが、アンジェロの却下に遭ってあえなく撃沈する。挫かれたイサベラは、「断食をする乙女」が宗教改革以前の姿のたんなる無力な記憶となりはてた、無慈悲な世界に立ち向かわねばならない。

包括的に教父文学に謳われる価値をとりいれ、歴史文献にも散見される修道女の表象型を活用しているとみえて、じつのところ『尺には尺を』はイサベラが修道院に入る動機を劇化していない。たとえば、宗教改革後のカトリック側の改宗の言説と比較すると、シェイクスピアとそれらプロパガンダとの決定的な相違が明らかになる。カトリック寄りと思える修辞に依拠しつつ想像力をいくら逞しくしても、シェイクスピアを宗教改革後の戦闘的なカトリックの劇作家とみなすのには無理がある。一五九一年に処刑されたカトリック殉教者の伝記『エドマンド・ジェニングズ師の生と死』(一六一四)は、ある女性の手紙を引用する。その若い「乙女」はカトリックに改宗する。ジェニングズの公開処刑に立ちあい、殉教者の遺体に触れ、親指を聖遺物として持ち帰り、アウグスティノ修道会の修道女になることを決意する。この女子修道院から鳴り響く声が生々しく「真正《オーセンティック》」であるのにひきかえ、イサベラの召命への希求は過剰に空想的《ロマンティック》(かつ多少とも自虐的)な印象を与える。

視点を変えて、今度はたとえばリチャード・ロビンソンの『ポルトガル、リスボンの英国女子修道院の解剖』といった悪口雑言あふれる冊子と『尺には尺を』とを比べてみよう。この冊子は、本書第一部で特定した、司祭に唆されて修道院を去り、海外で放浪生活を送る修道女の表象型を型どおりに活用する(本書第一部第一章四四頁参照)。一方、シェイクスピアはこのような表象型をそのまま踏襲することはなく、はっきりと修道女や女子修道院に相応の敬意を表している。『尺には尺を』において、聖なる修道女になりたいと願う女性を、加速度的に世俗化する宮廷の倫理・政治力学のなかに放りこんだ。かくて、過去の文化に浮遊する記憶の残滓となった修道女の象徴としての価値を最大限に活かしつつ、ともすれば予定調和的な結論を要請する悲喜劇のジャンルの限界に挑んだのである。

第五節　『まちがいの喜劇』とロマンス劇

初期の『まちがいの喜劇』と後期のロマンス劇では、生涯の危機に瀕したシェイクスピアの女性人物たちは、さまざまな理由から「修道院」に入る。彼女たちは貞潔や献身の雛型であって、愛を再発見すると還俗する。その意味では表象型どおりの造型をなぞっており、同時代のほかの劇作家たちによる戯曲において、修道女が語りで利用される例と多くを共有する。それでも、文化に残留するカトリシズムを接収するシェイクスピアの方法は、他の同時代作品に比してはるかに洗練されており、絶妙で名状しがたい紆余曲折の物語を展開する。しかも、このような紆余曲折の果てに、シェイクスピアは決まって終幕になると、修道女に世俗的な出口を用意してやり、修道女は決まってその出口を使うことになる。

1 デア・エクス・マキナとしての修道女――『まちがいの喜劇』

『まちがいの喜劇』において、シェイクスピアはイージオンの長らく失われていた妻、女子修道院長エミリアを造形した。エミリアは芝居のほとんどのあいだ不在だが、大団円に向けて都合よく機械じかけの《デア・エクス・マキナ》女神として復権する。

エミリアが統率する修道院は、シェイクスピアによるエフェソスのダイアナ神殿のカトリック化初期の例である(Miola, 37–40)。ほかにも『夏の夜の夢』でシーシュスがアテネの修道女に言及し、『お気に召すまま』でシーリアがオーランドをまず女神ダイアナに、ついで修道女に擬え、『ペリクリーズ』でタイーサがやはりエフェソスで「修道女」とされる。シェイクスピアがキリスト教以前の古典時代に修道女を配したり、女神ウェスタに身を捧げる乙女とキリスト教の修道女を融合させたりするのは、彼の同時代の劇作家とも共有する傾向である。

この現象は、アナベル・パタスンによれば当時の検閲制度が機能した結果であり(*Censorship*, 18 passim)、アリソン・シェルによれば異教とキリスト教の思考習慣のずれこみまたは混成である(Groves, 183)。つづく分析は、同時代作家がふだん使用している表象型を使用するさい、シェイクスピアが教父文学の説く修道女の価値を利用することであらたなニュアンスを加え、ひるがえって、修道女の価値にかかわる知識や理解がおのずとテクストにあふれでてくることを示したい。

シラキューズのアンティフォラスが聖域として駆けこんだとき、女子修道院はいわばそのなかに這いこんでくる罪びとを覆い匿うスカートのごとき役割を演じる。女子修道院は、女子修道院長の身体の延長であり、女子修道院長は、恒久的な女子修道院長とみなされた乙女マリアの権威の現世における代理者である(Thompson, 86-87)。女性化された霊的権威を行使する女子修道院長エミリアは、聖パウロのカリタスについての華麗な演説を披露する。その後、自分の権威を進んで放棄し、その場にいるすべてのひとを「誕生祝い／打ち解けた友のごちそう(gossips' feast)」(五幕一場四〇七行)へと招待する。これを機に還俗し、母および妻に戻る、という徴として。

教父文学には世俗の結婚について男性嫌悪的な批判が頻出する。しかし、これに反論するがごとく、エミリアは辛酸をなめた三三年を経て、ほがらかにふたたび結婚の重荷を担おうとする。エミリアの言説は『乙女の鏡(*Speculum Virginum*)』の文言に呼応する。歳を重ねた乙女である修道女が、最終的な、五番目の乙女の状態において、霊的胎児たるキリストを、全人生という妊娠期を通じてたいせつに養い育み、臨終のさいにようやく「誕生」の準備を整える(同四〇六行)という修辞である。初期の公演がそうであったと思われるが、この芝居がクリスマス・シーズンに上演されるなら上記の類比がみごとに生きてくる。

もっとも、現実の手続きとして、立誓修道女がキリストとの結婚を解消するには、教皇からの無効許可が必要である。誓願を立てることで天上の伴侶たるキリストと交わした結婚の契約を、一方の当事者の、ましてや人間側の気まぐれで解消できるものではないからだ。ところがシェイクスピアは教皇の無効宣言をいともやすやすと省略し、歴史と伝承からさっさと逸脱する。かわりに再会を祝う祝祭にさまざまな要素をとりこみ、そこに女子修道院長の表象を盛りこんだ。喜劇におけるエミリアの役割は、ジェンダーの意味合いをも吸収しつつ、教父たちの定める霊的役割と結びつき、世俗のまちがいや罪過に奇蹟的な赦しをもたらすのである。

2　奇蹟としての聖なる女性——『冬物語』

後期のロマンス劇（離散家族の再会と罪の赦しの主題を共有する、作者の晩年の四作品『ペリクリーズ』『シンベリン』『冬物語』『あらし』）において、シェイクスピアは初期の『まちがいの喜劇』の女子修道院長の人物造型に立ちもどる。『ペリクリーズ』ではふたたびダイアナ神殿をカトリック化する。久しく死んだものと思われていたペリクリーズの妃タイーサは、たった一度だけ「修道女」（二二場三五行）と称され、神殿ですごした日々が、修道院の回廊ですごした日々と重ねられる。生き別れになったペリクリーズの娘マリーナがあいまい宿で純潔をみごとに守りとおすさまは、乙女の聖人が罪に陥りそうなひとを回心に導くさまをほうふつさせる。しかし『まちがいの喜劇』のエミリアと異なり、タイーサには離散して久しい家族の奇蹟的な再会を導きだす力はない。代わりに、奇蹟を起こす力は賢者セリモンにあり、タイーサそのひとが奇蹟である。『ペリクリーズ』の制作当時、奇蹟をローマ・カトリック教会の真正性《オーセンティシティ》の証明とみなす議論がヨーロッパ大陸とイギリスで再燃したせいもあり、作品に奇蹟への関心を反映させたと考えられる（Miola, 40; Milward, *Religious Controversies*, 159–163）。

シェイクスピアは『冬物語』でふたたび修道院生活、奇蹟としての聖なる女性、神との和解をもたらす悔い改め《ペニテンティア》の秘蹟をとり扱う。シェイクスピア自身が一役買った当時の「大衆劇場用の演劇のステイタスと洗練《ソフィスティケーション》の高さ」（Pitcher, 1）に呼応して、『冬物語』はすぐれて繊細な作品であり、修道院への隠遁という表象型《トロープ》もそのままのかたちで認められるわけではない。ハーマイオニは夫リオンティーズ王に濡れ衣を着せられ、傷心のあまり亡くなったとされたが、実際には女官ポーライナだけを同伴者として、世間から隔絶された一六年をすごす。この隠遁する女性の姿は、禁域に囲われて祈りの日々を生きる観想修道女と否応なく重なる。ポーライナはハーマイオニと外界との仲介役をひきうけ、日に二、三度、修道院を思わせる彼女の「隔離された家」(五幕二場九六行)にハーマイオニを訪れる。

ハーマイオニとポーライナという女性たちの協働の詳細を物語に挿入して、シェイクスピアは禁域を守る「修道女らしさ」という曖昧な概念を表現したと考えることもできよう。ハーマイオニが女子修道院長、ポーライナが一般労働でハーマイオニを助ける助修女という設定を連想させるからだ。しかも、修道女の登場人物や修道女の表象型を直接には用いずに、信仰篤き女性をめぐる文化的記憶を頼りに人物像に肉付けしてみせたのである。あるいはアリソン・シェルとともに、種本ではベラリアと呼ばれていた王妃を、シェイクスピアがあえてハーマイオニ(Hermione)と命名したのは、「隠修士(heremite)」の省略形「herm」を名前に入れこみたかったと考えることもできようか。彼女を独居庵に住まう隠修女だと示唆するために(*Shakespeare*, 224)。

『冬物語』の白眉とされる「彫像の場」では、ポーライナが「礼拝所」で「彫像」たるハーマイオニを披露する。改革の偶像破壊の記憶をいまだとどめる宗教改革後の文化にとっては、秩序転覆的な可能性を秘めたともいえる、図像愛好と図像嫌悪のせめぎあいの緊張をひきおこす仕掛である。一方で、神聖なる女性の彫像は改革者の嫌悪をかきたて、他方で、彫像を含む中世のカトリシズムは初期近代イングランドに依然として影響力をおよぼしていた(Diehl, esp. 156–181; Duffy, *Stripping*)。矛盾する潮流はひとびとの想像力のなかで充分に共存しえたのだ。彫像(じつは生身のハーマイオニ)は、宗教改革者たちに破壊された乙女マリアや女性聖人たちの彫像を想起させせないだろうか。

この脈絡でいえば、リオンティーズが彫像(ハーマイオニ)の皺や歳を重ねた外見に気づき、あえて明確に言語化するのも、彼女の身体に個性と内面性を与える所作であると同時に、身体からエロティックな特性を排除する試みとみなすことも可能であろう。それはまた、改革者の女性嫌悪を誘発した、民衆の崇敬を集める彫像の(多分に異教的で煽情的にすぎると彼らの考えた)美から注意を逸らす手段だったのかもしれない。ハーマイオニの生き別れの娘パーディタも偶像崇拝の危険性を知らぬではない。「迷信といわないでください、わたくしがひざまずき、この方の祝福をお願いしても」(五幕三場四三―四四行)。これに先立って家臣アンティゴナスも同じ疑念におののく。「悲しみをたたえた[……]器」(三幕三場二〇行)ハーマイオニが「真っ白な衣をまとい、神々しさそのものの姿で」(同二一―二二行)自分の眼前に現われたとき、アンティゴナスは「迷信めいているが」(同三九行)と不安を口にしつつもこの幻影に支配されてみようと決意する。

パーディタもアンティゴナスも、意識下に押しやられてなお命脈を保ちつづける図像愛好の伏流に敏感に反応する。ふたりとも目に映るイメージの力に受動的に身をゆだねるだけでなく、主体的に信じる決断をする。しかし視覚の訴求力にさらなるひねりが加えられる。アンティゴナスの幻影もパーディタの偶像もどちらも真実ではない。ハーマイオニは殉教した聖女ではなく、彼女の崇敬される似姿が石に刻まれたわけでもない。かくて篤信の女性の概念は(完全には信頼しがたい)雛型として示され、「彫像の場」の神秘はこの留保を前提に演じられる。

『ペリクリーズ』のタイーサ同様、ハーマイオニ自身が奇蹟であり、奇蹟を生じさせる作用因の役はポーライナに移される。彫像となったハーマイオニは、目に見える証拠《オキュラー・プルーフ》の性質、効力、信憑性をめぐる議論のなかに、舞台上で見守るほかの人物たちだけでなく劇場の観客までも巻きこんでいく。換言すれば、舞台中央で焦点となるのは、信心の実践における視覚の役割である。キース・トマスが指摘するように、宗教改革後の文化のなかで、巧妙なごまかしに長けた魔術師と国教忌避司祭が同等にみなされていたとすれば(58-62)、奇蹟をはたらくポーライナは女性の国教忌避者の姿を想起させただろう。真実の教えを広めるという伝道の使命を帯び、ジェンダーを超えた美徳を実践すると自認するが、宗教改革派の視点からは人心を惑わす怪しい女性の国教忌避者として。

みるからに技巧的で人工的な彫像は、ジュリオ・ロマーノの作とされるが、はたらきかける主体はポーライナであり、彼女は悔悛したリオンティーズ王の、「わが妃の涙をたたえた目」(五幕一場五三行)をいま一度のぞきこみたいという欲求を上手に利用する。もっともガレス・ロバーツは、彫像がジュリオ・ロマーノ作とされるのは、ポーライナを禁断の魔術を扱うとの疑惑から遠ざけるための方便だと指摘する(130–133)。

ポーライナがハーマイオニに魔法をかけるさまは、死者の復活の秘蹟を舞台上に現出せしめたかのごとき衝撃的な演出といってよい。彼女は信じる者に呼びかける。「あなたがたは信仰を目覚めさせるのです」(五幕三場九四―九五行)。たしかに、シェイクスピアはこの件の実際的な説明を省きはしない。ハーマイオニは死んでいない、ゆえに彫像が生き返るという趣向は、ポーライナが仕組んだ人工的で演劇的な催事にすぎない、と。それでも彫像は、舞台上で見守る人物たちに疑念をいだかせるどころか、感覚による認識を介して想像力にはたらきかけ、魂にはたらきかける言語に翻訳される。身体と魂を仲介する想像力の効能は、アリストテレス以来、ひろく認知されてきた。この効能をひそかに殺ごうとした宗教改革者たちの努力をあざ笑うかのように、動きだす彫像は可視的な証拠をとおして想像力に語りかけ、魂を信仰へと導く。

ポーライナは通訳者の役割をも演じる。視覚的な証拠に含まれる曖昧さが、人間の解釈の不確定性や個人の視点の多様性を、なかんずく収集のつかぬ混乱を導かぬように、ポーライナは事態を統括する。しかも、おおむね成功しているといってよい。リオンティーズ王に「お手をかざすように」(同一〇七行)と奨めて、中世カトリック教義における「疑いぶかいトマス」の系譜に彼を位置づけ、ハーマイオニの復活を感覚による認識すなわち知覚をとおして信じよ、と呼びかける。キリストの復活を疑い、自分の目で見て、自分の手で傷口に触れなければ信じないと断言した十二弟子のひとり「疑りぶかいトマス」(『ヨハネによる福音書』二〇章二四―二九節)の表象は、中世後期には肯定的な模範と考えられていた。しかし宗教改革者によって極端な再解釈がほどこされると、トマスが信仰を強めるために感覚的(可視的で触覚的)な証拠を要求したことは、震撼すべき信仰の欠如であると考えられるにいたった(Diehl, 136–137)。

生き返る彫像の奇蹟が効力を発するのは、リオンティーズの一六年間の悔悛があればこその話である。悔い改め(paenitentia)の秘蹟の三段階、すなわち痛悔(contrition)、告解(confession)、罪の償い(satisfaction)を順になぞりながら、リオンティーズは痛悔を表わす(三幕二場一五一—一五二行)。さすがに司祭の面前とはいかないが、公に自分の過ちを告白し(同一五六—一七〇行)、祈りの業をもって悔い改めを示すと誓い(同二三二—二四一行)、廷臣クレオメネスによれば、これらを非の打ちどころなく、いや、過度にまで勤めあげた。「事実、王様は犯された罪よりも多くの悔い改めをはたされました」(五幕一場三—四行)。

とはいえ、償いの苦行(penance)の概念が周到に述べられることも、戯曲中で一致して指示されることもない。シェイクスピアが入念にカトリックの信心の業や教義をなぞることもない。リオンティーズが断食や施しといった悔悛の業を実践したかは不明なままだ。その意味で、リオンティーズの舞台の外での信心業は、アリスン・シェルのいう「シェイクスピアのすきま」の一例であろう。ほかの曖昧な例としては、『お気に召すまま』のフレデリック公爵が更生したか否か、「憂鬱な」ジェイクィーズが信仰篤き隠遁者とともに隠棲するという望みを実践したか否かなどが挙げられよう。

しかしながらリオンティーズの悔い改めは、ほかの「すきま」と比べていっそう細心の配慮のもとに舞台化されている(Shell, *Shakespeare*, 160)。宮廷人たちは当然ながら国家の論理に則った言説を弄し、王たる者はすみやかに再婚し、国家の安寧と王朝の存続のために子孫を残すべきではないかと、独身にとどまるリオンティーズをはっきりと批判する。ところがリオンティーズが実践するカトリックの信仰生活における悔い改めの(penitential)精神《エートス》は、断食、徹夜の祈り、華美な着衣の拒否、鞭打ち、そして結婚した夫婦においても貞潔を求めていた。もっとも、リオンティーズは再婚こそしないが、ペリクリーズや『まちがいの喜劇』のイージオン同様、積極的に貞潔を選びとったわけでなく、妻の「死」により強いられたにすぎない。

中世の結婚において、禁欲は一定の割合で実践されていた(Elliott, 195–265)。夫が禁欲を主唱する主たる動機は財産の喪失、子どもの死亡、高齢、病であった。作中人物のリオンティーズ(およびペリクリーズとイージオン)の禁欲に、カトリック的な貞潔を特権化する含意がたとえあったにせよ、悲喜劇という作品ジャンルが登場人物たちに禁欲をまっとうすることを許さない。

教父文学の提唱する霊的見解によれば話はべつだ。リオンティーズは回心(conversion)し、価値観の逆転を経験し、(なかば外的な要因に拠るとはいえ)禁欲をりっぱに実践し、キリストの前でみずからの弱さを認め、ポーライナの厳しい監視のもと、過渡的段階である女性性をめざす。こうしてセクシュアリティの罠を克服する。もっとも、種本ではパンドスト王(リオンティーズに当たる)が娘に(それと知らずに)恋慕するという剣呑な展開が待ちうける。シェイクスピアが再成型した物語でも、生き別れの娘パーディタにリオンティーズが送る視線に、近親姦的な陥穽を完全に克服したとは断言しきれぬ危うさがまとわりつく。

さて、罪の赦しを得たリオンティーズは、妻ハーマイオニの復活という奇蹟にあずかる。ただし妻からはひとことの言葉もない。ハーマイオニとポーライナの両名には、本書で確認された修道女の表象型にみられる禁域、貞潔、機転などの、女性の信仰生活の特徴が認められる。これらの痕跡はシェイクスピアの技巧により行間にさりげなく組みこまれる。もっともカトリック的なジャンルと評価されるロマンス劇において、シェイクスピアは修道女をめぐる両義的な諸価値を慎重に和解させ、その和解を導きだしうる方途を探ったといってよいだろう。

ルイーズ・モントローズとスティーヴン・グリーンブラットは、劇場を宗教改革以前の伝統的な宗教の失われた儀礼の象徴的な埋め合わせとみなした(Montrose, 30–32; Greenblatt, *Shakespearean Negotiations*, 125–127)。ただし、すでに述べたように、シェイクスピアはトリエント公会議以降のカトリック教義の「知識」をさらりと披露して、みずからが接収する修道女の表象型に多層的なニュアンスを添えたと筆者は考える。のみならずシェイクスピアには世俗的な表現体系のなかで修道女の象徴的な諸価値に依存する一面があったとも。したがってシェイクスピアは、演劇の修辞という代替物でもってカトリック教会の象徴の内実を空っぽにしたのではなく、カトリック的価値をプロテスタント的価値に巧みに合致させたと考えてよいだろう。つまり、硬直した表象型に訴えて修道女を忘却または陳腐な定型《クリシェ》に閉じこめるのではなく、生命と個性を与えるひとひねりを加えて表象型を超えたのであると。

修道女の象徴的価値は、ジェンダーを超越すると同時にジェンダーに拘束されるという両価性《アンビヴァレンス》に阻まれつつ、それでもなお修道女そのものが、デア・エクス・マキナ、石女《うまずめ》、罪びと、とりなし役、信仰と懐疑の議論の焦点として、シェイクスピアの作品に出没し、あるときはジャンルの要求にうまく合致して劇的効果を盛りあげ、またあるときは解消不能な緊張を招きよせる。シェイクスピアがプロテスタントとカトリックの集合的想像の産物を注意ぶかく調整して生みだした余白のおかげで、聞く耳をもつひとには、禁止されたもうひとつの宗教が語りかけてくる。ほかのだれでもない、窮地に追いやられた寄辺なき修道女の発するかそけき声をとおして。

終　章

「修道女など必要ありませぬ」(三六九八行)。デイヴィッド・リンゼイの『三つの身分の諷刺劇』(一五五二)において、女子小修道院長は叫ぶ。「修道服の下に絹の長衣《カートゥル》を纏っている」(三六八二行、ト書き)ことを発見され、「夜も昼も」(三六九三行)聖務日課を歌う歌隊修道女の人生は虚妄だと認める。彼女が歌う典礼《リタジー》は彼女の心を映さないからであり、それならば「正直で善い男《ひと》とでも結婚します」(三七〇〇行)と決意する。本書が扱った時代よりやや早い時代の作品だが、女子小修道院長の声は歴史と演劇において、時代を超えて響きわたる。

作者リンゼイは修道院の生活を熟知しているが、その知識はもっぱら喜劇的な効果を生むために動員される。こうして宗教改革以前の女性の修道生活に込められた重要性はしだいに侵蝕されていく。修道女から「修道服」という偽りの信仰を文字どおり剝ぎとり、「絹の長衣を纏った」身体が呼びおこす欲望へと注意を向けさせることによって。女性の浄らかさと弱さ、それゆえのキリストへの可塑性に伝統的に高い価値が附与されてきたのであるが、と同時に、誤りに陥りやすいとされた修道女に投影される、避けがたいジェンダー化がこの表象型《トロープ》においては真っ先に浮上する。

本書は一五八〇年代から一六四〇年代に焦点をあて、上記の表象型をはじめ、召命のない気まぐれな修道女、実際にはもちあわせていない献身を装う修道女などを提示する表象型を検討した。これらの表象型は初期近代イングランドの歴史記述と演劇において、修道生活よりは結婚を、神聖なるものよりは世俗的なるものを、宗教改革以前の価値よりは宗教改革以後の価値を優先させる大きな動きの一部として特定された。これらの表象型には、教会改革や制度転換への推進力を映しだす論争の要諦が込められることもあった。しかし、つねに教義の声高な提唱が響きわたるとはかぎらない。宗教改革後、一定の時間の経過とともに表象型は陳腐化し、かつては生き生きした修道生活に端を発した意味作用から解き放たれ、いまや共有の文化的知識という刻々と変わりゆく環境《ミリュー》で流通するにいたる。

上記の表象型は、本書で概観と確認を試みた修道女の表象型のほんの一部にすぎない。また、作者にそれぞれ固有の目的があったのは明らかである。それでも、ジョン・フォックス、ラファエル・ホリンシェッド、ジョン・ストウの著作は、疑問の余地なく修道女の表象型の宏大な倉庫あるいは記憶の貯蔵庫《メモリー・バンク》とみなされうる。その貯蔵庫には、王女たる修道女の表象型、為政者の想われびとたる修道女の表象型、女預言者たる修道女の表象型、犠牲者としての修道女の表象型、変装としての修道女、目印としての女子修道院、女子修道院の創設、埋葬場所としての女子修道院などが収められている。

フォックスはカトリック教義への批判とプロテスタント教義への肩入れから二重に女性の修道生活に反対したが、それでも初期キリスト教時代から修道院解体にいたる英国教会史に登場する修道女たちを完全に無視することはできなかった。実際、何人かの修道女には、フォックスの説く真の教会の勝利というもっとも重要な語りに、原プロテスタント《プロト》の女預言者という決定的な役割があてがわれた。また、ホリンシェッドも大部の年代記に修道女の物語を含めることについては吝かでなかった。ストウの修道女をめぐる逸話にはそこはかとなくノスタルジアが漂い、底流に個人的な感情を読みこみたくなる一面がある。ウィリアム・ダグデイルには時間が味方した。修道院解体の事績から安全な距離によって隔てられていたおかげで、事実を誠実に几帳面に集積・記録するという仕事を手がけ、修道女や女子修道院を心おきなく記念することができた。彼の記憶の仕事《メモリー・ワーク》は、修道院解体の物語の書き直しと考えてもよいだろう。

一方、シェイクスピアの戯曲では、女性の修道生活の象徴的価値をとりこみながらも、修道女の表象型があらたな方法でじつに巧みに利用され、表象型の枠そのものが超えられていくことが確認された。

本書では、初期近代イングランドの演劇における修道女の表象について、シェイクスピアに焦点を当てているが、当然ながら、同時代のほかの演劇の文脈《コンテクスト》に布置することで、シェイクスピア作品に固有の傾向が明確になる。紙数の都合で本書ではシェイクスピアの作品を中心に論じたが、シェイクスピアが孤独のうちにひとり作品をものしていたわけではない。

同時代の「舞台交通（stage traffic）」（Clare）のなかで、修道女の表象型の多様な利用が共存していた。ある芝居の修道女の表象型が他の芝居の表象型とかかわり、いわば意見を述べることもあっただろう。一旦レパートリーから外された芝居のリヴァイヴァル上演や、台本の再版なども関係があろう。修道院解体にたいする民衆の態度が変化するにつれて、修道女の表象型をとおして修道生活を批判した作品も、観客からは以前とは異なる反応を、読者からは再評価をひきだすことになる。

演劇において、あるいは演劇にかぎらないが、創造性に富むものと陳腐なものが併存するのは世のつねである。ただし時期によっては併存がいっそう顕著となる。夏を避けて秋から毎年始まるロンドンの公演シーズンでは、同じシーズン中に修道女を扱う表象型の併存の度合が高まる。たとえば、シェイクスピアの特徴である創造的な修道女の表象型の活用が、ほかのありきたりな型と併存する。『まちがいの喜劇』が、グレイ法学院におけるクリスマス余興《レヴェルズ》の一部として上演されたとされる例を検討しよう。

『グレィ法学院録』で言及される「あるまちがいの喜劇」が、一五九四年一二月二八日にグレイ法学院で上演されたシェイクスピアの戯曲を指しているとすれば、同じ余興の一環として、まったく異なる修道女の表象が並んで上演されていた可能性が浮上する。現存する記録には、余興の初日にあたる聖トマス祭前夜、一二月二〇日に王位につく「パープールの王子ヘンリー」の「崇拝者や貢物を捧げるひと」の一覧表があり、「クラークンウェルの女子修道院長ルーシー・ネグロ」の名がみえる。ルーシーの名前が呼ばれるが、ほかの人物と異なり、呼ばれるだけで、「王子」の御前に実際に参上するわけではない。

かくて、あからさまに猥雑な「クラークンウェルの女子修道院長」への言辞を耳にした同じ観客が、時をおかず、シェイクスピアの作品において、まったく異なる、慈悲ぶかい女子修道院長エミリアが舞台上で驚くべき秘密を明らかにし、最後の言葉を発するのを聞くことになる。これは、グレイ法学院の余興において、表象型そのままの修道女像と表象型からはみだした修道女像が併存していたことを意味する。

注目すべきは、シェイクスピアのあやつる独創的で記念碑的な修道女の表象型の変奏《ヴァリアント》が、修道女ならびに女子修道院に猥雑な意味合いを当然のごとく読みこむ観客の傾向やそのような傾向が流通する文化を背景として成立することだ。ひるがえって、そうした傾向がシェイクスピア作品で記念される修道女の資質へと逆流してくる可能性も否めない。

ほかにも修道女像が複数の芝居に同時期に併存する例として、同年の『尺には尺を』と『まちがいの喜劇』の公演がある。『尺には尺を』が上演された最古の記録は一六〇四年一二月二六日聖ステファノの日、ホワイトホール宮殿においての公演記録である。同じ公演シーズンの二日後、一二月二八日(罪なき嬰児殉教の日)、『まちがいの喜劇』のリヴァイヴァル公演があった。この記録からほぼ確実に、ジェイムズ一世とその宮廷が、シェイクスピアが座付作者、幹部座員、株主を務める国王一座の上演するふたつの公演で、ほぼ連続して、個性を備えた修道女の登場する芝居を観劇したことになる（Whitworth, Chambers, Bawcutt）。同じシーズン中に連続して同じ劇団により舞台上に立ち現われたふたつの修道女像が、互いにいわば注釈を施しあい、観客の記憶を呼び覚ますきっかけとなったかもしれない。

一五九〇年代から陳腐なものや型通りのものにひとひねりを利かせたものなど、さまざまな修道女の表象型が劇場で流通し、互いにしのぎを削っていたという状況がある。クリスマスなどの一定の期間、一部の劇団が呼ばれて芝居を演じた宮廷上演とはべつに、当時の大衆劇場は日替わりで芝居を提供するレパートリー・システムを運用しており、あるシーズンのレパートリーで特定の芝居が何度も上演されていた。その組み合わせの詳細や、それぞれの劇場や劇団の相互影響の程度については、いまだ充分に解明されたとはいえない。とはいえ、修道女の表象型を直接・間接にとり入れた芝居が、ときには同時期に舞台に掛っていたことを忘れてはならない。

時代が変わることで、同じ表象型に異なる意味が附与される場合もあろう。とくに宗教改革が過去のものとなり、改革の議論が急を要さなくなるにつれて、修道女の姿は観客から異なる反応をひきおこしたことは想像にかたくない。この意味で、とくに初演から一定の時間を経てリヴァイヴァル上演された芝居は、修道女をふたたび文化的記憶に流通させる引き金となった可能性は高い。

さらに時代がくだり、イギリス内戦を経て、一六六〇年の王政復古以降、古物研究家のあいだで修道女や女子修道院への関心が芽生えたことは明らかだ。一六六二年までに、ダグデイルの『ウォリックシャーの古物』、『聖ポール大聖堂の歴史』（一六五八）のみならず、大著『英国修道院大全』の最初の二巻がすでに出版されていたのは注目に値する。歴史書が出版されたおかげで、修道女や女子修道院がかつて過去に占めていた場への復権が叶い、それらの記憶があらたに文化に行きわたっていった。同様の動きが一部の戯曲にもみられたのではないか。

時代が変わるにつれ、意味も変わっていく。修道女の表象型についていえば、この現象は戯曲だけでなく初期近代のさまざまなジャンルの文献に認められる。たとえば旅行記をひもといてみる。トマス・ハリオットの『あらたに発見されし土地ヴァージニアの手短にして真実なる報告』の第二版(一五九〇)では、アルゴンキン族が大祝日に踊る版画のキャプションに修道女への言及がある。踊りの場所には、地面に打たれた「何本かの木の杭」に「ヴェールに覆われた修道女の顔を思わせる首が彫られ」、そのまわりを若い乙女たちが踊りながら、くるくると回る。修道女の特徴的な服装と視覚に飛びこんでくる形姿が、異教の秘儀の描写のなかで読者にはたやすく認識可能な引喩として用いられる。キリスト教徒とそのほかの信仰をもつひとびとを曖昧に隔てる中間地帯に、場違いをものともせずにあえて修道女を位置づける。しかも、歴史記述が好んでとりあげる女子修道院における放縦の表象型を連想させなくもない、杭のまわりを踊って回るという激しい身体的な運動の位相《トポス》において。

ときには、修道女の登場するひとつの物語に、異なる立場から異なる意味づけがなされる。前章でも言及したが、修道女が登場するカトリックのプロパガンダの文章を再考しよう。宗教改革以前には重要な信心の対象だった聖遺物を扱っていたが、宗教改革者が疑問視した難儀な主題である。カトリックの殉教者エドマンド・ジェニングズの処刑が執行され、切り刻まれた身体の部位が死刑執行人により見物人に披露された。居合わせた若き「乙女」が聖遺物ほしさに遺体の親指を引っ張り、その親指が取れて彼女の手に残った。この一件ののち、彼女は聖アウグスティノ修道会に入り、「その修道会の徳高き修道女」になったと伝えられる。一六一四年のカトリックの殉教者列伝では篤信の行為として称揚されるが、プロテスタントの信徒リチャード・シェルドンはエロティックな欲望の証左であると糾弾する(Dudley)。

ダグデイルが『ウォリックシャーの古物』を出版した同年、ジョン・トラデスカントは同名の父親が蒐集した逸品の一覧表を『ムサエアム・トラデスカンティアヌム——あるいは、ロンドン近郊のサウス・ランベスにて保存されし逸品の蒐集』(一六五六)に記す。なかには修道女に関係する物品として、たとえば「逸品の寄せ集め」と称する第八部では「修道女が手を温めるための真鍮製の玉」が列挙される。また、第一〇部「衣服、祭服、修道服、装身具」では「修道女の悔い改めを表わす人や獣の毛で作った帯」や「入念に細かい折り目をつけた紗の修道女のかぶり物」が示される。このころには、修道女の衣服や持ち物が蒐集価値のある逸品とされ、修道女自身も蒐集物にして驚き《ワンダー》の対象とされるにいたったと推察される。修道女を含むカトリック的な過去の再発見に、古物蒐集家がいかにして貢献したか、その一端がうかがえる。

このように修道女を物質的にことほぐ記念の品に、女性の修道生活についてのかすかな記憶がとどめられる。女性の修道生活はまっすぐ感情に訴えかける力があり、尊敬、敬意、不偏、憐憫、不快、軽蔑、驚嘆など、ひとそれぞれに異なる反応を呼びさます。上記の衣服や持ち物は聖性を証する物質的な痕跡だったのだが、修道院解体は究極の聖性という概念から文字どおりヴェールをはぎとり、不信と否定を掻き立て、修道女を誘惑に屈しやすい初心な女性として嘲った。これらの揶揄や攻撃は、多くの場合、修道女のジェンダー化された身体という場に集中した。初期近代の歴史書や戯曲でさまざまな表象型のうちに出現する修道女は、鋭い諸刃の笑いにさらされ、お話にならぬと片づけられ、嫌味たっぷりに茶化され、やんわりと諫められ、とってつけた哀れみをかけられ、ことさらに感傷的に描かれてきた。

きわめて例外的とはいえ、シェイクスピア戯曲のような場を与えられたときには、ひとりひとりが個性を備えた存在へとみごとに受肉した。逆に、生身の修道女が実体を失い、内実をともなわぬ記憶へと薄れていくとき、さまざまな表象型の突きつける切っ先はなまくらになる。ときには結果として文化的忘却が忍びこんでくる。やがて修道院解体そのものが書き直され、語り直されだすと、修道女自身が生ける聖遺物になっていく。

最後の言葉は修道女本人にゆだねるべきだろう。一六二二年五月に刊行された反カトリックの冊子(本書八頁参照)で、修道女などもはや存在しないと言いつのるリチャード・ロビンソンに、修道院解体を生き延びた唯一の英国の女子修道院サイオン修道院に属し、いまはリスボンで会を営む修道女たちがきれいな反撃を決める(一六二二年一二月一六日)。

あの物語を読んでごらんなさい〔……〕聖グレゴリーの生け簀に、溺れた子どもの頭部が山とあり、六千ばかりもあったとか。ほかにも何千もの似たような物語を読んでごらんなさい。そうすれば容易におわかりになるはずです。こうした物語にはさしたる意味もなければ目新しさもないと。わたくしたちを迫害するひとびとは、自身の属する宗派の男たちに、なにかとわたくしたちを貶める忌まわしい嘘を出版することを、いともやすやすと許可するのです。わたくしたちは、あの輩のように気ままにふるまおうとはしません。神聖なる戒律と、いと徳高き上長に恵まれていますから。

修道女たちは嬰児殺しをする修道女の表象型をあえて想起させ、読者をベイルやフォックスが怒りをこめて主張した「おぞましきこと」に立ち戻らせる(本書第一部第一章四七頁参照)。リスボンのビルギッタ会の修道女たちは、過去からのこの種の表象型とそれらが教義論争や歴史記述や物語に頻出することを充分に承知している。このような否定的な表象型には「さしたる意味もなければ目新しさもな」く、宗教的体験の実際とは無関係に文化に流通するものだとも。しかるに真の修道生活にあって、修道女たちは会の聖なる戒律と「いと徳高き上長」に喜んで従い、心ゆたかに浄らかに生きていたのである。

あとがき

本書の概要は、英国シェイクスピア・インスティテュート（ストラットフォード＝アポン＝エイヴォン）に筆者が提出した博士学位論文 *Nuns and Nunneries in Early Modern English Drama* の一部に依拠している。

博士論文に本格的に着手したのは、二〇〇七年四月である。その年は四月から翌三月まで本務校の聖心女子大学から研修年を得た。貴重な一年を博士論文の執筆に費やすべく、以前から温めていた計画を実行に移した。若い学生に交じってTOEFLのインターネット・ベイスド・テストを受けたり、願書を提出したりするのは愉しかった。入学許可を受けとり、黄色い水仙が咲き乱れる早春のストラットフォード＝アポン＝エイヴォンに降り立ち、世界的なシェイクスピアの研究拠点であるシェイクスピア・インスティテュートの門をたたいた。以後、何年か、ゴールデンウィークと長期休暇中にストラットフォードを訪れることになる。必要に応じて、何度も弾丸ツアーで往復した。

二〇一四年夏にはある程度まとまったが、それからが意外に時間がかかった。ほぼ一年間、書式や参考文献の確認に費やした。一五年秋のさわやかな日差しのなか、学生がにぎやかに集う新学期のキャンパスで論文の仮製本を依頼し、論文を事務窓口に提出した。

口頭試問の連絡がきた。本務校での卒業論文指導が終わったのち、同年一二月下旬、またしても弾丸ツアーで口頭試問を受けにストラットフォードを訪れた。会場に入ると、審査委員に開口一番、先に結論を言おう、合格だ、と告げられた。博士論文としてはスケールの大きい課題にとりくんだ点を評価したい、とも。一気に口頭試問がなごやかな雰囲気になった。その後、論文とデータを図書館に収め、二〇一六年七月、博士号（Ph.D.）を取得した。本務校の学期中だったため、学位授与式に出席できなかったが、授与式当日、メールで公式の祝辞が送られてきた。

テーマは当初から決めていた。以前、シェイクスピアにみる修道女像について論文を執筆したことがある。いつの日か、そのときとはやや異なる視点で、もっと徹底的にこの課題を掘りさげたいと考えていた。この時代の修道女像を検討するさいに、宗教改革の影響を避けて通るわけにはいかない。宗教改革後、公式にはイングランドから追われ、抹消されたはずの修道女が、表象として当時の文化のなかに生きつづけていたとすれば、それはいかなる作用によるものなのか。この問いに答えるべく、宗教改革以前の過去を再＝構築する歴史記述や、それを舞台化する演劇のテクストを幅広く見渡したいと思った。すると、それらのテクストには、多くの場合、直截の因果関係がなくとも、共通する修道女の表象の型が認められた。それらが文化の脈絡のうちに接収により記憶されたり、排除により忘却されたりする表象型である。なかんずくシェイクスピアのように優れて芸術的なテクストにあっては、現存するもろもろの型が修正を施されつつ自在に用いられ、あらたな展望の可能性を示唆することもある。

こうして筆者はこれまであまり研究の対象とされなかった修道女の表象を追って、向こう見ずにも大量の文章の読解に手を染めることになった。それを可能にしたのが、昨今のオンライン・データベースの充実である。おかげで、さまざまな表象を型に添って抽出することができたと思う。この点は博士論文の指導教授や審査委員にも評価された。

本書が出版されるまで、多くの方々にお世話になった。まず、博士論文の指導教員を務めてくださったシェイクスピア・インスティテュート所長（当時）ケイト・マクラスキー教授には心からの感謝を申しあげたい。論文に着手するときから仕上げにいたるまで、英国を訪れたときはかならず会ってくださり、惜しみなく助言をくださった。論文審査にさいしては、マーティン・ウィギンズ博士（シェイクスピア・インスティテュート）とルーシー・マンロー博士（ロンドン大学キングズ・コレッジ）に大部の論文を読んでいただき、有益なご指摘をたまわった。現所長マイケル・ドブソン教授とユワン・ファーニー教授にもご親切なお心遣いをたまわった。長年の友人リチャード・ブラウドフット教授（ロンドン大学キングズ・コレッジ）とジャネット・クレア教授（ハル大学）には、折にふれ、論旨についての的確なアドヴァイスをいただき、細やかなお心配りをいただいた。

ここで、今回、日本語の本をまとめるにあたり、とくにお世話になった三名のお名前をあげさせていただきたい。近世イギリス史がご専門の小泉徹氏（聖心女子大学）、そしてシェイクスピア研究者の中野春夫氏（学習院大学）と篠崎実氏（千葉大学）である。お三方には、ひどく読みにくい原稿をどさっとお渡ししたにもかかわらず、快くお目通しいただき、有益なご助言をいただいた。とくに篠崎氏には、筆者の拙い文章の意を汲んで、的確なご指摘の数々を賜った。拙稿の見なおしに寛大につきあってくださったお三方に心よりの謝意を示したい。もとより、本書の至らぬ点がすべて筆者の責任であるのは、言を俟たない。

また、この場を借りて、これまで筆者をお心にかけてくださったすべての方々に篤く感謝申しあげる。およそ四〇年前、筆者の卒業論文の指導教員を務めてくださった故シスター内山孝子（第四代聖心女子大学学長）には、シェイクスピアにおける修道女についての何気ない一言を投げかけていただき、それが本書の執筆に繫がった。大学院時代の最初の指導教官である故小津次郎先生には、専門的なシェイクスピア研究の入り口を示していただいた。長老と呼ばれるまで大学院に居残った筆者の指導教官をつぎにお引き受けくださった故高橋康也先生には、シェイクスピアをはじめ英文学の奥深い豊饒さへと導いていただいた。三先生をはじめ、これまで教え導いてくださった先生方、折にふれ、筆者を励ましてくださった方々に謝意を表したい。筆者の本務校の聖心女子大学にも感謝したい。

とりわけ二〇〇七年度の研修年なくして、博士号の取得も本書の上梓もなかったであろう。

長年、筆者自身より以上に筆者を信じつづけてくれた親しい友人と家族には、ただ感謝のみである。ほんとうにありがとうございました。いちばん身近で応援しつづけてくれた夫にこの本を捧げます。

最後に、企画の段階からテーマに興味をもって、相談に乗ってくださった岩波書店編集部の西澤昭方氏と、緊張がとぎれないように著者を忍耐強く励まし、丁寧な助言をくださった同編集部の清水野亜氏に心よりの謝意を表したいと思います。

二〇一七年七月七日

安達まみ

参考文献

表記について

- 本文中の外国語文献からの引用は適宜，筆者が訳出した．
- 本文中の歴史記述における固有名詞のカタカナ表記については参照した文献それぞれの表記に従った．

参考文献

- 一次資料は個々の著作の各種の学術校訂版，Malone Society Reprints などの復刻版，*Early English Books Online*（EEBO）をはじめとする各種のオンラインデータベースを必要に応じて使用した．
- シェイクスピア作品の引用は，原則として *The Norton Shakespeare,* gen.ed., Stephen Greenblatt（New York: Norton, 1997）に拠る．
- 二次資料は紙数の制限上，本文中に引用・言及した文献に留めた．
- 歴史上の人物の情報については *The Oxford Dictionary of National Biography Online*（ODNB）を参照した．

Bawcutt, N. W., General Introduction, *Measure for Measure*, by William Shakespeare,The Oxford Shakespeare（Oxford: Clarendon Press, 1991）

Bell, David N., *What Nuns Read: Books and Libraries in Medieval English Nunneries*, Cistercian Studies Series 158（Kalamazoo, Michigan: Cistercian Publications, 1995）

Berger, Thomas L., William C. Bradford, and Sidney L. Sondergard, *An Index of Characters in Early Modern English Drama: Printed Plays, 1500–1660*（Cambridge: Cambridge University Press, 1975, rev. ed., 1998）

Borsay, Peter, 'Warwickshire Towns in the Age of Dugdale', in *William Dugdale, Historian, 1605–1686: His Life, His Writings and His Country*, 187–208

Briggs, Julia, 'New times and old stories: Middleton's Hengist', in *Literary Appropriations of the Anglo-Saxons from the Thirteenth to the Twentieth Century*, ed. by Donald Scragg and Carole Weinberg（Cambridge: Cambridge University Press, 2000）, 107–121

Callaghan, Dympna, *Shakespeare Without Women: Representing Gender and Race on the Renaissance Stage*（London: Routledge, 2000）

Chambers, E. K., *The Elizabethan Stage*, 4 vols, vol.4（Oxford: Clarendon Press, 1924）

Clare, Janet, *Shakespeare's Stage Traffic: Imitation, Borrowing and Competition in Renaissance Theatre*（Cambridge: Cambridge University Press, 2014）

Clark, James G., ed., *The Religious Orders in Pre-Reformation England*, Studies in the History of Medieval Religion 18（Woodbridge, Suffolk: The Boydell Press, 2002）

Collinson, Patrick, 'John Stow and nostalgic antiquarianism', in *Imagining Early Modern London: Perceptions and Portrayals of the City from Stow to Strype 1598–1720*, ed. by J. F. Merritt（Cambridge: Cambridge University Press, 2001）, 27–51

Corbett, Margery, 'The Title-Page and Illustrations to the Monasticon Anglicanum 1655–1673', *The Antiquaries Journal,* 67（1987）, 102–109

Cressy, David, *Bonfires & Bells: National Memory and the Protestant Calendar in Elizabethan and Stuart England* (Berkeley and Los Angeles: University of California Press, 1989)

Cross, Claire, 'Yorkshire Nunneries in the Early Tudor Period', in *The Religious Orders in Pre-Reformation England*, 145–154

Cunich, Peter, 'The Ex-Religious in Post-Dissolution Society: Symptoms of Post-Traumatic Stress Disorder?', in *The Religious Orders in Pre-Reformation England*, 227–238

Diehl, Huston, *Staging Reform, Reforming the Stage: Protestantism and Popular Theater in Early Modern England* (Ithaca and London: Cornell University Press, 1997)

Dolan, Frances E., 'Why Are Nuns Funny?', *Huntington Library Quarterly*, 70.4 (2007), 509–535

Dudley, Scott, 'Conferring with the Dead: Necrophilia and Nostalgia in the Seventeenth Century', in *ELH*, 66.2 (1999), 277–294

Duffy, Eamon, *The Stripping of the Altars: Traditional Religion in England 1400–1580*, 2nd ed. (New Haven and London: Yale University Press, 2005)

——, 'Bare Ruined Choirs, Remembering Catholicism in Shakespeare's England', in *Theatre and Religion: Lancastrian Shakespeare*, ed. by Richard Dutton, Alison Findlay and Richard Wilson (Manchester: Manchester University Press, 2003)

Dyer, Christopher, and Catherine Richardson, eds., *William Dugdale, Historian, 1605–1686: His Life, His Writings and His Country* (Woodbridge: Boydell Press, 2009)

Elliot, Dyan, *Spiritual Marriage: Sexual Abstinence in Medieval Wedlock* (Princeton: Princeton University Press, 1993)

Fox, Adam, *Oral and Literate Culture in England 1500–1700* (Oxford: Clarendon Press, 2000)

Greenblatt, Stephen, *Hamlet in Purgatory* (Princeton: Princeton University Press, 2001)

——, *Shakespearean Negotiations: The Circulation of Social Energy in Renaissance England* (Berkeley: University of California Press, 1988)

Groves, Beatrice, *Texts and Traditions: Religion in Shakespeare 1592–1604* (Oxford: Clarendon Press, 2007)

Hackett, Helen, *Virgin Mother, Maiden Queen: Elizabeth I and the Cult of the Virgin Mary* (London: Macmillan, 1995)

Haigh, Christopher, ed., *The English Reformation Revised* (Cambridge: Cambridge University Press, 1987)

Halbwachs, Maurice, *On Collective Memory*, ed., trans., and introduction by Lewis A. Coser (Chicago and London: University of Chicago Press, 1992)

Helgerson, Richard, *Forms of Nationhood: The Elizabethan Writing of England* (Chicago: University of Chicago Press, 1992)

Hollis, Stephanie, *Anglo-Saxon Women and the Church: Sharing a Common Fate* (Woodbridge: Boydell Press, 1992)

Honan, Park, *Christopher Marlowe: Poet and Spy* (Oxford: Oxford University Press, 2005)

——, *Shakespeare: A Life* (Oxford: Oxford University Press, 1998)

Hughes, Ann, 'William Dugdale and the Civil War', in *William Dugdale, Historian, 1605–*

1686: His Life, His Writings and His Country, 51–65

Hutton, Ronald, *The Rise and Fall of Merry England: The Ritual Year 1400–1700*（Oxford: Oxford University Press, 1996）

川西進「『恋人の嘆き』の宗教性」『シェイクスピア『恋人の嘆き』とその周辺』（高松雄一・川西進・櫻井正一郎・成田篤彦）英宝社，1995 年，37–61 頁

Kerrigan, John, ed., *Motives of Woe: Shakespeare and 'Female Complaint': A Critical Anthology*（Oxford: Clarendon Press, 1991）

Kessel, Elisja Schulte van, 'Virgins and Mothers between Heaven and Earth', trans. Clarissa Botsford, in *A History of Women in the West* vol. 3, *Renaissance and Enlightenment Paradoxes*, ed. by Natalie Zemon Davis and Arlette Farge（Cambridge, MA: Belknap Press, 1993）, 132–166

King, John N., 'Literary Aspects of Foxe's *Acts and Monuments*' in Introductory Essays, *John Foxe's Book of Martyrs Variorum Edition Online*

Knapp, Jeffrey, *Shakespeare's Tribe: Church, Nation, and Theater in Renaissance England*（Chicago: University of Chicago Press, 2002）

Lecercle, Anne, 'Country house, Catholicity and the crypt（ic）in *Twelfth Night*', in *Region, Religion and Patronage: Lancastrian Shakespeare*, ed. by Richard Dutton, Alison Findlay and Richard Wilson（Manchester: Manchester University Press, 2003）, 84–100

Le Goff, Jacques, *History and Memory*, trans. S. Rendall and E. Claman（New York: Columbia University Press, 1992）

Lenker, Lagretta Tallent, 'The Hopeless Daughter of a Hapless Jew: Father and Daughter in Marlowe's *The Jew of Malta*', in *Placing the Plays of Christopher Marlowe: Fresh Cultural Contexts*, ed. by Sara Munson Deats and Robert A. Logan（Aldershot, Hampshire: Ashgate, 2008）, 63–74

Loehlin, James N., ed., *Romeo and Juliet: Shakespeare in Production*（Cambridge: Cambridge University Press, 2002）

MacIntyre, Jean, *Costumes and Scripts in the Elizabethan Theatres*（Edmonton: University of Alberta Press, 1992）

Marshall, Peter, 'Religious Ideology', in *The Oxford Handbook of Holinshed's Chronicles*, ed. by Paulina Kewes, Ian W. Archer and Felicity Heal（Oxford: Oxford University Press, 2013）, 411–426

Maslen, Robert W., 'Robert Greene and the Uses of Time', in *Writing Robert Greene: Essays on England's First Notorious Professional Writer*, ed. by Kirk Melnikoff and Edward Gieskes（Aldershot, Hampshire: Ashgate, 2008）, 157–188

McClendon, Muriel C., *The Quiet Reformation: Magistrates and the Emergence of Protestantism in Tudor Norwich*（Stanford, California: Stanford University Press, 1999）

Merritt, J. F., 'The Reshaping of Stow's *Survey*: Munday, Strype, and the Protestant City', in *Imagining Early Modern London: Perceptions and Portrayals of the City from Stow to Strype 1598–1720*, ed. by J. F. Merritt（Cambridge: Cambridge University Press, 2001）, 52–88

Milward, Peter, 'Religion in Arden', in *Shakespeare and Religions, Shakespeare Survey*, 54, ed. by Peter Holland（Cambridge: Cambridge University Press, 2001）, 115–121

——, *Religious Controversies of the Jacobean Age: A Survey of Printed Sources* (London: Scolar Press, 1978)

Miola, Robert S., '"An alien people clutching their gods"?: Shakespeare's Ancient Religions', in *Shakespeare and Religions, Shakespeare Survey*, 54, ed. by Peter Holland (Cambridge: Cambridge University Press, 2001), 31–45

Montrose, Louis, *The Purpose of Playing: Shakespeare and the Cultural Politics of the Elizabethan Theatre* (Chicago: University of Chicago Press, 1996)

Nora, Pierre, 'Between Memory and History: Les Lieux de Mémoire', trans. M. Roudebush, *Representations*, 26 (1989), 7–24

——, Preface to the English-Language Edition in *Realms of Memory: The Construction of the French Past*, vol.1., *Conflicts and Divisions*, dir. Pierre Nora, trans. Arthur Goldhammer (New York: Columbia University Press, 1996), xv–xxiv

O'Hara, Diana, *Courtship and Constraint: Rethinking the Making of Marriage in Tudor England* (Manchester: Manchester University Press, 2000)

Parish, Helen L., *Clerical Marriage and the English Reformation: Precedent Policy and Practice*, St. Andrews Studies in Reformation History (Aldershot, Hampshire: Ashgate, 2000)

Parry, Graham, *The Trophies of Time: English Antiquarians of the Seventeenth Century* (Oxford: Oxford University Press, 1995, rpt. 2009)

Patterson, Annabel, *Censorship and Interpretation: The Conditions of Writing and Reading in Early Modern England* (Madison: University of Wisconsin Press, 1984)

——, *Reading Holinshed's Chronicles* (Chicago: University of Chicago Press, 1994)

Peters, Christine, *Patterns of Piety: Women, Gender and Religion in Late Medieval and Reformation England*, Cambridge Studies in Early Modern British History (Cambridge: Cambridge University Press, 2003)

Pitcher, John, Introduction, *The Winter's Tale*, by William Shakespeare, The Arden Shakespeare Third Series (London: Methuen Drama, 2010)

Potter, Lois. *Playing Robin Hood: The Legend As Performance in Five Centuries* (Newark: University of Delaware Press, 1998)

Power, Eileen, *Medieval English Nunneries c.1275 to 1535* (Np: Biblo and Tannen, 1922)

Proudfoot, G. R., Introduction, *Tom a Lincoln*, ed. by G. R. Proudfoot, H. R. Woudhuysen and J. Pitcher, Malone Society Reprints (Oxford: Oxford University Press, 1992)

Ranft, Patricia, *Women and the Religious Life in Premodern Europe* (London: Macmillan, 1996)

Richmond, Velma Bourgeois, *Shakespeare, Catholicism, and Romance* (New York: Continuum, 2000)

Roberts, Gareth, '"An Art Lawful as Eating"?: Magic in *The Tempest* and *The Winter's Tale*', in *Shakespeare's Late Plays: New Readings*, ed. by Jennifer Richards and James Knowles (Edinburgh: Edinburgh University Press, 1999), 126–144

Roberts, Stephen K., '"Ordering and Methodizing": William Dugdale in Restoration England', in *William Dugdale, Historian, 1605–1686: His Life, His Writings and His Country*, 66–88

Sanders, Julie, *Caroline Drama: The Plays of Massinger, Ford, Shirley and Brome*, Writers and Their Work (Plymouth: Northcote House, 1999)

Scarisbrick, J. J., *The Reformation and the English People* (Oxford: Basil Blackwell, 1984)

Schotland, Sara Deutch, 'Women on Trial: Representation of Women in the Courtroom in Elizabethan and Jacobean Drama', *Women's History Review*, 21.1 (2012), 37–60

Seltzer, Daniel, Introduction, *Friar Bacon and Friar Bungay* (London: Edward Arnold, 1964)

Seton, Walter W., Introduction, *The Rewle of Sustris Menouresses Enclosid, A Fifteenth Century Courtesy Book and Two Franciscan Rules*, EETS 148 (Oxford: Oxford University Press, 1962)

Shell, Alison, *Catholicism, Controversy and the English Literary Imagination, 1558–1660* (Cambridge: Cambridge University Press, 1999)

——, *Shakespeare and Religion*, The Arden Critical Companions (London: Methuen, 2010)

Sider, J. W., Introduction, *The Troublesome Raigne of John, King of England*, ed. by J. W. Sider (New York and London: Garland, 1979)

Summit, Jennifer, *Memory's Library: Medieval Books in Early Modern England* (Chicago and London: University of Chicago Press, 2008)

Thomas, Keith, *Religion and the Decline of Magic: Studies in Popular Beliefs in Sixteenth- and Seventeenth-Century England* (Harmondsworth: Penguin, 1971)

Thompson, Sally, *Women Religious: The Founding of English Nunneries after the Norman Conquest* (Oxford: Oxford University Press, 1991)

Wallace, David, 'Nuns', in *Cultural Reformations: Medieval and Renaissance in Literary History*, ed. by Brian Cummings and James Simpson, Oxford Twenty-first Century Approaches to Literature (Oxford: Oxford University Press, 2010), 502–523

Walsh, Brian, 'Marlowe and the Elizabethan Theatre Audience', in *Christopher Marlowe in Context*, ed. by Emily Bartels and Emma Smith (Cambridge: Cambridge University Press, 2013), 68–79

Walsham, Alexandra, *Church Papists: Catholicism, Conformity and Confessional Polemic in Early Modern England* (Woodbridge, Suffolk: Boydell Press, 1999)

——, *Providence in Early Modern England* (Oxford: Oxford University Press, 1999)

Warner, Marina, *From the Beast to the Blonde: On Fairy Tales and Their Tellers* (London: Vintage, 1995)

Whitehead, Anne, *Memory*, The New Critical Idiom (London and New York: Routledge, 2009)

Whitworth, Charles. Introduction and Notes, *The Comedy of Errors*, by William Shakespeare, The Oxford Shakespeare (Oxford: Oxford University Press, 2002)

'Who Were the Nuns?: A Prosopographical Study of the English Convents in Exile 1600–1800' <http://wwwtn.history.qmul.ac.uk>

Williamson, Elizabeth, *The Materiality of Religion in Early Modern English Drama* (Farnham, Surrey: Ashgate, 2009)

Wilson, Ian, *Shakespeare: The Evidence: Unlocking the Mysteries of the Man and His Work*

（London: Headline, 1993）
Wogan-Browne, Jocelyn, *Saints' Lives and Women's Literary Culture c. 1150–1300: Virginity and its Authorizations*（Oxford: Oxford University Press, 2001, rpt. 2004）
Woodbridge, Linda, *Women and the English Renaissance: Literature and the Nature of Womankind 1540–1620*（Brighton: Harvester, 1984）
Wooding, Lucy E. C., *Rethinking Catholicism in Reformation England*（Oxford: Clarendon Press, 2000, rpt. 2003）
Woolf, Daniel, *Reading History in Early Modern England*（Cambridge: Cambridge University Press, 2000）
——, *The Social Circulation of the Past: English Historical Culture 1500–1730*（Oxford: Oxford University Press, 2003, rpt. 2005）
Yorke, Barbara, *Nunneries and the Anglo-Saxon Royal Houses*（London: Continuum, 2003）

安達まみ
1956年生まれ．東京大学大学院人文科学研究科博士課程単位取得満期退学．バーミンガム大学大学院シェイクスピア・インスティテュート博士課程修了．博士(文学，バーミンガム大学)．聖心女子大学英語英文学科教授．
著書に，*Shakespeare Jubilees: 1769–2014*(LIT，共著)，『シェイクスピア　世紀を超えて』(研究社，共著)，『くまのプーさん　英国文学の想像力』(光文社新書)ほか．訳書に，M.ローグ，P.コンラディ『英国王のスピーチ――王室を救った男の記録』，J.ヴォルシュレガー『アンデルセン――ある語り手の生涯』(以上，岩波書店)，P.キルロイ『マドレーヌ＝ソフィー・バラ――キリスト教女子教育に捧げられた燃ゆる心』(みすず書房，共訳)，M.ウォーナー『野獣から美女へ――おとぎ話と語り手の文化史』(河出書房新社)，G.ブラックウッド『シェイクスピアを盗め！』『シェイクスピアを代筆せよ！』『シェイクスピアの密使』，J.トラフォード『オフィーリア』(以上，白水社)ほか．

イギリス演劇における修道女像
――宗教改革からシェイクスピアまで

2017年11月22日　第1刷発行

著　者　安達《あだち》まみ

発行者　岡本　厚

発行所　株式会社　岩波書店
〒101-8002　東京都千代田区一ツ橋2-5-5
電話案内　03-5210-4000
http://www.iwanami.co.jp/

印刷・三秀舎　製本・牧製本

ISBN 978-4-00-061235-7　Printed in Japan